Katharina Herzog

Wie Träume im Sommerwind

Roman

Rowohlt Polaris

Die im Buch zitierten Texte stammen aus:

Sackville-West, Vita u. Nicolson, Harold, In der Ferne so nah. Briefwechsel einer ungewöhnlichen Liebe, Herausgegeben und kommentiert von Barbara von Becker, Verlag Hoffmann und Campe, Hamburg 2013

«Der Duft der Rose», aus: Hermann Hesse, Sämtliche Werke in 20 Bänden. Herausgegeben von Volker Michels. Band 10: Die Gedichte. © Suhrkamp Verlag Frankfurt am Main 2002. Alle Rechte bei und vorbehalten durch Suhrkamp Verlag Berlin.

Focus Online, Sissinghurst: Ein Garten im Garten Englands, vom 19.10.2013

Originalausgabe
Veröffentlicht im Rowohlt Taschenbuch Verlag, Hamburg, Juni 2021
Copyright © 2021 by Rowohlt Verlag GmbH, Hamburg
Redaktion Anne Fröhlich
Covergestaltung Claudia Kaschmieder Grafikdesign & Illustration
Coverabbildung Shutterstock
Satz aus der DTL Documenta
bei Pinkuin Satz und Datentechnik, Berlin
Druck und Bindung CPI books GmbH, Leck, Germany
ISBN 978-3-499-27525-8

Die Rowohlt Verlage haben sich zu einer nachhaltigen Buchproduktion verpflichtet. Gemeinsam mit unseren Partnern und Lieferanten setzen wir uns für eine klimaneutrale Buchproduktion ein, die den Erwerb von Klimazertifikaten zur Kompensation des CO_2-Ausstoßes einschließt.
www.klimaneutralerverlag.de

Für Marco,
der mit mir ins Land der Rosen reiste
– eine Reise, auf der ich so viel gelernt habe –,

und für Claudia von *Inselverliebt*,
die mir den Zauber ihrer Heimatinsel
nähergebracht hat.

Wer die Wahrheit sucht,
darf nicht erschrecken,
wenn er sie findet.

(Buddhistische Weisheit)

Prolog

ZINNOWITZ, JUNI 1999

«Jetzt sei doch mal ein bisschen vorsichtiger, Millie!» Clara deutete mit tadelnder Miene auf die Rosen.

So ein Mist! Schon wieder hatte Emilia mit ihrer Schere eine Knospe erwischt. Sie musste behutsamer vorgehen, wenn von ihrem Rosenstämmchen am Ende noch etwas übrig sein sollte! Leider war sie einfach zu ungeduldig, um wie ihre Schwester die verblühten Rosenköpfe behutsam zwischen Daumen und Zeigefinger zu nehmen und erst dann ihren Trieb zu durchtrennen. Stattdessen schnitt sie wild drauflos, um möglichst schnell fertig zu werden. Deshalb hatte Claras Stämmchen auch eine perfekte Kugelform, während ihr eigenes aussah wie eine der zerrupften Wolken am Himmel.

Eine plötzliche Windböe fegte durch die Gärtnerei. Rosenblätter wirbelten umher wie Konfetti: rosa, rot, weiß und apricot.

«Beeil dich! Gleich gibt es ein Gewitter!» Clara schaute in den immer dunkler werdenden Himmel. Sie hatte bereits alle vertrockneten Blüten abgeschnitten und entfernte nun wilde Triebe und Totholz.

Obwohl sie jetzt schon den ganzen Nachmittag damit

beschäftigt waren, ihrem Papa in der Rosengärtnerei zu helfen, war auf Claras weißem T-Shirt kein Staubkorn zu entdecken, und Emilia fragte sich wieder einmal, wie um Himmels willen es ihre Schwester schaffte, sich niemals schmutzig zu machen. Sie schien auch nie zu schwitzen. Während Emilias Haare wegen der Schwüle unangenehm an ihrer Haut klebten, kringelten sich Claras goldblonde Locken immer noch in sanften Wellen bis zu ihrem Dekolleté hinunter.

Emilia liebte ihre große Schwester. Wirklich! Aber es war ziemlich anstrengend, mit jemandem zusammenzuwohnen, der nicht nur engelsgleich schön war, sondern auch beliebt, sportlich, klug und in beinahe jeder Hinsicht perfekt. Clara war gut in der Schule – in der Grundschule hatte sie sogar einmal ein Jahr übersprungen. Emilia kam es manchmal so vor, als hätten ihre Eltern ihr bestes Erbgut in Clara investiert, und sie musste sich mit dem kümmerlichen Rest zufriedengeben: mit stinknormalem braunem Haar, einer Nase, dick und unförmig wie eine Sellerieknolle, und Noten, die genauso durchschnittlich waren wie der Rest von ihr.

Clara und sie waren genauso unterschiedlich wie die Rosenstämmchen, die Papa ihnen vor ein paar Jahren geschenkt hatte: Für Clara hatte er die zarte, reinweiße *Anne-Marie de Montravel* ausgesucht und für Emilia die *Fisher & Holmes*, deren scharlachrote, prall gefüllte Blüten so betörend dufteten. Ihre leicht gebogenen Stacheln bohrten sich einem schmerzhaft in die Haut, wenn man nicht aufpasste. So wie jetzt! *Autsch!* Emilia saugte das Blut von ihrem Finger.

In der Ferne grollte es unheilvoll, und ein paar Sekunden später teilte ein Blitz über der Ostsee den Himmel.

Clara ließ die Schere sinken. «Komm, wir gehen rein und machen nachher weiter!», sagte sie. Obwohl sie drei Jahre älter war als Emilia, war Clara bei Gewittern ein absoluter Angsthase. Aber das hätte sie ihr gegenüber natürlich niemals zugegeben.

Sie schafften es gerade noch rechtzeitig ins Haus, bevor der Himmel seine Schleusen öffnete. Papa war immer noch in der Gärtnerei beschäftigt, aber Mama war gerade von ihrem Ausflug nach Ahlbeck zurückgekommen. Wie jeden Mittwoch, wenn sie sich mit ihrer Freundin in dem Seebad zum Kaffee traf, trug sie ein Kleid und Schuhe mit hohen Absätzen. In der Hand hielt sie einen flachen Koffer aus schwarzem Leder, der an den Rändern schon ganz abgewetzt war.

«Schau mal, was Mechthild mir mitgegeben hat!» Ihre Mutter stellte den Koffer vor Emilia und Clara auf dem Küchentisch ab. «Den hat ihr ein Bekannter gegeben, er kann ihn nicht mehr gebrauchen.» Sie öffnete das Ding, und die Duftwolke, die daraus hervorströmte, war so intensiv, dass Emilia den Atem anhielt.

«Was ist das?»

«Ein Musterkoffer. Mechthilds Bekannter war Vertreter für Parfümrohstoffe. Mit dem Koffer ist er zu den Parfümherstellern gegangen und hat ihnen die Düfte vorgestellt, aus denen sie später Parfüms zusammenmischten.»

Neugierig trat Emilia an den Koffer heran, um seinen

Inhalt zu untersuchen. Die geheimnisvollen Flakons mit den bunten, wohlriechenden Flüssigkeiten im Schaufenster der Parfümerien hatten sie schon immer fasziniert. Im Laufe der letzten Jahre hatte sich in dem Schuhkarton unter ihrem Bett eine riesige Menge Proben angesammelt, die sie inzwischen fast alle mühelos anhand ihres Dufts bestimmen konnte. Aber es war ihr noch nie in den Sinn gekommen, dass Parfümhersteller ein Beruf war, genau wie Bäcker, Zahnarzt, Gärtner oder Lehrer.

Sie schaute in den Koffer. Bestimmt fünfzig kleine Fläschchen befanden sich darin, auf den Etiketten fremdartige Namen wie Bergamotte, Ylang-Ylang, Violette Absolue, Ambrette...

Emilia drehte das Bergamotte-Fläschchen auf, weil sie diesen Namen am spannendsten fand. Die Flüssigkeit darin roch wie Zitrus, nur frischer und herber – wie der Earl-Grey-Tee, den Papa so gerne trank. Sandelholz roch, wie der Name vermuten ließ, holzig, aber auch erdig, Ylang-Ylang-Öl blumig-süß und Moschus nach Tier und ein bisschen nach Urin.

«Das hier riecht ein bisschen wie dein Parfüm, Mama!» Emilia hielt eines der Fläschchen hoch. *Maiglöckchen* stand darauf. «Wie heißt es noch mal?»

«*Chanel N° 5.*»

Emilia liebte es, wenn ihre Mama diesen Duft auftrug. Einen Sprühstoß tupfte sie sich immer auf den Hals, einen auf das Handgelenk, und einen dritten – auf ihn freute sich Emilia immer ganz besonders – sprühte sie in die Luft, und dann tanzte Emilia in einer Wolke aus blumigen und fruchtigen Duftpartikeln, die auf sie herunterrieselten. Dieses Fläschchen hier roch tatsächlich ähnlich. «Aber in deinem ist noch was anderes drin: Vanille und...», Emilia schnupperte erst an dem Maiglöckchenduft und dann an ihrer Mutter, «... dieses Sandelholz.»

«Das riechst du alles?» Clara zog die Nase kraus.

Ja! Ihre Schwester etwa nicht? Nachdenklich drehte Emilia das Maiglöckchen-Fläschchen zwischen ihren Fingern hin und her und schaute aus dem Fenster in den schiefergrauen Himmel. Immer wieder wurde er von Blitzen erhellt.

«Wieso benutzt du eigentlich immer nur dieses eine Parfüm?» Ihre Mutter hatte ein paar Flakons auf ihrer Kommode stehen, aber außer *Chanel N°5* waren die Fläschchen alle noch voll.

«Euer Vater hat es mir damals von einem Freund aus dem Westen schicken lassen, weil er genau wusste, wie sehr ich es mir wünschte. Bei uns in der DDR gab es damals solche Sachen nicht zu kaufen. Es war ein nur ein ganz kleines Pröbchen, versteckt in einer Socke, und ich habe es nur zu ganz besonderen Gelegenheiten benutzt, um möglichst lange etwas davon zu haben.» Über ihr Gesicht huschte ein Lächeln. «Immer, wenn ich es aufsprühe, muss ich an diesen Tag denken, an dem ich es bekommen habe. Außerdem war es schon das Lieblingsparfüm von Marilyn Monroe, und wenn ich den Duft trage, kann ich mich genauso schön, erfolgreich und mondän fühlen wie sie.» Sie zwinkerte Emilia zu.

«Mondän?»

«Wie eine Dame von Welt.»

Wie eine Dame von Welt! Emilia und Clara wechselten einen Blick und grinsten sich an.

«Das habe ich gesehen.» Mama hob den Zeigefinger. «Und ihr könnt ruhig lachen. Bevor ich euren Vater kennengelernt habe, bin ich als Rosenkönigin zumindest im Osten ganz schön herumgekommen.» Sie sagte das in einem scherzhaften Ton, aber Emilia entging der sehnsuchtsvolle Beiklang in ihrer Stimme nicht.

Während der Regen auf das Dach trommelte und sich die Linden vor dem Fenster im heftigen Wind bogen, saßen sie am weiß lackierten Küchentisch, tranken Limo und aßen die Torte, die Mama aus dem Café mitgebracht hatte. Doch obwohl Emilia Erdbeertorte liebte, konnte sie sie heute nicht richtig genießen. Immer wieder wanderten ihre Gedanken zu dem verheißungsvollen Inhalt des schwarzen Koffers zurück. Am liebsten hätte sie ihn sich geschnappt und wäre sofort damit in ihr Zimmer gelaufen. Vielleicht könnte sie mit seiner Hilfe herausfinden, aus welchen Düften sich die Parfümproben in ihrem Schuhkarton zusammensetzten, und wenn sie das wusste ...

Es klingelte. Emilia lief zur Tür. Sie öffnete und stand einem Jungen gegenüber, der etwa in Claras Alter war. In der einen Hand hielt er einen aufgespannten Regenschirm, an der anderen einen kleinen Jungen. Er reichte ihm nur bis zum Ellbogen, hatte aber genau die gleichen dunklen Haare und die gleichen großen, lakritzfarbenen Augen wie er.

«Hallo! Ich bin Josh, und das ist Mats», sagte er. «Wir

sind im Haus gegenüber eingezogen, und ich soll von meiner Mutter fragen, ob Sie uns vielleicht drei Eier leihen könnten. Die Geschäfte sind schon zu.»

«Natürlich! Kommt rein, bevor ihr ganz nass werdet!» Ihre Mutter, die ihr gefolgt war, schob Emilia zur Seite, damit die beiden eintreten konnten. «Ihr seid also unsere neuen Nachbarn. Wie schön!»

Emilia schloss die Tür, aber nicht, ohne noch einen Blick auf das Körner-Haus gegenüber zu werfen. Ein alter VW-Bus parkte davor. Das kleine Reetdachhaus mit dem verwilderten Garten stand seit Jahren leer und war so heruntergekommen, dass sie sich nicht vorstellen konnte, dass jemand freiwillig dort einzog. Aber vor ein paar Tagen hatte Papa beim Abendbrot erzählt, dass eine Frau aus Berlin es gemietet hatte.

Der Junge streifte seine ausgetretenen Turnschuhe am Fußabtreter ab und wies seinen Bruder an, das Gleiche zu tun. Den Regenschirm ließ er vor der Tür stehen. Emilia an seiner Stelle wäre einfach hineingelaufen, ohne daran zu denken, dass ihre nassen Schuhe schmutzige Abdrücke auf den Fliesen hinterlassen könnten.

«Bei euch riecht es aber gut! Wie in einem Parfümladen», sagte der kleine Junge.

Clara lachte. «So riecht es bei uns nicht immer. Unsere Mutter hat uns den alten Musterkoffer eines Parfümrohstoffvertreters mitgebracht.» Sie öffnete ihn, damit die beiden einen Blick hineinwerfen konnten.

Als Josh neugierig näher trat, kam er einen Augenblick so nah an Emilia heran, dass nicht nur sein nackter Arm den ihren streifte, sondern sie auch seinen Duft wahrnehmen konnte. Er roch besser als alle Essenzen in den vielen Fläschchen im Koffer.

Nachdem Mama die Eier aus dem Vorratsschrank geholt hatte, brachte Emilia die beiden wieder nach draußen. Das Gewitter hatte sich genauso schnell verzogen, wie es gekommen war, und die Sonne leuchtete wieder von einem makellos blauen Himmel. Neben dem alten VW-Bus parkte inzwischen ein großer Umzugswagen. Ein kleines Mädchen in einem langen Kleid und mit leuchtend gelben Gummistiefeln hüpfte in einer Pfütze herum. Ein etwas größeres stand daneben und hielt ein strampelndes Kleinkind auf dem Arm.

Josh blieb einen Moment stehen, um Emilias dicken Kater Mo zu streicheln, der unter einem Busch hervorgekrochen kam und sich verschlafen reckte. Dann ging er mit seinem Bruder an der Hand über den vor Nässe dampfenden Asphalt zu seinem neuen Zuhause hinüber.

Emilia nahm Mo auf den Arm, und während sie ihnen nachsah, breitete sich in ihrem Bauch ein ganz warmes Gefühl aus.

Sie war elf Jahre alt, die Luft duftete rein und wie frisch gewaschen, über dem Achterwasser spannte sich ein Regenbogen, und sie hatte an diesem Tag gleich mehrere Entdeckungen gemacht:

Es gab etwas, das sie viel besser konnte als ihre Schwester, nämlich riechen. Ihre Mutter trug *Chanel N°5,* weil sie dann immer an den Tag denken musste, als Emilias Vater es ihr geschenkt hatte – und damit sie sich so schön, erfolgreich und mondän wie eine berühmte Hollywoodschauspielerin fühlte. Im Haus gegenüber war ein Junge eingezogen, der nach einer Mischung aus Sonnencreme, Apfelshampoo und Sommerwind roch. Und irgendwann würde sie ein Parfüm mischen können, das sie an diesen besonderen Tag erinnerte.

20 JAHRE SPÄTER

1. Kapitel

Nachts sind alle Katzen grau, heißt es. Diese hier war weiß, mit einem kleinen schwarzen Fleck rechts neben der Nase und einem etwas größeren auf dem Rücken. Jede Nacht, am Ende von Emilias Schicht, kam sie an *Paul's Bistro* vorbei, setzte sich mit der mühelosen Eleganz, wie sie nur Katzen haben, auf die fleckigen Platten, und wartete geduldig darauf, dass Emilia erschien und ihr den erhofften Leckerbissen brachte. Manchmal war es ein Stück schlaffes Burgerbrötchen, manchmal der Rand einer Pizza. Die Katze aß sogar Pommes mit Ketchup. Als Bahnhofskatze durfte sie nicht wählerisch sein.

Offensichtlich kam dem Tier diese Einstellung zugute, denn anders als die vielen anderen Katzen, denen Emilia in Paris begegnete, sah sie wohlgenährt aus. Keine Rippe zeichnete sich an ihrem Körper ab, und ihr weißes Fell war zwar ein bisschen schmutzig, fühlte sich aber unter Emilias Fingern weich und seidig an.

«Heute habe ich etwas ganz Besonderes für dich», sagte Emilia und warf der Katze einen Zipfel Wurst zu. Dann drehte sie das Schild an der Tür des kleinen Bistros um. Aus *ouvert* wurde *fermé*.

Die tagsüber so belebten Bahnsteige waren jetzt verwaist, lediglich ein Nachtzug wurde noch erwartet, und das auch erst in zwei Stunden. Nur Abdul war noch da und fuhr mit seiner Kehrmaschine seine einsamen Runden.

«Feierabend für heute?», rief er ihr zu.

«Ja, in ein paar Minuten.»

«Ich muss noch ein bisschen.» Seine weißen Zähne leuchteten in dem dunklen, schmalen Gesicht.

Emilia grinste. Diese Unterhaltung führten sie jeden Tag. Als Abdul letzte Woche krank gewesen war, hatte ihr richtig etwas gefehlt. Sie warf noch einmal einen Blick auf die Katze, die sich über den Wurstzipfel hermachte, und ging zurück ins Bistro.

Die beiden Frauen an Tisch zwei waren endlich bereit zu gehen. «Hier! Der Rest ist für Sie!» Eine von ihnen legte zwei Scheine auf den Mahagonitisch. Mit ihrer kühlen, blonden Schönheit erinnerte sie Emilia an ihre Schwester. Selbst wenn Clara in der Erde herumwühlte, schaffte sie es, so auszusehen, als käme sie gerade von der Kosmetikerin. Schweiß und Schmutz schienen an ihr abzuperlen wie Öl an einer teflonbeschichteten Pfanne. Genau wie alle Widrigkeiten des Lebens. Nicht einmal, dass sie mit neunzehn Jahren mit Lizzy schwanger geworden war (von einem Mann, über dessen Identität sie hartnäckig Stillschweigen wahrte), hatte sie erschüttert. Und auch als Klaus, der Vater von Felix, acht Jahre später mit einer Zahnarzthelferin durchbrannte (er hatte sie beim Zähnebleichen kennengelernt), hatte Clara sich nur kurz geschüttelt und dann weitergemacht, als wäre nichts gewesen.

Der bullige Blaumannträger am Spielautomaten machte keine Anstalten zu gehen. Genauso wenig wie der Typ im Anzug. Seit zwei Stunden saß er am Tresen und bestellte einen Gin nach dem anderen. Wieso er wohl um diese Zeit nicht in seinem teuren Appartement saß oder seine Getränke in einem hippen Club schlürfte? Sein Anzug war von Hugo Boss, und er hatte die für Geschäftsmänner typische Aktentasche bei sich. Er roch nach Minzpastillen und einer erdigen Moschusnote mit einem Hauch Meeresbrise. Sein weißes Hemd musste einen Tick zu lange nass in der Waschmaschine gelegen haben.

«Kann ich noch einen haben?» Seine Zunge war mit jedem Glas schwerer geworden.

«Wir schließen in ein paar Minuten. Aber wenn Sie sich beeilen...»

Er nickte.

Emilia wusste aus eigener Erfahrung, dass er es am nächsten Morgen bereuen würde. Trotzdem nahm sie ein sauberes Glas aus dem Regal und goss Gin hinein.

«Sie kommen aus Deutschland?», fragte er.

«Ja.»

«Was hat Sie nach Paris verschlagen? Die Liebe?» Er zwinkerte ihr zu. Wären die Tränensäcke unter seinen Augen nicht gewesen und sein müder, leerer Blick, hätte er ziemlich attraktiv sein können.

«Nein, das Studium», entgegnete sie knapp.

«Was studieren Sie?»

Emilia stöhnte innerlich. Wieso hatte sie ihm nicht einfach gesagt, dass sie sich in Abdul verliebt hatte und mit ihm zusammen in einem Ein-Zimmer-Appartement in

Château Rouge hauste – einem Viertel, das man in Paris lieber meiden sollte.

«Verwaltungswissenschaften.» Das war der langweiligste Studiengang, der ihr spontan einfiel. «Können Sie zahlen? Ich muss die Abrechnung machen.»

Als sie damit fertig war, ging Emilia noch einmal in die Toiletten, um zu kontrollieren, dass sich dort niemand mehr aufhielt. Sie tat das immer mit einem etwas mulmigen Gefühl. Einmal hatte eine Frau so betrunken über der Kloschüssel gehangen, dass Emilia den Notarzt hatte rufen müssen.

Zurück im Bistro stellte sie fest, dass der Typ am Spielautomaten gegangen war, und auch der Geschäftsmann war schwankend von seinem Barhocker aufgestanden.

«Soll ich Ihnen ein Taxi rufen?»

«Nein, danke. Ich wohne nicht weit von hier.» Er sah aus, als ob er noch etwas sagen wollte, tat es aber nicht. Mit einer unsicheren Bewegung hängte er sich sein Jackett über die Schulter und verließ das *Paul's*.

Emilia wartete noch einen Moment, dann ging auch sie.

Die Katze hatte den Wurstzipfel inzwischen längst verspeist und inspizierte gerade den Inhalt eines Papierkorbs. Als sie Emilia sah, ließ sie davon ab und folgte ihr. So wie jede Nacht. Aber nur, bis Emilia das Bahnhofsgelände verlassen hatte und auf den Boulevard de la Chapelle einbog, dann machte sie kehrt. Einmal hatte Emilia darüber nachgedacht, sie mit nach Hause zu nehmen, und die Katze hochgehoben. Der Hieb, den das Tier ihr verpasst hatte, war als heller, schmaler Streifen noch immer deutlich auf der Innenseite ihres Unterarms zu erkennen. Er erinnerte sie stets an den schwachen Moment, in dem sie die Einsamkeit als gar zu bedrückend empfunden hatte. Es wäre schön gewesen, beim Nachhausekommen von jemandem erwartet zu werden, der sie nicht mit *Salut, bouffon!* begrüßte, wie Napoleon, der grüne Papagei ihres Mitbewohners Pedro, es tat. Und *Trottel* war noch eines seiner harmloseren Schimpfworte.

Die Straßenlaternen warfen ein trübes, schmutzig-gelbes Licht auf den Asphalt. Am Kiosk kam Emilia ein Clochard mit einer Plastiktüte in der Hand entgegen, aus der eine billige Weinflasche ragte. Auch in der Bahnhofsmission brannte noch Licht. Als Emilia daran vorbeikam, sah sie Diana durch die gläserne Front und winkte ihr zu. Vor einem Bordell standen drei leichtbekleidete Damen und warteten darauf, dass jemand kam, der auf der Suche nach der schnellen Befriedigung oder der Illusion von Nähe war. Ein Betrunkener im Rippshirt mit Joint in der Hand wankte auf sie zu. Etwa auf ihrer Höhe stolperte er über den Bordstein.

«*Gros con!*», fluchte er. Napoleon hätte seine helle Freude an ihm gehabt. Die drei Damen kicherten.

Tagsüber waren Bahnhöfe elektrisierende Orte. Orte der Ankunft und des Abschieds, an denen sich so viele verschiedene Emotionen auf engem Raum ballten. Emilia konnte sich noch gut daran erinnern, wie sie an einem strahlend schönen Sommertag am Gare du Nord angekommen war. Mit einem riesigen Trekkingrucksack auf dem Rücken und ganz vielen Träumen im Gepäck. Nachts waren Bahnhöfe einfach nur trostlos.

Sie beschleunigte ihre Schritte. Der Schwanz der Katze, die immer noch neben ihr herlief, war auf den letzten Metern immer dicker geworden und peitschte zunehmend hektisch hin und her. Nun drehte sich das Tier um und schoss in großen Sprüngen zurück auf das sichere Terrain des Bahnhofs.

Abseits des Boulevard de la Chapelle war das Quietschen von Emilias Turnschuhen auf dem Asphalt schon bald das einzige Geräusch. Außer ihr war kaum noch jemand unterwegs, auch Autos fuhren nur sehr vereinzelt an ihr vorbei. In vielen Vierteln war in Paris nachts nicht mehr los als zu Hause. Aber wenn sie auf Usedom um diese Zeit noch unterwegs war, begleitete sie der Geruch des Meeres, hier in Paris war es der von Urin. Trotzdem wollte sie die Weite der französischen Weltstadt nicht mehr gegen die Enge ihrer piefigen Heimatinsel eintauschen.

Vor dem Supersonic standen nur ein paar Raucher. Emilia drängte sich an ihnen vorbei zu Antoine, dem Türsteher, einem kleinen Mann mit Zuhälterschnurrbart und stechendem Blick, der ausdrückte, dass man sich trotz seiner geringen Körpergröße besser nicht mit ihm anlegte. Als sie eintrat, sah sie Jacky mit einem Typen, den Emilia nicht kannte, an einem Tisch in der Nähe der Bar sitzen.

«Hey! Ich dachte schon, dass du uns versetzt.» Jackys leuchtend rot geschminkte Lippen verzogen sich zu einem Lächeln. Sie stand auf und begrüßte Emilia mit zwei Luftküsschen.

«Es hat heute etwas länger gedauert, bis ich alle Gäste rausgeschmissen hatte.»

Jacky schüttelte missbilligend den Kopf. «Du solltest dir endlich einen anderen Job suchen.»

«Nenn mir einen, bei dem man ohne entsprechende Ausbildung so viel verdient wie als Bedienung, und ich mache es sofort», erwiderte Emilia und nahm den Tequila entgegen, den Jacky ihr reichte.

Sie hatte Jacky vor ein paar Monaten nach einem feuchtfröhlichen Abend in einem Burger King kennengelernt, und seitdem zogen sie gemeinsam um die Häuser. Mit ihr konnte man viel Spaß haben, aber als Freundin hätte Emilia sie trotzdem nicht bezeichnet. Dazu müssten sie auch mal über etwas anderes reden als über heiße Kerle und coole Party-Locations. Aber momentan hatte Emilia sowieso keine Lust auf tiefergehende Gespräche.

Sie kippte den Tequila in einem Zug hinunter und spürte, wie die Anspannung von ihr abfiel und sich ein Gefühl von Wärme in ihrem Körper ausbreitete. Nach dem dritten Tequila stand sie auf der Tanzfläche, nahm den Geruch von Schweiß, die Mixtur verschiedener Parfüms und den Erdbeergeruch der Nebelmaschine wahr, und der Beat der Technomusik gab ihrem Körper seine Bewegungen vor. Das Vibrieren ihres Handys an ihrem Hintern spürte sie zwar, aber da sie davon ausging, dass es nur Pedro war, der seinen Wohnungsschlüssel vergessen hatte, ließ sie es in der Gesäßtasche ihrer Jeans stecken. Sie hatte keine Lust, schon wieder nach Hause zu gehen, nur um ihm aufzusperren, das hatte sie im Laufe des letzten halben Jahres schon mehrmals getan. Auch die weiteren Anrufe ignorierte Emilia. Erst in den frühen Morgenstunden zog sie das Handy heraus, als schon erste Sonnenstrahlen den Pariser Himmel mit einem zarten Rosaton überzogen. Ihr war ein wenig schwindelig, und sie wollte die Telefonnummer des Informatikstudenten einspeichern, der sie nur wenige Minuten vorher an die Fassade des Supersonic gepresst und geküsst hatte.

Ihre Mutter hatte versucht, sie anzurufen. Und sie hatte ihr eine Nachricht geschrieben.

Ruf mich bitte an! Egal wie spät es ist!

Es lag nicht an dem vielen Alkohol, den Emilia getrunken hatte, dass ihr ganz flau im Magen wurde.

«Was ist?», fragte der Informatikstudent.

«Meine Mutter. Ich muss sie zurückrufen!»

«Jetzt? Es ist halb fünf.»

Emilia drehte ihm den Rücken zu und entfernte sich ein paar Schritte, bevor sie auf Rückruf drückte.

«Endlich!» Die sonst so resolute Stimme ihrer Mutter am anderen Ende der Leitung klang ganz dünn.

«Ist was mit Papa?», fragte Emilia. Als sie an Weihnachten das letzte Mal zu Hause gewesen war, hatte ihr Vater so müde ausgesehen – und sicher fünf Kilo abgenommen. Seitdem machte sie sich Sorgen um ihn.

«Nein!» Delia fing an zu weinen, und Emilias Kehle schnürte sich so stark zusammen, dass sie kaum noch Luft bekam. Sie hatte noch nie gesehen oder gehört, dass ihre Mutter geweint hatte. «Deine Schwester ... Clara hat gestern Abend Lizzy ins Internat gefahren. Auf dem

Rückweg hatte sie einen Autounfall. Sie musste mit dem Hubschrauber ins Krankenhaus geflogen werden ...» Die Stimme ihrer Mutter erstarb.

«Ich komme nach Hause.»

2. Kapitel

ZINNOWITZ, JULI 2003

Unglaublich, wie warm es ist!, dachte Clara. Die letzten Tage hatte das Wetter verrücktgespielt, von Dauerregen über Sturm bis zu Hagel war alles dabei gewesen, und die Wolken hatten so tief gehangen, dass sie das Gefühl gehabt hatte, mit den Händen nach ihnen greifen zu können. Doch heute Nacht war der Himmel sternenklar. Kein Lüftchen regte sich, und der Sand schmiegte sich warm an ihre Fußsohlen und Handflächen. Clara griff hinein und ließ sich die feinen Körner durch die Finger rieseln. Diese Geste fühlte sich an wie eine Metapher für ihr Leben. Alles entglitt ihr, verlor an Substanz. Alles, was jahrelang so beständig und vertraut gewesen war. So vertraut wie der Anblick der Seebrücke, die vor ihr lag.

Aus ihrer Richtung schallten Stimmen zu Clara herüber. Lachen. Laute Musik. Ihre Klassenkameraden saßen und lagen im Kreis im Sand und feierten ausgelassen. Mit viel Alkohol, Zigaretten und – wenn sie den süßlichen Geruch in der Luft richtig deutete – auch ein paar Joints. Alle hatten Spaß. Nur ihr selbst war zum Weinen zumute.

Die weißen Strandkörbe hoben sich scharf vom schwarzen Nachthimmel ab, der von Millionen winziger

Sterne erhellt wurde und den Lichtern der Promenade, die schlafend im Nichts zu schweben schienen. Clara suchte nach einem Punkt, an dem sich ihr Blick festhalten konnte, fand ihn aber nicht.

So viele erste Male hatten sich an diesem Strand abgespielt: das erste Mal draußen schlafen, die erste Zigarette, der erste Kuss. Auch dieser Abend würde ein erstes Mal sein. Ein erstes letztes Mal. Nach diesem Abend würde sich alles ändern.

Viele der Menschen, die sie schon ein ganzes Leben lang begleiteten, würden in den kommenden Wochen verstreut werden wie vertrocknete Rosenblätter im Wind. Melanie ging zum Studieren nach Berlin, Nicole für ein Jahr als Au-pair-Mädchen in die USA, Josh auf die Polizeischule nach Rostock...

«Ach, hier bist du! Wieso sitzt du ganz allein am Strand und bläst Trübsal? Du solltest dich wie verrückt freuen, dass die Schule endlich vorbei ist. Was würde ich darum geben, an deiner Stelle zu sein!» Emilia ließ sich neben ihr in den Sand plumpsen. Obwohl sie drei Jahre jünger war als Clara, war sie mit auf die Abschlussparty gekommen, denn eine Feier ließ ihre kleine Schwester sich niemals entgehen.

«Du willst also auch eine Ausbildung in der Gärtnerei machen?», fragte Clara ironisch.

Emilia schnaubte. «Eher geht die Sonne am Morgen unter.»

Ihre Schwester konnte es gar nicht erwarten, Usedom den Rücken zu kehren und in die große weite Welt hinauszuziehen. Nach Paris wollte sie, um dort eine Ausbildung zur Parfümeurin zu machen. Wenn sie ihr Abitur schaffte, wonach es momentan notentechnisch wirklich nicht aussah, denn Emilia hatte die neunte Klasse nur mit Ach und Krach geschafft. Und wenn sie ihren Vater überreden konnte, ihr diese Flausen zu finanzieren, wonach es auch nicht aussah. *Sie soll erst mal was Anständiges lernen*, hatte er vor ein paar Wochen erst gesagt. Aber all das änderte nichts daran, dass Emilia unbeirrt an diesem Ziel festhielt.

«Magst du?» Emilia reichte ihr eine Flasche.

«Was ist da drin?»

«Wodka-O.» Emilia grinste.

Clara nahm einen Schluck und musste husten. «Und wo hast du den Orangensaft versteckt?»

«Ist eine Spezialmischung von mir.» Emilia nahm ihr die Flasche wieder ab und ließ sich die orangefarbene Flüssigkeit in die Kehle rinnen. Ihr schien der beißende Geschmack des Alkohols nichts auszumachen. «Jetzt sag schon, wieso bist du nicht bei den anderen und feierst? Selbst Josh hat gerade einen Jacky-Cola geext.»

«Ich wollte nur einen Moment allein sein. Aber ich hatte gerade beschlossen zurückzugehen.» Das stimmte zwar nicht, doch sie wusste genau, dass Emilia nicht lockerlassen würde, bis sie sich wieder unter das Partyvolk mischte. So gut kannte sie ihre Schwester nach fünfzehn gemeinsamen Jahren.

Clara stand auf und klopfte sich den Sand von ihrer rosafarbenen Caprihose. «Was hat Papa eigentlich zu deiner neuen Haarfarbe gesagt?», fragte sie Emilia auf dem Weg zur Seebrücke.

Am Nachmittag hatte sich Emilia mit Hilfe ihrer Freundin Becky in einem stundenlangen Projekt ihre langen dunklen Haare erst blondiert und dann leuchtend blau gefärbt. Ihre Mutter hatte es recht gefasst aufgenommen. Aber ihr Vater war der konservativste Mensch auf der Welt, und Clara hätte ihr ganzes Geld darauf verwettet, dass er der Typveränderung seiner jüngsten Tochter nicht so souverän gegenüberstand wie Clara. Da er noch in der Gärtnerei gearbeitet hatte, als sie zum Strand gegangen war, um die Party vorzubereiten, hatte sie seine Reaktion nicht mehr mitbekommen.

«Wie wohl? Er ist natürlich total ausgeflippt. *Wie kannst du dich so verschandeln?*, hat er gezetert. Und rate, was er noch gesagt hat!»

«Was sollen denn die Leute denken...»

«Exakt.» Emilia grinste. «Er hat aber noch ein *Du siehst aus wie ein Schlumpf* drangehängt. *Wenn, dann wie Schlumpfine*, habe ich gesagt.» Sie verdrehte die Augen. «Papa ist so spießig. Mama ist viel cooler als er.»

Das stimmte. Ihre Eltern waren sowieso total unterschiedlich. Ihre Mutter legte viel Wert auf ihr Äußeres. Sie war immer schick gekleidet, und sie trug immer Lippenstift und Nagellack. Im gleichen Farbton natürlich. Ihr Vater dagegen sah immer ein bisschen so aus, als wäre er gerade erst aus dem Bett gekommen. Egal wie oft er seine Haare kämmte oder sie mit den Fingern glatt strich, sie fügten sich immer nur ganz kurz, bevor sie wieder nach allen Seiten abstanden. Und wenn Mama ihm nicht seine Kleider rauslegen würde, hätte er wahrscheinlich immer das Gleiche an oder eine vollkommen unmögliche Kombination. Er war auch viel gefühlsseliger als sie. Heute

Morgen auf der Abschlussfeier hatte er so sehr geweint, dass Delia ihm peinlich berührt ein Taschentuch reichen musste. Doch trotz aller Unterschiede hatte Clara immer das Gefühl, dass die beiden sich aufrichtig liebten. Im Moment saßen sie zusammen mit ein paar anderen Eltern in einem der Restaurants an der Promenade und feierten dort den Abschluss ihrer Kinder.

«Oh Gott! Diese bescheuerte Denise kippt Josh gerade den nächsten Jacky rein», stöhnte Emilia und wies mit einem Kopfnicken in die Richtung von Claras Klassenkameraden. «Du solltest ihn retten, bevor sie ihn abschleppt, oder schlimmer – bevor er hier alles vollkotzt.» Sie zog eine Grimasse.

«Rette du ihn! Ich muss dringend wohin und helfe dir dann!»

Zuvor allein am Meer hatte Clara den Druck auf ihrer Blase noch ignorieren können, jetzt nicht mehr. Als sie sich auf dem Weg zu den Toiletten noch einmal umdrehte, sah sie, wie sich Emilia zwischen Josh und Denise quetschte und dabei halb auf deren Schoß zum Sitzen kam. Dass Denise protestierte, schien Emilia nicht weiter zu beeindrucken.

Clara lächelte. Emilia war es total egal, was irgendwelche Leute von ihr dachten, und sie zog ohne Rücksicht auf Verluste ihr Ding durch. Und auch wenn sie dieses egoistische Verhalten oft nervte, musste sie insgeheim doch zugeben, dass sie ihre kleine Schwester um ihr Selbstbewusstsein, ihre Unbeschwertheit und ihre Unabhängigkeit von der Meinung anderer beneidete.

Als Clara wieder aus dem Toilettenhäuschen kam, traf sie ihre Mutter auf dem schmalen Parkstreifen, der den Strand von der Promenade trennte, bei einer Gruppe von rauchenden Erwachsenen. Sie selbst hielt auch eine Zigarette in der Hand, aber als sie Clara bemerkte, ließ sie die Kippe schuldbewusst fallen und trat sie mit dem Absatz ihrer Pumps aus.

«Verpetz mich nicht bei deinem Vater!», sagte Delia zu ihr. «Du weißt ja, wie sehr er das hasst. Dabei mache ich es ja wirklich nur ganz, ganz selten.» Sie nahm einen Kaugummi aus ihrer Handtasche und schob ihn sich in den Mund. «Wusstest du, dass Emilia raucht?»

«Hast du etwas anderes erwartet?»

Ihre Mutter seufzte. «Natürlich nicht. Aber man wird ja noch hoffen dürfen ... Dieses Kind lässt nichts aus. Gut, dass du immer so pflegeleicht warst, sonst wäre ich sicher längst schon ganz grau auf dem Kopf!» Sie legte den Arm um Claras Schultern. «Was ist denn los? Du siehst so deprimiert aus. Habt ihr keinen Spaß?»

«Doch, die anderen schon. Aber ich ...» Sie zuckte resigniert mit den Schultern. «Ab morgen wird alles anders werden.»

«Das stimmt. Aber glaub mir: Stillstand ist schlimmer als Veränderung.» Delia ließ ihren Blick in Richtung Strand schweifen. «Ich habe mit Gitti gesprochen», sagte sie in die anschließende Stille hinein.

«Gitti? Meinst du deine Freundin, die aus der DDR geflohen ist und jetzt mit einem Mann in England lebt?»

Delia nickte. «Sie wohnen in Kent. Und ihr Mann heißt Lloyd. Er ist Gartengestalter, und er hat einen Sohn aus erster Ehe. Matthew. Ich habe Gitti gefragt, ob du in den sechs Wochen Sommerferien zu ihnen kommen kannst.»

«Du hast *was*?» Clara konnte nicht glauben, was sie gerade gehört hatte.

«Ich habe Gitti gefragt, ob du eine Zeitlang bei ihr wohnen kannst. Du musst unbedingt mal raus», erklärte ihre Mutter. «Keine Widerrede!», schob sie nach, als Clara den Mund öffnete, um zu protestieren. «Du kannst nicht hier auf der Insel versauern. Jetzt steht dir die Welt offen. Jetzt kannst du noch so viel erleben. Irgendwann ist es zu spät.»

Sie seufzte, und Clara fragte sich, ob sie dabei an ihr eigenes Leben dachte, das sich überwiegend zwischen Blumenladen, Haushalt und gelegentlichen Treffen mit Freunden abspielte. «Du und Papa, ihr könntet mal Urlaub machen», sagte sie. «Ein paar Tage kommen Millie und ich in der Gärtnerei auch ohne euch klar.»

«Das bezweifle ich nicht. Aber du weißt doch, wie dein Vater ist: Wieso wegfahren und Geld ausgeben, wenn es zu Hause sowieso am schönsten ist?»

Der Ansicht war Clara auch. Da war sie ganz das Kind ihres Vaters. Typisch Usedomerin eben! Aber ihre Mutter, die war mehr wie Emilia. Als ihre Eltern sich kennengelernt hatten, war sie Rosenkönigin gewesen. Sie hatte Pläne gehabt, wollte studieren. Aber zu alldem war es nie gekommen, denn zu DDR-Zeiten durfte man nicht reisen, und nach dem Mauerfall waren sie und Emilia auf der Welt gewesen...

Clara malte mit der Schuhspitze kleine Kreise in den kiesigen Boden. Auch wenn ihr bei dem Gedanken, in ein

Flugzeug zu steigen und zu wildfremden Menschen zu reisen, ganz mulmig wurde, sollte sie vielleicht doch einmal über den Vorschlag ihrer Mutter nachdenken!

3. Kapitel

Die Reise von Paris nach Usedom hatte ewig gedauert, und je flacher die Landschaft geworden war, die vor dem Zugfenster vorbeizog, und je mehr Windräder am Horizont auftauchten, desto stärker war das Gefühl der Beklemmung in Emilias Brustkorb geworden. Inzwischen wusste sie von ihrer Mutter, dass Clara Kopfverletzungen, einen Milzriss und mehrere gebrochene Rippen hatte. Das alles war nicht akut lebensbedrohlich, aber auch nicht ungefährlich ... Der Milzriss musste operiert werden.

Auf der Fahrt hatte Emilia sämtliche Gebete heruntergesagt, an die sie sich aus ihrer Kindheit noch erinnern konnte, und Gott sogar einen Deal angeboten: Wenn Clara wieder gesund wurde, würde sie sich endlich einen anständigen Job suchen. Sie würde nicht mehr jede Nacht um die Häuser ziehen und so viel trinken, dass sie morgens mit einem dicken Kopf und einem pelzigen Gefühl im Mund aufwachte. Sie würde sich nicht mehr mit Typen einlassen, nur um die Leere in ihrem Inneren für einen Moment zu vergessen, die sie seit zwei Jahren mit sich herumtrug und mit nichts zu füllen vermochte. Sie würde ihr Leben von jetzt an verdammt noch mal endlich wieder auf die Reihe kriegen!

Emilia holte tief Luft. Dann trat sie entschlossen durch die Schiebetüren des Krankenhauses, und sofort war er da: der ekelerregende Gestank nach Desinfektionsmittel, Kaffee, Verzweiflung und Tod. Sie hasste Krankenhäuser. Selbst nach den Geburten von Lizzy und Felix war sie nur widerstrebend dorthin gefahren, um ihre Schwester und das Baby zu besuchen.

Emilia versuchte, flacher zu atmen. Trotzdem schnürte sich ihre Kehle zusammen, und ihr gerade noch flatterndes Herz wurde zu einem schweren, trägen Klumpen in ihrem Brustkorb. Das Quietschen ihrer Turnschuhe auf dem Linoleum klang unangenehm schrill in ihren Ohren, als sie so schnell wie möglich auf den Aufzug zueilte und nach oben fuhr. Die Station für Innere Medizin, auf der Clara lag, befand sich im dritten Stock.

Als Emilia den Aufzug verlassen hatte, sah sie als Erstes Lizzy. Irgendjemand musste sie aus dem Internat abgeholt haben. Sie saß mit ihrem Handy in der Hand auf einer Sitzgruppe vor der Stationstür. Ihre Haare, lang und honigfarben wie die ihrer Mutter, hingen wie ein Vorhang vor ihrem Gesicht.

«Lizzy!», sagte Emilia leise, um sie nicht zu erschrecken.

Dennoch zuckte das Mädchen zusammen. Lizzy hob den Kopf. Ihr schmales Gesicht mit dem etwas zu spitzen Kinn sah ganz verquollen aus, ihre dunklen Augen waren gerötet. Nur zögernd stand sie auf. Seit Weihnachten war Lizzy ein ganzes Stück in die Höhe geschossen, sie reichte Emilia inzwischen sicher schon bis zu den Augenbrauen.

So genau konnte Emilia das aber nicht feststellen, denn das Mädchen blieb ein paar Meter vor ihr stehen.

Es war noch gar nicht so lange her, da war Lizzy immer auf sie zugestürmt und hatte sich in ihre Arme geworfen. Aber da hatte sie auch noch Röcke aus Tüll und Shirts mit Einhorn-Applikation getragen. Nun steckten ihre langen, dünnen Beine in Jeans, die so eng saßen, dass sie kaum ihr Handy in eine der Taschen zwängen konnte. Im Gegensatz dazu war ihr schwarzer Pullover so weit, dass Emilia und sie zusammen hineingepasst hätten, und er reichte ihr fast bis zu den Knien. Die einst cremefarbenen Chucks an ihren Füßen waren schmutzig und mit schwarzem Filzliner bemalt. Die Namen ihrer Freundinnen standen darauf, aber auch *Fuck School!*.

«Sie lassen uns nicht zu Mama», sagte sie anklagend.

«Was? Aber Oma hat mir doch am Telefon erzählt, dass sie schon bei ihr war.»

«Sie durfte ja auch. Aber Felix und ich nicht. Kinder dürfen nicht auf die Intensivstation, hat die Schwester gesagt.» Eine Träne löste sich aus ihrem Augenwinkel, und mit einer ungeduldigen, fast schon zornigen Bewegung wischte Lizzy sie weg.

In diesem Moment wünschte Emilia sich ein bisschen, mehr wie ihre beste Freundin Becky zu sein. Becky hätte sich nicht von Lizzys Distanziertheit ins Bockshorn jagen lassen, sondern wäre, ohne auch nur eine Sekunde darüber nachzudenken, auf sie zugegangen, hätte sie in ihre molligen Arme geschlossen und Lizzys knochigen Körper fest an sich gepresst.

Aber da sie leider nicht wie Becky war, sagte Emilia nur:

«Ich werde mit der Schwester reden. Du bist ja schon dreizehn.» Sie zögerte einen Moment. «Wer hat dich aus dem Internat abgeholt?»

«Josh.» Ein kurzes Lächeln huschte über Lizzys Gesicht. Sie hatte schon immer sehr an ihm gehangen.

Emilias Schulterpartie jedoch versteifte sich. Das hatte sie sich gedacht. «Ist er auch hier?»

«Nein. Nur Oma, Opa und Felix. Josh muss arbeiten.»

Sie atmete aus. Gut! Der hätte ihr gerade noch gefehlt! «Bringst du mich zu ihnen?»

Ihre Eltern saßen mit Felix auf unbequem aussehenden Plastikstühlen im Wartezimmer der Intensivstation. Betroffen betrachtete Emilia die beiden. Ihre Mutter war schick gekleidet wie immer. Sie trug einen Overall aus weichem Jeansstoff und Sandalen, die mit bunten Schmucksteinen verziert waren. Wie immer war sie sorgfältig geschminkt, vielleicht sogar etwas stärker als sonst. Aber die Falten, die sich von ihren Nasenflügeln in Richtung Kinn zogen... waren die schon immer so tief gewesen? Und ihr Vater... hatte der seine breiten Schultern auch an Weihnachten schon so sehr hängen lassen? Ihre Eltern sahen aus, als wären sie seit ihrem letzten Zusammentreffen um zehn Jahre gealtert.

Im Gegensatz zu seiner Schwester hatte ihr neunjähriger Neffe keinerlei Berührungsängste. Er lief auf Emilia zu und schmiegte sich an sie. «Mama hatte einen Autounfall!»

«Ich weiß.» Emilia ließ ihre Reisetasche auf den Boden fallen und streichelte dem Kleinen über die weichen, dunkelblonden Haare, die glatt wie ein Helm sein Gesicht einrahmten.

«Na komm!» Thees hielt seinem Enkel seine große Hand hin, deren Nägel von der Arbeit im Garten immer ein bisschen schwarz waren. «Lass uns mal im Kiosk nachschauen, ob wir dort was Süßes für dich und deine Schwester finden. Und für mich eine Tasse Kaffee. – Soll ich dir eine mitbringen?», wandte er sich an seine Tochter.

Emilia nickte dankbar. Sie hatte seit Ewigkeiten nicht mehr richtig geschlafen, war im Flugzeug gar nicht und im Zug nur hin und wieder für ein paar Minuten weggedämmert.

«Wie geht es ihr?», fragte Emilia ihre Mutter, nachdem die große, kräftige Gestalt ihres Vaters und seine beiden Enkel durch die Stationstür verschwunden waren. «Weißt du schon was Neues?»

Delia rieb sich übers Gesicht und verschmierte dabei ihre Wimperntusche. «Den Umständen entsprechend ganz gut. Die Operation ist gut verlaufen. Der Milzriss war zum Glück nicht besonders tief. Die Rippenbrüche heilen von selbst, hat der Arzt gesagt. Aber die Kopfverletzung...» Sie griff nach Emilias Hand und drückte sie. «Sie haben Clara ins künstliche Koma gelegt.»

«Was?» Emilia befreite ihre Hand mit einem Ruck aus der ihrer Mutter. «Aber...»

«Es ist nicht so schlimm, wie es sich anhört», versuchte Delia sie zu beruhigen, aber es gelang ihr ganz und gar nicht. «Der Arzt hat gesagt, dass diese Maßnahme nur der Entlastung ihres Körpers dient und dass junge, gesunde Menschen wie deine Schwester so etwas in den allermeisten Fällen problemlos verkraften. Sie braucht jetzt nur Ruhe ... Bitte erzähl es nicht den Kindern. Wir haben ihnen gesagt, dass Clara nur ganz tief schläft.»

Emilia atmete tief durch. Auch wenn ihre Mutter etwas anderes behauptete: Das klang schlimm. Das war alles ein einziger Albtraum! «Kann ich zu ihr?»

«Gleich. Gerade sind noch zwei Schwestern bei ihr und wechseln ihre Verbände.»

Ihre Verbände ... Es waren also gleich mehrere. «Was ist denn überhaupt passiert? Wisst ihr das inzwischen?», fragte sie, und ihre Stimme hörte sich entsetzlich zittrig an. Dabei hätte sie ihrer Mutter so gerne Halt gegeben.

Delia schüttelte den Kopf. «Der Unfall ist kurz hinter Breest passiert. Auf der langen, geraden Allee. Ein anderes Auto war nicht beteiligt. Die Polizisten vermuten, dass Clara am Steuer eingenickt ist. Sie ...» Delia stockte, dann fuhr sie fort: «Sie hat nicht besonders gut geschlafen in der letzten Zeit.»

«Wieso nicht? Hatte sie Sorgen?»

Delia zögerte einen Moment zu lange, bevor sie weitersprach. «Du kennst doch deine Schwester. Sie hat ständig Sorgen. Für alles und jeden fühlt sie sich verantwortlich.»

Bestimmt hatte Clara diese Sorgen Klaus zu verdanken. Emilia verschränkte ihre Finger so fest, dass die Knöchel weiß unter der Haut hervortraten. Wie hatte ihre Schwester sich nur mit so einem Arschloch einlassen können? Und dann war sie auch noch schwanger von ihm geworden! Zum Glück war sein dunkelblondes Haar das Einzige, was Felix von seinem Vater geerbt hatte.

Thees war gerade mit den Kindern vom Kiosk zurückgekommen und hatte Emilia einen Plastikbecher voll dampfendem Kaffee in die Hand gedrückt, als die Tür aufging und eine Schwester das Wartezimmer betrat.

«Sie können jetzt zu Frau Jung. Aber bitte nicht mit der ganzen Familie», sagte die Schwester. Ihre braunen Augen sahen müde aus.

«Geh ruhig!» Ihr Vater nickte Emilia zu. «Wir waren schon bei ihr.»

«Ich will mit! Bitte!» Felix nahm Emilias Hand und schaute mit großen Augen zu der Schwester auf.

Die junge Frau seufzte. «Gut, ausnahmsweise. Aber nur kurz, damit deine Schwester eure Mutter anschließend auch noch für ein paar Minuten besuchen kann.»

Aus Filmen wusste Emilia, wie es auf einer Intensivstation aussah, aber es traf sie trotzdem hart, Clara inmitten von Apparaturen und Monitoren und an mehrere Schläuche angeschlossen in einem Bett liegen zu sehen, das viel zu groß für sie wirkte. Der Druck von Felix' Hand verstärkte sich, und sie bedauerte es, dass sie ihn mitgenommen hatte. Clara war nicht allein im Zimmer. Neben ihr, nur durch einen Paravent abgetrennt, lag eine Frau, die in einer Tour stöhnte. Und dann das furchtbare Piepen, das von den Apparaten ausging! Eine junge Schwester, die ein rotes Band mit Schleife im brünetten Haar trug, hängte gerade einen Beutel mit einer hellen Flüssigkeit an ein Gestell. *Schwester Anne* stand auf dem Schild an ihrer Brust.

Emilia zog einen Stuhl heran und setzte sich neben das Bett. Felix kletterte auf ihren Schoß.

«Sie schläft ganz tief», flüsterte er.

«Ich weiß.»

«Meinst du, sie hat Schmerzen?»

Emilia schüttelte den Kopf und hoffte, dass sie damit recht hatte.

Felix streichelte den Arm seiner Mutter.

Nicht, wollte Emilia schon sagen. «Dürfen wir sie überhaupt berühren?», fragte sie die Schwester. Sie fühlte sich so furchtbar hilflos und unsicher.

«Klar. Fassen Sie sie an! Reden Sie mit ihr! Das wird ihr guttun. Auch wenn sie schläft, wird sie das alles spüren.» Schwester Anne nickte ihr noch einmal aufmunternd zu und verließ dann das Zimmer.

«Werd schnell wieder gesund, Mama!» Felix strich mit dem Daumen über das Pflaster, das die Kanüle fixierte, die in Claras Handrücken steckte.

Emilia blinzelte. Vorsichtig streckte auch sie die Hand aus. Claras Haut fühlte sich ungewohnt kühl an. Ein Schauer lief ihr über den Rücken, und sie musste sich zwingen, ihrer Schwester ins Gesicht zu schauen. Das wunderschöne, ebenmäßige Gesicht, das nun von Abschürfungen und Blutergüssen verunstaltet wurde. Die blonden Locken waren von einem dicken Verband verdeckt. Aber am schlimmsten war der Schlauch, der in Claras Mund steckte. Emilia kämpfte gegen das Schluchzen an, das in ihrer Kehle aufstieg, und grub ihre Nase für einen Moment in Felix' Nacken, um seinen tröstlichen Kindergeruch einzuatmen.

Gestern um diese Zeit hatte sie noch im *Paul's* gestanden, Essen und Getränke serviert und mit einem attraktiven Kerl geflirtet, der sich die Zeit im Bahnhofsbistro vertrieb, weil sein Zug nach Nantes Verspätung hatte. Und nun saß sie hier neben ihrer älteren Schwester auf der Intensivstation, mit deren tapferem kleinen Sohn auf dem Schoß, und niemand konnte sagen, ob Clara jemals wieder so sein würde wie vor dem Unfall.

Natürlich würde sie das! Emilia presste Felix an sich. Das hatte der Arzt schließlich zu ihrer Mutter gesagt! Sie durfte sich jetzt nicht so hängenlassen. Sie musste an Felix denken. Und auch an Clara. Schließlich hatte die Schwester gesagt, dass sie einiges mitbekam.

«Du hast mir einen ganz schönen Schreck eingejagt, Schwesterherz!», sagte sie und streichelte Claras viel zu kühle Wange. «Mich auf diese Weise wieder nach Hause zurückzuholen, war nicht okay von dir. Ich wollte doch erst in ein paar Wochen kommen! Aber jetzt, wo ich schon mal da bin, mache ich mir eben ein paar schöne Tage, während du im Krankenhaus liegst und dich mal so richtig ausschläfst.»

Es war vollkommener Schwachsinn, den sie hier von sich gab. Aber was sollte sie Clara schon erzählen?

Ach, Clara! Mit dem Studium, das hat alles nicht so geklappt, wie ich es mir vorgestellt hatte. Ich würde so gerne mit dir darüber reden! Und ich wüsste gern, wieso du in der letzten Zeit nicht gut geschlafen hast. Was macht dir solche Sorgen? Wieso haben wir in der letzten Zeit nur so wenig miteinander telefoniert? Wieso haben wir überhaupt so wenig Zeit miteinander verbracht? Du wolltest mich doch in Paris besuchen! Verdammt, du blöde Kuh! Komm bloß nicht auf die Idee, nicht wieder gesund zu werden!

Das hätte sie gerne zu ihr gesagt. Emilia nahm Claras

Hand und drückte sie an ihre Lippen. Eine Zeitlang saß sie so da, mit Felix auf dem Schoß, dessen Atemzüge langsam ruhiger wurden, und betrachtete Claras regloses Gesicht, bis die schrille Stimme der jungen Schwester sie plötzlich hochschrecken ließ: «Halt! Stopp!»

Felix zuckte zusammen und riss die Augen auf. Emilia wandte sich um. Josh war durch die Glastür ins Claras Zimmer getreten.

4. Kapitel

Wie eine Furie stürmte die junge Schwester hinter Josh her. «Wie sind Sie denn hier reingekommen? Sie können hier nicht einfach jemanden besuchen! Sie müssen sich vorne anmelden!»

«Tut mir leid! Ich bin reingekommen, als die Putzfrau rausgegangen ist. Und die Zimmertür stand offen. Ich wusste nicht...» Josh brach ab und senkte den Blick, und Emilia nutzte die Gelegenheit, ihn zu betrachten. Von dem perfekt gezogenen Seitenscheitel über sein graues Shirt, die verwaschene Jeans bis zu den blütenweißen Turnschuhen. Sie dagegen trug immer noch das gleiche Outfit wie gestern Abend: knappe Jeansshorts, ein enges schwarzes Top und Sneakers, denen man ansah, dass sie damit inmitten von hundert Menschen auf einer versifften Tanzfläche gestanden hatte.

«Schon gut», sagte die Schwester besänftigt. «Aber ich muss Sie trotzdem bitten, draußen zu warten. Es dürfen nur maximal zwei Angehörige auf einmal hier sein.»

«Ich wollte sowieso gerade gehen.» Emilia stand auf und hob Felix von ihrem Schoß, der immer noch verschlafen blinzelte.

«Das musst du nicht. Wenn ich gewusst hätte, dass du hier bist...» Joshs Blick wanderte zwischen ihr und der Schwester hin und her. «Ich kann später wiederkommen. Wirklich! Das ist kein Problem!» Er lächelte schief, und Emilia spürte, wie sie weiche Knie bekam.

Sechzehn Jahre war es schon her, dass dieser Mann sie geküsst hatte. Sechzehn Jahre! Das war eine verdammt lange Zeit! Aber wenn sie die Augen schloss, konnte sie noch immer seine Fingerspitzen auf ihrer Wange spüren, seinen Atem, der ihre Haut streifte, und seine Lippen, die sich so warm und weich auf ihre legten...

«Nein! Bleib! Wir wollten wirklich sowieso gerade gehen.» Emilia nahm Felix' Hand. Doch bevor sie das Zimmer verließ, blieb sie stehen und drehte sich noch einmal um.

Josh hatte sich auf den Stuhl gesetzt, auf dem kurz zuvor Felix und sie gesessen hatten, und hielt Claras Hand mit seinen Händen fest umschlossen. «Was machst du denn nur für Sachen?», hörte sie ihn leise sagen. «Da passe ich mal einen Moment nicht auf dich auf, und dann...»

Emilia schloss leise die Tür.

Sechzehn Jahre! Verdammt! So viele Typen hatte sie seitdem geküsst, aber dieser eine erste Kuss ließ sie nicht los. Damals hatte sie geglaubt, dass er der Anfang von etwas Neuem, Aufregendem war. Doch nur wenige Sekunden, nachdem sich ihre Lippen berührt hatten, war Josh zurückgezuckt. Er hatte gesagt, dass es ihm leidtäte, dass er zu viel getrunken habe, und hatte sie an der Seebrücke zurückgelassen. Sie und ihr zerschmettertes Herz.

Mit ihm gesprochen hatte sie nie über diesen Abend.

Aber sie hatten ja sowieso kaum jemals allein miteinander geredet. Auch wenn sie ihn jeden Tag gesehen hatte: Es war immer Clara gewesen, deretwegen er zu ihnen nach Hause gekommen war.

Emilia schloss die Augen. Wie hatte sie damals nur so blöd sein können zu denken, dass sie je etwas anderes für sein könnte als die nervige kleine Schwester seiner besten Freundin? Mit ihren blau gefärbten Haaren der Exot in ihrem spießigen Heimatdorf? Das Mädchen, das die zehnte Klasse wiederholen musste und das einen Scheiß nach dem anderen baute, nur um aufzufallen?

Für Josh hatte es immer nur Clara gegeben. Und daran hatte sich bis heute nichts geändert!

Die Fahrt nach Zinnowitz verlief schweigend. Lizzy hatte sich die AirPods in die Ohren gesteckt, die sie zu Weihnachten geschenkt bekommen hatte. Felix las in einem Donald-Duck-Heft, und ihre Eltern starrten durch die Windschutzscheibe auf die Straße vor ihnen. Zu allem Überfluss hatte es auch noch angefangen zu regnen.

Emilia war froh, als ihr Vater vor dem dunkelroten Backsteinhaus mit der angrenzenden Gärtnerei hielt. Irgendjemand hatte ein großes gelbes Banner an den Zaun gehängt, auf dem in schwarzer, schwungvoller Schreibschrift *Rosenhof* stand. An Weihnachten hatte es noch nicht dort gehangen.

Den Rosenhof hatten Emilias Urgroßeltern aufgebaut, und auch wenn sie nie die gleiche Leidenschaft für den Betrieb empfunden hatte wie Clara, war der Garten für sie immer ein magischer Ort gewesen. Einen Moment ließ sie den Blick über das weitläufige Grundstück schweifen. Der Rosenhof war zwölftausend Hektar groß. Es gab einen Seerosenteich, der so tief war, dass man darin schwimmen konnte, Bäume, auf die man wunderbar klettern konnte und die im Sommer voller Äpfel, Herzkirschen und Mirabellen hingen, und Rosen in allen Farben. Von Mitte Mai bis Mitte Oktober war die Luft durchtränkt von ihrem Duft und erfüllt vom Summen und Brummen der Insekten, die die Blüten umkreisten oder sich darauf niederließen.

«Ich weiß, dass du zurückkommst. Inselkinder kommen immer wieder zurück.» Diese Worte hatte ihr Vater zu ihr gesagt, als er sie mit Delia, Clara und den Kindern zum Bahnhof gebracht hatte, und seine Augen hatten dabei feucht geschimmert.

Aber sie würde nicht zurückkommen! Emilia zog sich die Kapuze ihres Pullovers über den Kopf und eilte hinter ihren Eltern, Felix und Lizzy ins Haus.

Im Windfang erwartete Emilia ein bunter Haufen Schuhe am Boden. Obwohl ihre Mutter es hasste, dass jeder sie dort abstreifte und einfach liegen ließ – schließlich stand ein großer Schuhschrank im Flur –, schien er niemals kleiner zu werden. Auch Claras hellblaue Gummistiefel mit den kleinen Blümchen standen dort.

«Ruh dich noch ein wenig aus!», sagte Delia zu ihr. «Du musst total kaputt sein. In einer Stunde gibt es Abendbrot.»

«Dann gehe ich so lange noch zu Maresa.» Lizzy, die gerade erst ihre Jacke ausgezogen hatte, nahm sie wieder vom Haken.

Ihre Großmutter stöhnte. «Aber um Punkt sieben bist du wieder zurück.»

Doch da war Lizzy schon aus dem Haus.

«Das ist nur eine Phase», sagte Emilia. «Die vergeht irgendwann. Bei mir ist sie schließlich auch vergangen.»

«Bist du dir da sicher?» Delias Lippen kräuselten sich belustigt.

«Nein!» Emilia streckte ihrer Mutter die Zunge heraus, und für einen kurzen Moment war alles wieder so wie früher. Doch viel zu schnell war dieser Moment vorbei, und Delias Gesicht wurde wieder ernst. Auch Emilia spürte, wie ihre Mundwinkel herabsanken. Nichts war wie früher. Denn jemand fehlte! Und sie musste ihren Eltern endlich die Wahrheit sagen!

«Ich gehe hoch.» Emilia nahm ihre Tasche und trug sie die Treppe hinauf.

Die Tür von Claras Schlafzimmer stand offen, und im Zimmer sah es so aus, als wäre sie nur kurz hinaus in den Garten gegangen. Ihr Bett war nicht gemacht, und über dem drehbaren Schreibtischstuhl hing eine Bluse. Emilia nahm sie und schmiegte ihr Gesicht hinein. Sie roch nach dem Waschmittel ihrer Mutter und nach Parfüm, einem Hauch Rose, und so sehr nach Clara, dass es ihr die Kehle zusammenschnürte. Als sie die Bluse wieder über den Stuhl hängte, war der cremefarbene seidige Stoff schwarz von ihrer Wimperntusche. *Clara, bitte mach keine Dummheiten und werd wieder gesund!*

Emilias Blick blieb an Claras Schreibtisch hängen. Ein Einkaufszettel lag darauf, auf dem Clara *Deo, Fleckensalz* und *Waschgel* notiert hatte, und ein Modekatalog. Emilia schauderte es, als sie ihn flüchtig durchblätterte. Die Kleider darin waren so bunt, mädchenhaft und floral wie Claras Gummistiefel. Ein Briefumschlag fiel heraus und segelte auf den Schreibtisch. Das Foto einer cremefarbenen Rose lugte daraus hervor.

Emilia nahm den Umschlag und zog es ganz heraus. Die Blütenblätter der Rose changierten an einigen Stellen leicht ins Apricotfarbene. Das Foto war an mehreren Stellen zerknickt und sah aus, als ob Clara es oft in den Händen gehalten hätte. Sie drehte es um.

The Beauty of Claire hatte jemand in die linke obere Ecke geschrieben. *Ihr Duft ist berauschend.*

Die blassblaue Schrift war an einer Stelle zerlaufen. So, als wäre ein Regentropfen daraufgefallen. Oder eine Träne ...

«Was machst du denn in Mamas Zimmer?»

Ertappt fuhr Emilia herum. Felix stand vor ihr.

«Ich ...», sie legte den Brief wieder auf den Schreibtisch zurück, «... ich wollte nur ein paar Sachen für deine Mama zusammensuchen, die ihr wichtig sind. Du hast ja gehört, was die Schwester gesagt hat: Obwohl sie schläft, bekommt sie einiges mit.»

«Was willst du ihr denn mitbringen?» Felix wischte seine laufende Nase am Ärmel seines Shirts ab.

Emilia schaute sich um. «Na, dieses Foto von euch zum Beispiel. Und ihr Parfüm.» Sie nahm den schlichten rosafarbenen Flakon von Claras altmodischem Frisiertisch und sprühte etwas von dem blumigen, süßen Duft in die Luft. Es war *La vie est belle* von Lancôme.

«Es riecht wie Mama», sagte Felix.

Emilia lachte. «Deine Mama riecht nach dem Parfüm. Aber im Grunde hast du gar nicht so unrecht: Ihre Haut verleiht dem Duft eine ganz eigene Note. Das ist nämlich das Besondere an Parfüms. Sie riechen an jedem Menschen anders.» Sie sprühte erst Felix und dann sich einen Stoß auf das Handgelenk und ließ ihn daran schnuppern. «Und weißt du, was noch ganz besonders an Düften ist? Sie sind mit Erinnerungen verbunden. Wenn ich Sonnencreme rieche, denke ich sofort an den Strand und die See. Bei Zimt an Weihnachten. Bei Popcorn ans Kino. Und wenn ich dieses Parfüm rieche und die Augen schließe, ist es so, als ob deine Mama bei mir wäre.» Sie drückte Felix an sich.

«Opa hat gesagt, dass es vielleicht auch bald ein Parfüm von dir in den Geschäften gibt.»

Emilia zuckte zusammen. «Ja, vielleicht. Das wäre toll, oder?»

Felix nickte. «Ich würde es kaufen.»

Sie schluckte. «Lass uns nach unten gehen! Vielleicht können wir deiner Oma mit dem Abendbrot helfen!»

«Ich habe gar keinen Hunger.»

«Ich auch nicht. Aber wir tun deiner Mama keinen Gefallen, wenn wir nichts essen und krank werden, oder?»

Während Felix schon vorging, nahm Emilia noch einmal den Brief in die Hand und betrachtete das Foto von der Rose. Ihre zarten Blütenblätter hatten die Farbe von altem Porzellan, und sie war auffallend stark gefüllt. Ihr Laub glänzte sattgrün.

The Beauty of Claire. Der Name *Claire* war eine Version von *Clara*. *Claras Schönheit* hieß die Rose also. Emilia nagte an ihrer Unterlippe. Schade, dass kein Absender auf dem Umschlag stand! Der Poststempel verriet lediglich, dass der Brief in England verschickt worden war. Vor fünfzehn Jahren. Emilia kniff die Augen zusammen. Das genaue Datum konnte sie nicht erkennen. Aber den Ort, von dem der Brief abgeschickt worden war: Wilsley Green.

Nachdenklich betrachtete sie die Füllfederschrift auf der Rückseite des Fotos. Clara war vor sechzehn Jahren in England gewesen. Nach dem Abitur. Sie hatte dort sechs Wochen bei einer Freundin ihrer Mutter verbracht. Wie hieß sie doch gleich? Gabi? Emilia wusste es nicht mehr, und sie konnte sich auch nicht an den Namen des Dorfes erinnern, in dem diese Freundin gelebt hatte. Zu der Zeit war sie erst fünfzehn gewesen, kaum älter als Lizzy jetzt. Sie hatte gerade erst ihren ersten Kuss bekommen und war todunglücklich gewesen, dass Josh danach so tat, als ob es ihn nie gegeben hätte. Trotzdem war sie sich sicher, dass sie sich daran erinnern würde, wenn Clara ihr erzählt hätte, dass sie in England einen Mann kennengelernt hatte. Einen Mann, der eine Rose mit berauschendem Duft nach ihr benannt hatte.

5. Kapitel

KENT, JULI 2003

«Hey! Clara! Hier bin ich!» Die Frau in der rostfarbenen Bluse und der blau gemusterten Pumphose lief auf sie zu, und ihre schulterlangen grauen Locken wippten dabei auf und ab.

Clara nahm den Griff ihres Rollkoffers und ging ihr entgegen.

«Wie schön, dass du da bist!» Gitti drückte sie so fest an sich, dass sich ihre lange braune Holzkette in Claras Brust bohrte. «Lass uns schnell fahren!» Sie hievte den Koffer auf den Rücksitz eines alten Käfer-Cabrios. «Ich stehe nämlich im Halteverbot, und Tony wartet nur darauf, mir ein Knöllchen zu geben.» Sie zeigte mit dem Kinn auf einen Mann in Uniform, der mit einem Block in der Hand mit verkniffenem Gesicht zwischen den Autos hindurchging, die vor dem kleinen Bahnhof in Paddock Wood parkten.

«Wie war dein Flug? Deine Mutter hat mir erzählt, es war dein erster?» Der Motor schnaufte empört, als Gitti ihn anließ, gehorchte dann aber brav, und der Käfer setzte sich in Bewegung.

«Gut», log Clara. Schon beim Start war ihr ganz übel gewesen vor Angst, und als es über der Nordsee ein paar Turbulenzen gegeben und das Flugzeug einige Male seltsame Bewegungen vollführt hatte, war sie fest davon überzeugt gewesen, dass ihr letztes Stündlein geschlagen hatte. Sie wünschte sich, nur einmal so furchtlos wie Emilia zu sein.

Emilia hätte sich neben der selbstbewussten und unkonventionellen Gitti sicher auch nicht so unsicher und farblos gefühlt. Clara schaute auf Gittis Hippie-Outfit, dann auf ihre eigene beigefarbene Stoffhose und das weiße Top und wünschte sich, sie hätte wenigstens eine Jeans angezogen. Aber dafür war es nun zu spät. Sie zog sich den Haargummi vom Handgelenk und fasste ihre langen Haare im Nacken zu einem Pferdeschwanz zusammen, weil der Fahrtwind sie ihr ins Gesicht wirbelte.

Während sie Gittis viele Fragen beantwortete – wie ging es ihrer Mutter, wie ihrem Vater, und war Roswitha, die die Segelschule auf Usedom leitete, noch immer mit diesem spießigen Grundschullehrer zusammen? –, ließ Clara ihren Blick über die grüne englische Landschaft schweifen. Auf Usedom war nach dem heißen Juni und dem noch heißeren Julibeginn alles ziemlich vertrocknet. Papa jammerte schon die ganze Zeit, weil er aus dem Bewässern der Rosen gar nicht mehr rauskam. In der Grafschaft Kent hätte er darauf verzichten können. Hier weideten die Kühe und Schafe auf saftigen Wiesen. Auch die Hügelkuppe am Horizont leuchtete sattgrün unter einem blauen Himmel, dessen weiße Wölkchen eine so perfekte Form hatten, als hätte sie ein Hobbymaler daraufgepinselt. Bäume sah Clara kaum, dafür jede Menge Hecken. Sie umsäumten nicht nur die Felder, sondern türmten sich auch rechts und links der engen Straße – so hoch, dass es sich anfühlte, als würde sie durch einen engen, grünen Tunnel fahren.

Hinter einer Kurve kam ihnen ein Mini Cooper entgegen und fuhr in so rasantem Tempo so dicht an ihnen vorbei, dass die Seitenspiegel sich fast berührten. «Blödmann!», schrie Gitti und unterstrich dieses Wort durch eine entsprechende Handbewegung, aber auch sie drosselte die Geschwindigkeit nicht. «Deine Mutter hat erzählt, dass du nach den Sommerferien eine Ausbildung in eurer Gärtnerei anfängst. Hattest du keine Lust zu studieren? Du hast doch so ein gutes Abi gemacht.»

Natürlich hatte Clara darüber nachgedacht, sich eine andere Ausbildungsstelle zu suchen. Aber auf Usedom gab es keine andere Gärtnerei, die auf Rosen spezialisiert war, und wieso sollte sie aufs Festland gehen, wenn es zu Hause sowieso am allerschönsten war? «Nein», antwortete sie. «Mama und Papa können meine Hilfe auf dem Rosenhof gut gebrauchen.»

Inzwischen fragte sich Clara aber doch hin und wieder, ob diese Entscheidung richtig gewesen war. Selbst Papa war verdutzt gewesen, als sie angekündigt hatte, dass sie die Gärtnerlehre bei ihm machen wollte.

«Nun ja, jetzt hast du ja erst mal sechs Wochen Ferien.» Gitti strich sich die Locken aus dem Gesicht, und die dicken Holzarmreifen an ihrem Handgelenk klapperten. «Ich bin sicher, es wird dir bei uns in Kent gefallen. Es gibt so viele Gärten bei uns! Über hundert Stück kann man besichtigen. Den von meiner Freundin Liza zum Beispiel. Ihre Spezialität sind Heilkräuter, aus denen sie Cremes und Tinkturen mixt. Sie hat sogar ein Buch darüber geschrieben. Oder unser Nachbar Roderick ... Der hat tatsächlich Lloyd damit beauftragt, ihm Ruinen im römischen Stil in seinen Garten zu bauen. Er ist ein bisschen verrückt. Alle Engländer sind ein bisschen verrückt.» Sie lachte unbeschwert. «Den Sissinghurst Castle Garden musst du dir auch unbedingt anschauen. Lloyd ist dort vor ein paar Monaten als Chefgärtner angestellt worden. Die Gärten gelten als die schönsten von ganz England, und sie liegen mit dem Auto nur acht Minuten von uns entfernt.» Gitti machte einen rasanten Schlenker um eine verrostete Stoßstange herum, die am Straßenrand lag. Ein paar Kilometer zuvor war sie einem abgerissenen Seitenspiegel ausgewichen. Die Straßen hier waren aber auch wirklich unfassbar schmal. Es wunderte Clara, dass überhaupt zwei Autos aneinander vorbeipassten, und sie war froh, nicht selbst fahren zu müssen. Sie hatte nämlich erst vor ein paar Monaten den Führerschein gemacht.

«Außerdem können wir einen Ausflug nach Leeds Castle machen», plapperte Gitti weiter. «Das Schloss ist für seine schwarzen Schwäne berühmt. Und wenn du mal Heimweh hast, können wir ans Meer fahren. Von uns aus fährt man nur eine knappe Stunde dorthin. Hach, ich freue mich, dass du die nächsten sechs Wochen hier bist! Ich liebe Lloyd, und ich habe es nie bedauert, zu ihm nach England gezogen zu sein. Aber er arbeitet den ganzen Tag, und seit Matt den Führerschein hat, hat der auch keine Zeit mehr für mich, weil er nur noch in der Gegend herumfährt.»

Oh Gott! Matt! Den gab es ja auch noch. Seine Existenz hatte Clara bisher erfolgreich verdrängt. Gittis Sohn war ein Jahr älter als sie. Auf dem einzigen Foto, das Clara von ihm gesehen hatte, war er allerdings erst fünfzehn gewesen. Es zeigte ihn mit breitem Zahnspangengrinsen auf einem Mofa sitzend, das Gesicht voller Pickel. Mama sagte, Gitti habe jedes einzelne ihrer frühzeitig ergrauten Haare ihm zu verdanken. «Er ist ein noch schlimmeres Früchtchen als deine Schwester», hatte sie mit einem Lächeln hinzugefügt.

Clara fand Emilias Eskapaden anstrengend genug. Sie legte wirklich nicht besonders viel Wert darauf, Matt kennenzulernen.

Wenn man von den vielen Autos absah, die sich durch die enge Hauptstraße wälzten, war Goudhurst, das Dorf, in das Gitti gezogen war, wirklich hübsch. Mehrere der Cottages waren mit Reet gedeckt. Es gab eine Kirche mit einem uralten Friedhof. Sein weitläufiges Gelände erstreckte sich bis zu einem pittoresken Hotel mit braun-weiß gestreifter Fassade. Es hieß *The Star and the Eagle* und war laut Gitti früher einmal das Hauptquartier einer Räuberbande gewesen. In der Mitte des Dorfes lag ein Goldfischteich.

Mama hatte davon gesprochen, dass Gitti und Lloyd in einem Cottage wohnten, und Clara hatte sich darunter ein winzig kleines Häuschen vorgestellt. Aber das Haus, auf das sie jetzt zufuhren, inmitten von Wildblumenwiesen gelegen, war sicher genauso groß wie ihr Elternhaus auf Usedom. Mit seinem verwitterten rostroten Walmdach, seinen vier Schornsteinen, den Butzenscheiben und der gestreiften Fachwerkfassade hatte es trotzdem etwas von einem Hexenhäuschen. «Wie hübsch!», rief Clara begeistert aus.

Gitti nickte geschmeichelt. «Nicht wahr! Aber warte ab, bis du erst den Garten siehst.» Sie winkte einem älteren Mann zu, der gerade den riesigen Topfgarten vor dem Hauseingang bewässerte. Funkien, Geranien und Lilien säumten den Zufahrtsweg. Als er sie sah, erschien ein breites Lächeln auf seinem sonnengegerbten, faltigen Gesicht, und er nahm seinen Strohhut vom Kopf und schwenkte ihn durch die Luft.

Das war also Lloyd! Auch er wirkte sehr sympathisch. Clara spürte, wie ihre Anspannung sich legte, die sie schon mit sich herumschleppte, seit sie sich von ihrer Mutter zu dieser Reise hatte überreden lassen. Auf einmal freute sie sich richtig auf die Wochen, die vor ihr lagen.

Gitti hatte nicht zu viel versprochen: Ihr Garten war so prächtig, dass es Clara wunderte, dass sie und Lloyd ihn nicht auch zur Besichtigung freigaben.

«Darüber habe ich auch schon nachgedacht», gab Gitti zu, als sie sie darauf ansprach. «Aber Lloyd ist ein Einsiedler. Ihm ist es lieber, wenn er nach der Arbeit seine Ruhe hat. Und Matt bringt schon genug Besuch mit.»

Schade!, dachte Clara. Über frischgemähte Graspfade spazierten sie an einer Rabatte vorbei, in der feurig leuchtende Schwertliliengewächse neben limettenfarbenen Wolfsmilchstauden, Frauenmantel und Salbei wuchsen – eine wilde, unkonventionelle Mischung, die wunderschön aussah. Eiben waren in Form von Pfauen geschnitten, und um ein Bassin gruppierten sich Funkien, Gräser und Farne.

Claras Blick fiel auf einen jungen Mann, der mit einer großen Schere eine Weißdornhecke in Form brachte. Oberkörperfrei und in äußerst knappen Shorts! Sein Haar hatte die Farbe einer alten Kupferkanne.

«Habt ihr einen Gärtner eingestellt?», fragte Clara.

«Nein.» Gitti kicherte. «Komm mal rüber, Matt, und begrüße unseren Gast aus Deutschland!», rief sie dann.

Dieser Hüne war Matt! Clara konnte es kaum glauben. Wo war der fünfzehnjährige dürre Knirps auf dem Mofa hin? Die Pickel waren verschwunden, genau wie die Zahnspange. Und die hatte gute Dienste geleistet. Seine Zähne waren gerade und makellos, überhaupt sah er ziemlich gut aus, und das selbstbewusste Lächeln, mit dem er auf sie zukam, zeigte, dass er sich dessen durchaus bewusst war. Er schien ja auch viel für sein attraktives Äußeres zu tun. Seine breite Brust und die muskulösen Arme und Beine hatte er sicher nicht nur von der Gartenarbeit.

«Hey!» Matt kam dicht vor ihr zum Stehen – sehr dicht. Offenbar gehörte er nicht zu den Menschen, die Sinn für eine angemessene Individualdistanz hatten. Es fiel Clara schwer, nicht zurückzuweichen, sondern stehen zu bleiben.

Um ihn sich wenigstens ein bisschen vom Leib zu halten, streckte sie ihm die Hand entgegen, kam sich im selben Moment jedoch unglaublich spießig vor, ihm diese formelle Begrüßung anzubieten. Emilia hätte an ihrer Stelle sicher nur lässig die Hand gehoben. «Hallo, ich bin Clara!»

«Matt!» Sein Blick glitt langsam an ihr herunter, von ihrem Gesicht bis etwa zu ihren Hüften, und ohne ihre Hand loszulassen, sagte er zu Gitti: «Wieso hast du mir eigentlich nicht erzählt, dass unser Gast aus Deutschland so hübsch ist?»

«Ich hatte Angst, dass du dann zur Begrüßung noch weniger anziehst», parierte seine Stiefmutter, aber sie grinste bei diesen Worten. Offenbar konnte sie ihren Stiefsohn gut leiden. «Bist du mit der Hecke fertig?»

«Fast.»

«Dann unterbrich deine Arbeit bitte für einen Moment, um Claras Gepäck in ihr Zimmer zu bringen. Der arme Lloyd hat es seit ein paar Tagen im Kreuz, und ich bin vor einiger Zeit vom Fahrrad gefallen und darf noch nicht so schwer heben.» Sie ließ ihr Handgelenk ein paarmal kreisen und verzog das Gesicht, als es dabei knackte. «Wir werden langsam alt.»

«Das ist wirklich nicht nötig», wandte Clara ein. «Ich kann mein Gepäck selbst tragen.»

«Das wirst du nicht mehr sagen, wenn du die engen, steilen Treppen gesehen hast. Außerdem liegt dein Zimmer unter dem Dach. Matt bringt dich dorthin, und ich bereite in der Zeit einen kleinen Willkommensdrink vor. Du magst doch Pimm's, oder?»

Clara hatte keine Ahnung, was das war, aber sie nickte. Dann folgte sie Matt ins Haus. Die alten Holztreppen waren wirklich eng und steil, trotzdem war Clara fest davon überzeugt, dass sie ihren Koffer mühelos allein hätte hinauftragen können. Durch die Gartenarbeit und den vielen Sport, den sie trieb, war sie weitaus kräftiger, als sie aussah.

«Ladies first», sagte Matt. «Dann habe ich einen besseren Blick auf deinen hübschen Po.» Er feixte.

Na, das fing ja gut an! Clara verdrehte die Augen. «Nein, nach dir bitte! Alter vor Schönheit!»

«Autsch! Die schönsten Rosen tragen die schärfsten Dornen.» Das selbstbewusste Grinsen klebte immer noch wie angetackert in seinem Gesicht.

«Stacheln. Rosen haben Stacheln. Und jetzt geh bitte vor! Die Aussicht auf meinen Po muss man sich erst verdienen.»

Was für ein Idiot!

6. Kapitel

Emilia schloss Claras Zimmertür hinter sich und ging nach unten. Die Tür zur Küche war nur angelehnt, und sie hörte ihre Eltern streiten.

«Sie wird wieder gesund», sagte Thees.

«Natürlich wird sie das. Das steht doch gar nicht zur Diskussion. Du hast doch den Arzt gehört», fuhr Delia ihm über den Mund. «Also red nicht so einen Blödsinn! Außerdem ... hättest du Lizzy ins Internat gefahren, anstatt ins Schützenheim zu gehen, müssten wir diese Unterhaltung gar nicht führen. Dann würde dein kleines Mädchen, um das du dir so viele Sorgen machst, nämlich nicht im Krankenhaus liegen.»

Thees schwieg. Es war ein vergiftetes Schweigen, das merkte Emilia selbst draußen auf dem Flur.

«Es tut mir leid! Das war nicht fair von mir», sagte Delia nach einer Weile.

«Nein, das war es nicht», entgegnete Thees leise und mit nur mühsam unterdrückter Wut in der Stimme. «Clara wollte Lizzy selbst fahren, weil die beiden sich gestritten hatten. Nur deshalb bin ich ins Schützenheim gegangen.» Eine Pause trat ein. «Ich schaue noch einmal nach den Rosen», sagte er dann. Thees verließ die Küche, und Emilia schaffte es gerade noch zurückzuweichen, sonst wäre er mit ihr zusammengestoßen. Ohne sie groß zu beachten, griff er nach seiner Wachsjacke und stapfte in den Regen hinaus.

«Kann ich dir etwas helfen?», fragte Emilia ihre Mutter. Es war ihr peinlich, beim Lauschen ertappt worden zu sein.

Delia schüttelte den Kopf. Sie stand vor der mit Mehl bestäubten Arbeitsplatte und war dabei, Teig zu kleinen Kugeln zu formen. «Ich back nur schnell noch ein paar Brötchen, die mögen die Kinder so gern. Der Rest ist fertig. Du kannst dich ruhig noch ein bisschen ausruhen. Abendessen gibt es erst in einer Stunde. Oder hast du schon Hunger?»

«Nein.» Emilia lehnte sich neben Delia gegen die Arbeitsplatte. «Hast du schon mal was von einer Rose gehört, die *The Beauty of Claire* heißt?»

Delia schüttelte den Kopf. «Wieso fragst du?»

«Ich habe ein Foto von dieser Rose auf Claras Schreibtisch gefunden.»

«Du warst in ihrem Zimmer?»

«Ja. Nicht um zu schnüffeln, sondern...» Sie schniefte.

Delia holte ein Päckchen Papiertaschentücher aus einer Küchenschublade. «Ist schon gut.» Sie streichelte ihr übers Haar.

Emilia putzte sich die Nase und reichte ihrer Mutter dann den Umschlag und das Foto. «Der Brief ist vor fünfzehn Jahren in England abgeschickt worden. In einem Dorf namens Wilsley Green.» Sie tippte auf den Poststempel.

«Wohnt dort die Freundin, bei der Clara nach dem Abitur für ein paar Wochen gewohnt hat?»

«Gitti? Nein, die wohnt in Goudhurst.»

«Hat Clara dir gegenüber erwähnt, dass sie damals in England einen Mann kennengelernt hat?»

Delia schüttelte den Kopf. «Ich kann mich überhaupt nicht daran erinnern, dass sie überhaupt irgendein männliches Wesen erwähnt hat. Außer Gittis Mann. Und Matt. Wieso fragst du denn das alles?»

«Weil ich glaube, dass der Mann, der Clara den Brief geschickt hat, in sie verliebt war.» Emilia drehte das Foto um. «*Claire* heißt *Clara*. Das kann doch kein Zufall sein. – Glaubst du, dass Matt dieser Mann ist?»

«Das kann ich mir nicht vorstellen. Ich hatte nicht den Eindruck, dass Clara ihn besonders gut leiden konnte. Wenn ich mich richtig erinnere, hat sie damals gesagt, dass er ein Vollidiot sei.»

Das musste ja nichts heißen! Ein Idiot war Josh auch, und trotzdem war Emilia jahrelang in ihn verliebt gewesen.

Das Telefon läutete.

«Kannst du rangehen?», fragte Delia mit einem Blick auf ihre bemehlten Hände.

Emilia nickte. Hoffentlich war es nicht das Krankenhaus! Die angespannte Miene ihrer Mutter zeigte ihr, dass sie den gleichen Gedanken hatte. Sie ging in den Flur, wo das Telefon stand, und hob ab.

Sie räusperte sich. Ihr Mund fühlte sich trocken an. «Emilia Jung.»

«Hier ist Klaus», hörte sie die Stimme am anderen Ende der Leitung.

Sie atmete aus. Auch wenn sie sie nicht einmal gekochten Chicorée so sehr verabscheute wie diesen Mann, war sie erleichtert. «Was ist?»

«Was wohl?», fragte er knapp. Anscheinend war er genauso unwillig wie sie. Ihre Abneigung beruhte auf Gegenseitigkeit. Und das, obwohl er nie herausgefunden hatte, dass sie es gewesen war, die damals den vergammelten Fisch in seinem Mercedes SLK versteckt hatte. «Ich will wissen, wie es Clara geht.»

Dann hatte sich ihr Unfall also schon im Dorf herumgesprochen. «Woher weißt du davon?»

«Ein Klient hat mir davon erzählt.» Klaus war Immobilienmakler. Sein neuester Coup, der Umbau des alten Kulturhauses in sechsundachtzig schicke Wohnungen, brachte ihm gerade ein kleines Vermögen ein, das hatte ihr Vater ihr erzählt. «Aber das kann dir total egal sein. Ich habe ja wohl das Recht zu erfahren, wie es meiner Ex-Frau geht. Und meinem Sohn.» Emilia unterdrückte ein Stöhnen. Sein arroganter, anmaßender Ton war zum Kotzen!

Was zum Teufel hat dich damals nur geritten, dich mit diesem aufgeblasenen Lackaffen einzulassen, Clara? Es fiel Emilia schwer, nicht die Beherrschung zu verlieren. Wie es den beiden ging, hatte ihn nämlich die letzten Jahre äußerst wenig interessiert.

«Es geht ihr den Umständen entsprechend gut», sagte sie kühl. «Und Felix auch.»

«Fabienne und ich haben überlegt, ob wir ihn zu uns holen sollen», sagte Klaus unumwunden. «In so einer Situation wäre es sicher gut für ihn, wenn zumindest ein Elternteil bei ihm ist.»

Emilia schnappte nach Luft. «Meine Eltern und ich sind für ihn da. Das sollte genügen», sagte sie, als sie sich wieder gefasst hatte. «Außerdem wäre es sicher nicht gut, ihn aus seiner gewohnten Umgebung herauszureißen. Ich melde mich, wenn wir deine Unterstützung brauchen.»

Sie legte auf. «Arschloch!», stieß sie voller Inbrunst hervor. «Das war Klaus», sagte sie zu ihrer Mutter, die ihr mit einem Klumpen Teig in der Hand gefolgt war.

«Das habe ich mir, spätestens als du ihn mit *Arschloch* betitelt hast, gedacht», entgegnete Delia trocken. «Wollte er, dass Felix zu ihm zieht?»

«Ja. Was denkt sich dieser Idiot? Kümmert sich jahrelang einen Scheiß um ihn, und dann macht er plötzlich einen auf besorgten Vater.» Emilia schäumte noch immer vor Wut.

«Ich habe gehört, dass sie gerne ein Kind hätten, aber Fabienne wird nicht schwanger», sagte Delia.

«Wie auch! Welche Kleidergröße trägt sie? XXS? Wie soll in einen so abgemagerten Körper ein Baby passen?»

Ihre Mutter zuckte mit den Schultern. «Die beiden haben wohl schon ein paar künstliche Befruchtungen hinter sich.»

«Und du meinst, dass daher seine väterlichen Anwandlungen kommen? Weil sie ihm anscheinend keinen Nachfolger schenken kann, besinnt er sich auf einmal auf den, den er schon hat?»

«Ich könnte es mir zumindest vorstellen.»

Emilias Magen zog sich zusammen. Das war keine gute Nachricht. *Du musst schnell wieder aufwachen, Clara!,* dachte sie verzweifelt. Denn Klaus war nicht nur in Bezug auf Immobilien dafür bekannt, dass er immer bekam, was er wollte.

Obwohl Lizzy zum Abendbrot zurück sein sollte, kam sie erst fünfzehn Minuten später. Ohne ein Wort zu sagen und ohne nach rechts und links zu schauen, stapfte sie zu ihrem Platz am Tisch und stieß dabei Felix, der sich nicht schnell genug duckte, den Ellbogen in den Nacken. Die langen Haare hingen Lizzy strähnig vom Regen ins Gesicht. Ihre feuchten Sachen rochen ein bisschen muffig – und nach Zigaretten. Rauchte sie etwa?, überlegte Emilia. Lizzy war doch erst dreizehn! Aber ... wie alt war sie gewesen, als sie an ihrer ersten Zigarette gezogen hatte? Mit vierzehn hatte sie einem Kunden ihrer Eltern eine Zigarette aus dem Päckchen geklaut und Becky dazu angestiftet, sie zusammen mit ihr heimlich hinter dem Gewächshaus zu rauchen.

Nicht nur Emilia hatte keinen Hunger. Auch ihr Vater kaute lustlos auf seinem Brot mit Brathering herum. Felix, der seine Oma überredet hatte, ausnahmsweise Cornflakes essen zu dürfen, rührte mehr in der Schüssel, als dass er aß, und Lizzy pulte das Innere aus ihrem Brötchen und rollte es zu kleinen Kugeln. Als sie glaubte, dass niemand hinschaute, ließ sie sie unter den Tisch fallen, und Sissi, auch genannt *das Monster*, stürzte sich sofort darauf. Schon die Tatsache, dass Delia die getigerte Katze nicht vom Esstisch wegscheuchte, zeigte, dass auch sie mit ihren Gedanken nicht hier, sondern bei Clara im Krankenhaus war.

Emilia war froh, als das Abendbrot endlich vorbei war

und sie nach oben gehen konnte. Gerade als sie den Flur durchquerte, schrillte das Telefon. Hoffentlich nicht schon wieder Klaus! Emilia straffte die Schultern und wappnete sich innerlich für eine erneute Auseinandersetzung.

«Kirschner hier», meldete sich eine dunkle, angenehme Stimme, nachdem Emilia abgenommen hatte, und sie atmete hörbar aus. «Sind Delia oder Thees Jung zu Hause?», fragte die Frau.

«Einen Moment, ich hole sie.» Sie lief in die Küche, wo ihre Eltern gerade dabei waren aufzuräumen. «Eine Frau Kirschner.»

Ihr Vater wurde merklich blass. «Ich gehe ran!» Er riss ihr das Telefon förmlich aus der Hand und ging damit ins Esszimmer hinüber. «Ja! Ach so!», hörte Emilia ihn sagen. «Das ist nicht schlimm. Meiner Frau und mir passt es diese Woche auch nicht so gut. Nächste Woche weiß ich es noch nicht. Wir melden uns!»

«Wer war das?», fragte Emilia ihre Mutter.

«Eine Kundin.» Delia wischte mit hochkonzentriertem Gesicht die Arbeitsplatte sauber. «Es geht ... um ihre Hochzeitsgestecke.»

«Und da vertröstet ihr sie so lange?»

«Ja und?» Ihre Mutter knallte mit voller Wucht den Lappen ins Spülbecken. «Wir haben gerade weiß Gott andere Sorgen, als uns um Tischdekorationen zu kümmern», fuhr sie Emilia an, nur um im nächsten Moment zu sagen: «Tut mir leid! Meine Nerven ... Ich ...» Sie brach ab. «Möchtest du eine heiße Milch mit Honig? Ich mache den Kindern auch eine.»

Das Trostgetränk ihrer Kindheit hatte auch heute nichts von seiner beruhigenden Wirkung verloren. Nachdem Emilia ihre heiße Milch getrunken und danach geduscht hatte, kroch sie in ihr Bett und schlief sofort ein. Trotz ihres Kummers und all der Gedanken, die in ihrem Kopf kreisten, forderte ihr Körper nachdrücklich, was sie ihm seit über einem Tag vorenthielt. Erst gegen Morgen – es wurde schon hell und die Vögel zwitscherten – schreckte sie hoch, geweckt von dem Quietschen einer Tür und dem leisen Tapsen von bloßen Füßen auf dem Parkett.

Felix stand vor ihrem Bett. Er trug einen Schlafanzug mit Yoda darauf und hatte sich Bob unter den Arm geklemmt. Den dunkelbraunen Teddy hatte Emilia ihm zu seiner Geburt geschenkt. Da war Felix noch genauso klein gewesen wie das Kuscheltier.

«Ich hab schlecht geträumt», murmelte er, und seine Unterlippe zitterte.

Emilia warf einen Blick auf das Display ihres Handys. Erst sechs Uhr. «Was denn?», fragte sie verschlafen.

«Das weiß ich nicht mehr. Aber es war schlimm.» Er schniefte.

Mit einem Seufzen hob Emilia ihre Bettdecke an. «Na komm! Schlüpf rein! Ich werde dir die bösen Träume schon vom Leib halten.»

Anscheinend schien sie tatsächlich über diese Zauberkraft zu verfügen, denn nachdem sich Felix eine Zeitlang unruhig hin und her gewälzt hatte, schlief er wieder ein.

Emilia dagegen war nun hellwach. Felix hatte sich so fest in ihren Arm gekuschelt, dass sie sich kaum bewegen konnte, und er war warm wie ein Bratfisch. Sie traute sich aber nicht, ein Stück wegzurutschen, aus Angst, den kleinen Kerl zu wecken. Mit der freien Hand angelte sie nach ihrem Handy. Sie googelte *künstliches Koma*, bedauerte es aber sofort. Das, was in den Artikeln stand, war zum Teil so schrecklich, dass sie sich wünschte, es nie gelesen zu haben. Besonders die Passagen über die Nebenwirkungen und Folgeerkrankungen hätte sie sich wirklich besser gespart. Und die Bilder erst... Um sie wieder aus ihrem Kopf zu vertreiben, gab sie *The Beauty of Claire* und *Rose* in die Suchleiste ein. Leider spuckte ihre Suche aber nur eine Frau aus, die Claire hieß und ihr Geld damit verdiente, sündhaft teure Hochzeitstorten zu verkaufen.

In diesem Zusammenhang kam ihr auch der Anruf wieder in den Sinn, auf den ihre Eltern so merkwürdig reagiert hatten. Sie ersetzte die Suchbegriffe durch *Kirschner* und *Usedom*. Da Kirschner kein gängiger Name auf der Insel war, brachte die Suche nur zwei Frauennamen: Mathilde Kirschner, eine 1951 in Westberlin verstorbene Vorsitzende des Vereins Arbeiterinnenwohl, und eine Rosalinde Kirschner aus Ahlbeck. Emilia klickte auf den Eintrag. Sie war Paartherapeutin!

Nicht auch noch das! Emilia ließ den Kopf auf das Kissen zurücksinken. Ihre Eltern würden ihre Probleme niemals mit einer Fremden teilen, wenn es nicht wirklich ernst wäre. *Das muss in der Familie bleiben* war einer der Lieblingssätze ihres Vaters, gleichauf mit *Was sollen denn die Leute denken?* Ihre Ehe stand auf der Kippe! Alles brach auseinander...

Eine Traurigkeit befiel Emilia, die genauso schwarz war wie die Wände in ihrem Zimmer. Wie hatte sie mit siebzehn nur auf die hirnverbrannte Idee kommen können, sie in dieser Farbe zu streichen? Aber sie hatte damals so einige hirnverbrannte Ideen gehabt... Dass sie ihre Haare quietschblau gefärbt und später an einer Seite abrasiert hatte, waren noch zwei der konventionelleren gewesen. *Was sollen denn die Leute denken...*

Noch über eine Stunde versuchte Emilia vergeblich, wieder einzuschlafen, dann gab sie es auf. Vorsichtig zog sie den Arm unter Felix' Kopf hervor.

7. Kapitel

Mit nackten Füßen trat Emilia in den Garten hinaus. Wann war sie das letzte Mal um diese Zeit aufgestanden und nicht erst heimgekommen? Das Gras war noch feucht vom Morgentau. Emilia bückte sich und schlug die Beine ihrer Jeanslatzhose ein paarmal um, damit der Stoff nicht nass wurde. Nach der Nachricht ihrer Mutter war sie so kopflos gewesen, dass sie lediglich Unterwäsche, Strümpfe und zwei Shirts in ihre Reisetasche gestopft hatte. Weil die Hose, die sie auf der Fahrt getragen hatte, inzwischen unangenehm müffelte, musste sie nun mit dem vorliebnehmen, was sich noch in ihrem Kleiderschrank befand, und das waren überwiegend Stücke, die sie unter normalen Umständen auf gar keinen Fall mehr tragen würde. So wie diese äußerst unvorteilhafte Latzhose, in der sie sich vorkam wie eine Zwölfjährige.

Vorbei an Sissi, die mit in die Höhe gerecktem Schwanz und einer riesigen Maus im Maul an ihr vorbeistolzierte, ging Emilia zu Claras und ihrem Rosenstämmchen. Sie standen beide im hinteren Teil des Gartens neben der Steinskulptur einer Frau. Bevor Felix in ihr Bett gekommen war, hatte Emilia geträumt, Claras *Anne-Marie de Montravel* wäre nur noch ein Gerippe aus verdorrten Zweigen, und sie war erleichtert, als sie sah, dass die Rose in voller Blüte stand und ihre Blätter frei von Rosenrost und anderen Krankheiten waren. Sie schloss die Augen, lauschte dem Morgenkonzert der Vögel und atmete die immer ein wenig nach Fisch und Algen riechende Luft tief ein, die der Wind vom nahen Achterwasser zum Rosenhof herüberwehte.

Als sie sie wieder öffnete, bemerkte sie, dass außer ihr noch ein anderer Langschläfer aufgestanden war. Lizzy kniete auf dem Holzsteg des Schwimmteichs. Auf ihrer Hand saß ein ausgesprochen großer Frosch.

«Guten Morgen!» Der Holzsteg knarzte, als Emilia ihn betrat, und der Frosch hüpfte in den Teich zurück.

«Du hast ihn vertrieben», sagte Lizzy vorwurfsvoll. Dunkle Ringe lagen unter ihren Augen, sie sah noch verweinter aus als am Tag zuvor.

«Tut mir leid.» Emilia setzte sich neben ihre Nichte. «Ich hatte früher auch manchmal zahme Frösche. Hat er einen Namen?»

«Prinz. Das war Felix' Idee, nicht meine.» Lizzy knibbelte an den abgeplatzten himmelblauen Nagellack ihres Daumens. «Ich hätte ihm einen viel cooleren Namen gegeben.»

«Ich finde den Namen cool. Hast du getestet, ob er ein verwunschener Prinz ist?»

«Haha!» Lizzy verdrehte die Augen.

«Deine Mutter und ich haben es oft getestet. Es war aber leider nie einer dabei.»

«Was für ein Wunder!» Lizzy warf ihr einen vernichtenden Blick zu. Dann stand sie auf und ging davon.

Emilia blieb noch einen Moment sitzen und sah Prinz dabei zu, wie er auf ein Seerosenblatt kletterte. Wann hatte sie die Verbindung zu Lizzy verloren? An Weihnachten hatten sie sich doch noch so gut verstanden! Lizzy hatte ihr erzählt, dass sie am liebsten Ava Max hörte, dass sie einen Jungen aus dem benachbarten Koserow süß fand und dass es ihr davor graute, nach den Ferien wieder aufs Internat zu müssen.

«Moin!» Thees, der eine Schubkarre voller Schnittrosen vor sich herschob, blieb vor ihr stehen. In diesem Jahr hatten Josh und er Rosenstöcke in das Beet direkt hinter dem Haus gepflanzt. «Na, mein Mädchen, konntest du einigermaßen schlafen?»

Emilia seufzte. «Geht so.»

«Mach dir nicht so viele Sorgen.» Er rang sich ein Lächeln ab. «Das wird schon wieder. Deine Schwester sieht zwar aus, als ob sie der kleinste Windhauch umbläst, aber sie ist zäh. Im Frühling hat sie die ganzen Beetumrandungen neu gelegt.»

Bei der Vorstellung, wie Clara im Garten kniete und Steine legte, musste Emilia lächeln. Ihr Vater hatte recht, ihre Schwester war zäh. Sie konnte sich noch gut daran erinnern, wie Clara dem fetten Ralf eins auf die Nase gegeben hatte, weil er einfach nicht aufhören wollte, Emilia auf dem Weg von der Grundschule nach Hause zu ärgern. Und als Clara im Winter einmal beim Schlittschuhlaufen auf dem kleinen See bei Bansin durchs Eis gebrochen war, war sie nicht nur alleine wieder rausgekommen und in ihren klatschnassen Kleidern mit der Bahn zurückgefahren, sie hatte sich auch nur eine ganz leichte Erkältung zugezogen.

Emilia lächelte bei der Erinnerung daran. Ja! Clara war wie ihr Rosenstämmchen, die *Anne-Marie de Montravel*: viel robuster, als ihr zartes Aussehen vermuten ließ. Auf einmal fühlte sie sich ein wenig besser.

Das Gefühl der Erleichterung legte sich aber gleich wieder, als sie mit ihrem Vater zusammen das Haus betrat.

«Was machst du denn schon hier?», fragte Delia schmallippig, als sie ihren Mann sah. Sie war gerade dabei, den Frühstückstisch zu decken. «Du wolltest doch die Schnittrosen nach Wolgast fahren.»

«Das mache ich nach dem Frühstück.» Thees senkte den Kopf, um ihr einen Kuss auf die Wange geben, doch Delia drehte sich weg. In Emilia schmolz der letzte Rest Hoffnung, dass die Frau, die gestern Abend angerufen hatte, doch nicht die Paartherapeutin Rosalinde Kirschner war. Früher waren ihre Eltern immer so liebevoll miteinander umgegangen, dachte sie wehmütig.

«Mach es gleich!», forderte Delia. «Oder willst du, dass auch Mechthild ihre Rosen künftig in dem neuen Gartencenter oder im Internet kauft?»

Thees seufzte. «Es ist erst halb acht, Schatz. Der Wochenmarkt öffnet erst um neun. Es reicht völlig, wenn ich in einer halben Stunde losfahre.»

Delia hatte schon den Mund aufgemacht, um einen weiteren – wahrscheinlich scharfen – Kommentar abzugeben, doch ein Klingeln an der Tür unterbrach sie.

«Wer ist das denn um diese Zeit?» Sie runzelte die Stirn.

«Ich mach auf.» Emilia war froh, dem verletzten und

resignierten Ausdruck auf dem Gesicht ihres Vaters entfliehen zu können. Sie öffnete.

Dr. Bolls altes blaues Fahrrad parkte vor der Tür, und der alte Hausarzt stand mit einem braunen DIN-A4-Umschlag in der Hand daneben.

«Moin!», begrüßte sie ihn. «Bringen Sie uns eine Rechnung?» Dr. Boll war dafür bekannt, seine Briefe nicht mit der Post zu verschicken, sondern sie seinen Patienten höchstpersönlich mit dem Fahrrad zuzustellen. Er meinte, die Bewegung hielte ihn fit.

«Nein! Diesmal ist es etwas anderes.» Er senkte den Blick und betrachtete seine nackten Zehen. Wenn die Temperaturen nicht unter null lagen, trug er niemals Strümpfe in seinen Birkenstocksandalen. «Deine Schwester hat das bei mir hinterlassen und mich darum gebeten, für den Fall...»

Emilia nahm ihm den Umschlag aus der Hand. «Was ist das?», fragte sie beklommen.

«Das ist eine Kopie von Claras Patientenverfügung. Deine Schwester hat darin geregelt, welche medizinische Versorgung sie möchte, falls sie nicht selbst mit den Ärzten sprechen kann.»

Eine unsichtbare Schlinge schien sich um Emilias Hals zu legen, und sie hatte das Gefühl, keine Luft mehr zu bekommen. «Und wieso geben Sie uns die? Clara liegt im künstlichen Koma, sie ist nicht hirntot. Und sie wird wieder gesund werden.»

«Natürlich wird sie das», sagte er ruhig. «Aber ich musste deiner Schwester versprechen, sie euch vorbeizubringen, wenn ihr etwas zustößt. Was Clara passiert ist, tut mir sehr leid.» Er fuhr sich durch seine schütteren Haare. «Wenn ich irgendetwas für euch tun kann ...»

«Im Moment ist das nicht nötig. Danke, dass Sie den Umschlag vorbeigebracht haben.» Emilia trat zurück und schlug die Tür zu.

«Was wollte Dr. Boll?» Inzwischen war auch ihre Mutter in den Flur getreten.

Emilia reichte Delia den Umschlag. «Den hat er vorbeigebracht. Wusstest du, dass Clara eine Patientenverfügung hinterlegt hat?»

Ihre Mutter zupfte an einer Ecke des Umschlags und nickte. «Du weißt doch, dass sie immer alles ganz genau geregelt haben wollte.»

Ja, das wusste Emilia nur allzu gut. Es war ein Wunder, dass Clara mit Anfang dreißig noch kein Testament gemacht hatte. Wobei ... vielleicht hatte sie das ja sogar! Was wusste Emilia schon groß von dem Leben, das ihre Schwester in den letzten Jahren geführt hatte? Sie hatte genug mit ihrem eigenen zu tun gehabt!

«Aber wieso bringt er sie uns jetzt vorbei. Clara ...» Delias Hand zitterte.

«Er hat gesagt, er musste es ihr versprechen.»

Delia öffnete den Umschlag und zog einen Schnellhefter und einen Brief heraus. «Der ist für dich.» Sie gab ihn Emilia.

Für sie? Wieso gerade für sie? Was konnte es denn geben, das Clara nur ihr sagen wollte? Emilia riss den Briefumschlag auf und fing an zu lesen.

Meine liebe Millie!
Du weißt, dass ich nichts mehr hasse als Dinge, die man nicht planen kann. Selbst Überraschungen an Geburtstagen und Weihnachten konnte ich nie etwas abgewinnen. Mir war es immer am liebsten, wenn ich die Dinge geschenkt bekam, die ich auf meinen Wunschzettel geschrieben hatte. Du brauchst gar nicht die Augen zu verdrehen. Ja, das ist langweilig! Aber so bin ich nun mal. Ich mag alles gerne geordnet. Und ganz ehrlich ... abgesehen von Lizzy ist in meinem Leben noch nicht viel Gutes ungeplant geschehen.
Ich habe so sehr gehofft, dass dieser Fall nicht eintritt, aber wenn du diesen Brief liest, weiß ich, dass ich Pech hatte. Denn ich habe Dr. Boll gesagt, dass er dir den Brief nur im Notfall geben soll. Und dieser Notfall ist nun eingetreten.
Ich möchte dich um etwas bitten, Millie! Ich weiß, es ist eine unfassbar große Bitte, aber es muss sein: Bitte kümmere dich um Lizzy und Felix, wenn mir etwas passiert! Ich wünsche mir nichts mehr, als dass sie auch ohne mich das allerschönste Leben haben.
Auch wenn ich es dir leider nie gesagt habe, insgeheim habe ich dich immer bewundert: für deine Stärke, deinen Mut, deine Unangepasstheit, deine unglaubliche Willenskraft und die ganzen verrückten Ideen, die du immer hattest. Wegen dir wird unser Baumhaus für mich immer eine Ritterburg bleiben, auf der wir uns versteckt haben, um feindliche Truppen auszuspionieren, und unser Gartenteich das

Zuhause von Wassermännern. Du hast mich dazu gebracht, auf die höchsten Bäume zu steigen, nachts auf Glühwürmchenjagd zu gehen und einen Frosch zu küssen – allerdings erst nach einer halben Flasche «Großmutters Vanillegeheimnis» –, um herauszufinden, ob es sich um einen verzauberten Prinzen handelte. An deiner Seite hatte ich die schönste, aufregendste und magischste Kindheit, und genau so eine Kindheit wünsche ich mir für Lizzy und Felix. Und auch wenn du bestimmt Zweifel hast: Ich weiß, dass du sie ihnen verschaffen wirst. Halte die beiden nur von Großmutters Vanillegeheimnis fern. ;-) Nie war mir so schlecht wie an diesem Tag!

Ich hätte dir noch so viel mehr zu sagen, aber wie schon gesagt: Ich hoffe, dass du diesen Brief niemals lesen wirst.

Ich drücke und küsse dich, meine wunderbare kleine, große, wilde Schwester, und pass gut auf meine Lizzy und meinen Felix auf!

Deine Clara

«Was ist denn los?» Ihre Mutter berührte ihren Arm, und Emilia fuhr zusammen. Erst jetzt realisierte sie, dass ihr Gesicht nass von Tränen war. «Was hat Clara dir denn geschrieben?»

«Ach, nichts Wichtiges», winkte sie ab. Sie konnte Delia unmöglich erzählen, was wirklich in dem Brief stand. Es war ihre Mutter gewesen, die sich um Lizzy gekümmert hatte, während Clara ihre Gärtnerlehre gemacht hatte.

Und später, als sie auf die Meisterschule gegangen war, auch um Felix. Wie konnte Clara nur annehmen, dass ausgerechnet ihre Schwester dazu in der Lage war, sich an ihrer Stelle um ihre Kinder zu kümmern? Nur weil sie sie früher einmal dazu überredet hatte, mit ihr nachts auf Glühwürmchenjagd zu gehen und einen Frosch zu küssen! Sie fühlte sich doch selbst noch wie ein Kind.

«Du bist so ein Baby!», hörte sie Lizzys Stimme, die Felix wegen irgendetwas anfuhr, und der Junge fing an zu weinen.

Oh Gott, Clara! Was verlangst du da nur von mir?

8. Kapitel

Emilia hatte die Ostsee nie als richtiges Meer betrachtet. Dazu war «Meer» ein viel zu großes Wort. Das Meer war geheimnisvoll, weit und tief. Auf dem Meer kämpften alte Seebären gegen Sturmfluten und riesige Fische. Die Ostsee dagegen wurde nicht ohne Grund als «Badewanne Berlins» bezeichnet. Selbst an ihrer tiefsten Stelle war sie nur vierhundertfünfzig Meter tief. Man konnte lange in Richtung Horizontlinie waten, bis man den Boden unter den Füßen verlor, und auf wilde Wellen, so wie an der Nordsee, konnte man lange warten. Aufregend war die Ostsee also wirklich nicht, und trotzdem liebte Emilia sie mit einer Heftigkeit, die sie manchmal selbst überraschte. Vor allem, wenn sie, so wie jetzt, mehrere Monate nicht zu Hause gewesen war.

Die krallte ihre Zehen in den Sand. Noch war er kalt, aber an einem klaren Sommertag wie heute würde es nicht lange dauern, bis er sich aufheizte und seine Wärme langsam ihre Füße hinaufkroch. Emilia ließ den Blick ein paar Minuten auf dem Meer verweilen. Seine ruhige Oberfläche, die sich lediglich ein bisschen kräuselte, stand in krassem Gegensatz zu ihrem aufgewühlten Innern.

Damals, in ihrer Kindheit und Jugend, war das Meer irgendwie blauer gewesen als heute, und die Sonne hatte heller geschienen. Damals, als es noch so viel Zukunft zu geben schien, und so wenig Vergangenheit. Unbesiegbar hatte sie sich in dieser Zeit gefühlt, und sie war felsenfest davon überzeugt gewesen, alles erreichen zu können, was sie sich wünschte.

Eine weißgraue Möwe flog mit heiserem Gelächter über ihren Kopf und setzte sich auf das Geländer der Seebrücke zu ihren Brüdern und Schwestern. Später am Vormittag würden sie sich hüten, sich dort niederzulassen, wenn die Touristen, wie Dominosteine aneinandergereiht, darauf warteten, dass die orientalisch anmutende Tauchgondel am Ende der Brücke sie bis auf den Meeresgrund hinunterlassen würde. Noch war die Seebrücke so gut wie verwaist. Lediglich ein älteres Ehepaar schlenderte darüber. Die beiden hatten einen altdeutschen Schäferhund bei sich, und als der Frau die Strickjacke von den Schultern rutschte, legte der Mann sie ihr fürsorglich wieder um.

Emilia fühlte einen Stich in ihrer Herzgegend, als sie an ihre Eltern dachte. Nicht nur, weil sie zur Paartherapie gingen, sondern vor allem, weil sie es selbst in dieser schrecklichen Situation nicht schafften, das, was vorher vielleicht zwischen ihnen gestanden hatte, beiseitezuschieben, um einfach nur füreinander da zu sein.

Sie ging weiter bis zum Spülsaum. Über Nacht war Strandgut angeschwemmt worden: Muscheln, Seetang, Holzkohle ... Bernstein sah sie keinen. Wäre welcher angespült worden, hätte ihn der alte Janssen auch sicher schon in seinen Beutel gesteckt. Es hieß, dass er schon ein ganzes Zimmer voll von den Steinen hatte. Bei dem Gedanken an den alten Sonderling musste Emilia lächeln.

Die Strahlen der Sonne wurden langsam wärmer. Wie eine kuschlige Decke legten sie sich auf Emilias Gesicht, ihre Schultern und Arme. Die sanfte Brise, die vom Meer zu ihr herüberwehte, roch besser als jedes Parfüm. Sollte sie den Duft nachstellen, würde sie die aquatische Frische von Wasserjasmin mit spritziger Limette und süßer Pfingstrose kombinieren und das Ganze mit einer holzigen Moschusbasis abrunden, vielleicht auch mit braunem Zucker. Aber es fehlte noch etwas!

Emilia hob schnuppernd die Nase, sie schloss die Augen und versuchte, sich auf die Gerüche um sich herum zu konzentrieren. Was lag noch in dieser köstlichen Meerbrise? Sie kam nicht darauf. Enttäuscht öffnete sie die Augen wieder. Natürlich war ihr Geruchssinn immer noch besser ausgeprägt als der von anderen, was wohl ein gewisses Talent war, aber auch daher kam, dass sie ihn jahrelang geschult hatte. Aber seit sie die *Ecole* hatte verlassen müssen, schien ihre Nase sie immer öfter im Stich zu lassen. Kein Wunder! Schließlich wurde sie nicht mehr gebraucht.

Eine kleine rundliche Gestalt in weißer Hose und weißblau gestreifter Bluse erschien im Strandaufgang und kam auf Emilia zugestapft. Ihre schulterlangen dunkelblonden Locken wurden von der frischen, vom Meer kommenden Brise zurückgeweht.

Wortlos breitete Becky die Arme aus. Für ein paar befreiende Momente ließ Emilia sich in ihre nach Vanille duftende Umarmung sinken, und sie spürte die Sonne warm auf ihrem Rücken. So oft und bei so vielen Gelegenheiten hatten diese Arme sie schon gehalten. Nach dem Tod ihrer Oma. Nach der Fünf im Deutschaufsatz, deretwegen Emilia die zehnte Klasse hatte wiederholen müssen. Als sie nach einer halben Flasche Wodka mit dem Kopf über der Kloschüssel hing... Egal wie viel Mist sie gebaut hatte, egal wie groß ihr Kummer gewesen war, Becky war an ihrer Seite: beständig und unerschütterlich wie das Meer.

«Sie war mir so nah, als ich den Brief gelesen habe», sagte Emilia, nachdem sie sich von Becky gelöst hatte. «Es kam mir vor, als würde sie direkt neben mir stehen. Als ob ich ihre Stimme hören würde. Aber jetzt ist sie wieder weg. Was ist, wenn sie nie wieder zu mir zurückkommt?»

«Aber die Ärzte haben doch gesagt, dass sie wieder gesund wird! Clara ist noch so jung. Und sie ist zäh.» Becky streichelte ihren Arm. «Kannst du dich noch an den Sommer erinnern, als dieser Junge aus Bremen sie die ganze Zeit verfolgt hat?»

«Wie könnte ich den je vergessen?» Der Typ, Lukas hatte er geheißen, hatte sich für die größte männliche Offenbarung seit Adam gehalten und Claras Nein einfach nicht akzeptieren wollen. Als er ihr auf einer Party am Strand bis auf die Seebrücke nachlief, war Clara über das Geländer geklettert und hinuntergesprungen. Sie hatte den Sprung in den sicher drei Meter weit entfernten Sand ohne auch nur einen einzigen Kratzer überstanden. Dieser Lukas dagegen wurde mit einem Oberschenkelhalsbruch ins Kreiskrankenhaus eingeliefert, weil er so blöd war, ihr nachzuspringen.

Emilia fing an zu kichern, und Becky fiel in ihr Lachen

ein. Es tat gut, sich in Erinnerungen zu verlieren. Etwas anderes hatte sie momentan schließlich nicht von ihrer Schwester. Bei diesem Gedanken wurde Emilia schlagartig wieder ernst.

«Was, wenn sie nicht wieder gesund wird? Was mache ich denn dann, Becky?» Sie fing an zu weinen, und Becky tat das Tröstlichste, was sie in dieser Situation tun konnte: Sie weinte mit.

«Was haben denn deine Eltern zu Claras Brief gesagt?», fragte Becky, nachdem sie sich beide mit Papiertüchern die Augen getrocknet und die Nasen geputzt hatten.

«Nichts.» Emilia seufzte. «Ich kann ihnen unmöglich sagen, was Clara von mir verlangt. Sie wären total verletzt. Sie haben die Kinder während Claras Ausbildung quasi aufgezogen.» Emilia ließ das Papiertaschentuch in der Tasche ihrer Latzhose verschwinden. «Ich weiß auch gar nicht, wie Clara sich das Ganze vorstellt. Ich wohne überhaupt nicht mehr hier, sondern in Paris, und sie geht davon aus, dass ich noch studiere. Ich weiß, dass sie nicht damit gerechnet hat, dass ich den Brief jemals zu lesen bekomme, aber ihr muss doch auch bewusst gewesen sein, dass ihre Bitte im Moment nicht ansatzweise realisierbar ist.»

Becky verzog unglücklich das runde Gesicht. «Dann hast du ihnen immer noch nicht gesagt, dass du durch die Abschlussprüfung gefallen bist?» Sie wich einem kleinen Jungen mit Schwimmflügeln aus, der mit einem Ball in der Hand auf dem Weg ins Wasser war und von seiner fröstelnden Mutter begleitet wurde.

Emilia schüttelte den Kopf. «Ich schaffe das nicht.»

Mehrere hundert junge Leute aus aller Welt bewarben sich jedes Jahr an der *Ecole de Givaudan* in Paris, der ältesten und renommiertesten Parfümeurschule der Welt. Nur drei bis vier von ihnen wurden angenommen, und eine davon war sie gewesen. Wenn Emilia die Augen schloss, sah sie immer noch das ungläubige Gesicht ihres Vaters vor sich, als sie ihm den Brief zeigte. Er hatte nicht an sie geglaubt und darauf bestanden, dass sie nach der Schule erst einmal eine Lehre im Drogeriemarkt machte. *Lern erst einmal was Anständiges!*, hatte er gesagt. *Dann sehen wir weiter!* Er hatte gedacht, dass es zu diesem *Weiter* nie kommen würde. Doch sie hatte ihn eines Besseren belehrt. Zumindest hatte sie das damals gedacht...

Eine dicke Wolke schob sich vor die Sonne, und Emilia fing an zu frösteln. «Klar, anfangs waren meine Eltern nicht begeistert davon, dass ich nach Paris wollte. Aber dann waren sie so stolz darauf, dass ich auf der *Givaudan* angenommen worden war. Ich, das missratene Kind, das vorher nie etwas auf die Reihe gekriegt hat! Ich kann ihnen doch jetzt nicht sagen, dass ich schon wieder versagt habe.»

«Jetzt sei nicht so streng mit dir!» Becky stieß sie in die Seite. «Ich finde, du hast schon eine ganze Menge auf die Reihe gekriegt.»

«Was denn? Und wage es nicht, jetzt lange über deine Antwort nachzudenken!»

Becky grinste. «Ich fand es zum Beispiel cool, wie heldenhaft du dich dafür eingesetzt hast, dass die ganze Schule hitzefrei bekommt, indem du das Thermometer manipuliert hast.»

Emilia verzog das Gesicht. «Das ist jetzt aber kein gutes Beispiel. Schließlich hat es nicht geklappt, weil im Büro des Direktors auch eins hing.»

«Der gute Wille zählt. Außerdem fällt mir noch viel mehr ein. Zum Beispiel, wie du dafür gesorgt hast, dass Opa Heinz noch einmal in seinem Ruderboot sitzen und das Meer sehen konnte.»

«Das lasse ich gelten.» Beckys Opa, ein ehemaliger Kapitän, hatte nach seiner Beinamputation nur noch kettenrauchend in seinem Rollstuhl auf seiner Veranda gesessen und die Kinder mit seinen bitterbösen Blicken erschreckt, bis Emilia kurzerhand beschlossen hatte, ihn samt Rollstuhl in seinem Boot bis an den Strand zu bugsieren. Die Kinder aus der ganzen Nachbarschaft hatte sie zusammentrommeln müssen, um den alten Kahn mit Beckys Opa darin die Straße hinunter und über den Strandaufgang zu ziehen. Doch die Tränen in seinen Augen hatten sie für alle Mühen und die aufgescheuerten Hände entschädigt. Er hatte sogar für ein paar Minuten ganz vergessen zu rauchen.

Ja, erfindungsreich war sie schon immer gewesen. Aber seit sie an der *Ecole* durch die Abschlussprüfung gefallen war, schien sie jegliche Kreativität verloren zu haben. Genau wie ihre Hoffnung.

Oh Gott, was war sie theatralisch!

«Ich bring dich noch zum Reisebüro», sagte Emilia, weil ein Blick auf die Uhr ihr sagte, dass Becky sich beeilen musste, wenn sie nicht zu spät bei der Arbeit sein wollte.

«Das musst du nicht», wehrte Becky ab.

«Ich tu nicht dir einen Gefallen, sondern mir. Clara

kann ich erst ab drei Uhr besuchen. Und zu Hause ist es momentan nicht gerade angenehm.» Emilia nahm ihre Schuhe in die Hand, und sie verließen den Strand.

Auf dem Weg in die Ortsmitte erzählte sie Becky von Frau Kirschner. Und von Lizzy, die sich seit Weihnachten so sehr verändert hatte, dass Emilia sie kaum wiedererkannte.

«Ist sie das nicht?», fragte Becky auf einmal und zeigte auf ein Mädchen mit langen blonden Haaren und ultrakurzen Jeansshorts, das neben einem Jungen in knallengen Hosen und mit umgedrehtem Käppi die Promenade überquerte.

«Ich hoffe nicht», antwortete Emilia mit einem mulmigen Gefühl im Bauch. Ihrer Mutter hatte Lizzy nach dem Frühstück erzählt, dass sie sich wieder hinlegen wollte, weil sie Kopfschmerzen hätte. Doch als das Mädchen sich verstohlen umschaute, bevor es nach der Zigarette des Jungen griff, erkannte sie das stupsnasige Profil. «Oh nein! Sie ist es doch!»

«Die ist ja wirklich ein ganz schönes Früchtchen geworden!» Becky schlüpfte in ihre Espadrilles, die sie am Strandaufgang unter dem Schild mit den Strandregeln abgestellt hatte. «Und der Junge, sollte der jetzt nicht eigentlich in der Schule sein?»

Da er wohl kaum älter als ihre Nichte war, sollte er das wohl. Da es Lizzy nicht zuzumuten war, in der aktuellen Situation das Internat zu besuchen, war sie für die nächsten zwei Wochen vom Unterricht befreit.

Kurz überlegte Emilia tatsächlich, ob sie zu den beiden gehen und Lizzy zur Rede stellen sollte. Aber da das sowieso nichts nutzen und sie damit ihre Nichte nur noch mehr gegen sie aufbringen würde, ließ sie es bleiben.

«Hast du Clara in der letzten Zeit gesehen?», fragte sie Becky.

«Nicht, seit sie vor ein paar Wochen bei uns im Reisebüro war.»

«Im Reisebüro?», fragte Emilia erstaunt. Sie konnte sich nicht daran erinnern, dass ihre Schwester in den letzten Jahren jemals weggefahren war. «Hat sie etwas gebucht?»

Becky zuckte ratlos mit den Schultern. «Ich hatte gerade einen anderen Kunden, meine Kollegin hat sie bedient. Soll ich nachfragen?»

«Nein, das brauchst du nicht. Meine Eltern oder Lizzy und Felix müssen es ja schließlich auch wissen, wenn sie einen Urlaub geplant hat.»

Ihr Blick fiel auf ein Plakat, das im Fenster des Strandbistros «Düne» hing. Der Rosenhof war darauf abgebildet. *Tag der offenen Tür im Rosenhof mit Rosenparty*, stand unter dem Foto. *Schaut euch an, wo unsere Rosen wachsen! In ausgelassener Stimmung kann der komplette Betrieb besichtigt werden. Für Musik und das leibliche Wohl ist natürlich gesorgt. Als besonderes Highlight erwartet unsere großen und kleinen Gäste eine Führung durch die Rosenbeete, ein Rosenquiz und ein buntes Kinderprogramm.* Als Datum war der übernächste Samstag angesetzt.

«Hast du gar nichts davon gewusst?», fragte Becky, die wohl ihre Verwunderung bemerkt hatte.

Emilia schüttelte den Kopf. «Niemand hat mir davon etwas erzählt. Komisch, dass Papa sich auf einmal dazu bereit erklärt hat. Clara liegt ihm schon seit Jahren mit einem Tag der offenen Tür in den Ohren, aber er hat bisher immer ein Veto eingelegt.» *Den Rosenhof gibt es schon über hundert Jahre. Wir haben einen solchen Affenzirkus überhaupt nicht nötig*, hatte ihr Vater immer gesagt. Neuerungen jeglicher Art stand er – da war er ganz der typische Vorpommer – vollkommen unaufgeschlossen gegenüber. «Was ist?», fragte sie Becky, die auf einmal ganz betreten aussah.

Becky wich ihrem Blick aus. «Nichts.»

«Doch, es ist was. Ich kenne dich, seit wir im Kindergarten zusammen in die Möwengruppe gekommen sind, Rebecca. Also sag schon!»

Sichtlich widerwillig hob ihre Freundin den Kopf. «Im Dorf erzählt man sich, dass es dem Rosenhof nicht so gut geht. Ich weiß ja nicht, ob an dem Gerede wirklich was dran ist, aber vielleicht hat Clara deinen Vater deshalb überreden können.»

Emilia stöhnte auf. Gab es denn in dieser beschissenen Zeit nichts, wovon sie verschont blieb? Claras Unfall, ihr Brief, die Ehekrise ihrer Eltern – und jetzt ging im Ort auch noch das Gerücht um, dass der Rosenhof kurz vor der Pleite stand!

Wenn das wirklich stimmte, würden ihre Eltern ihr sicher nicht die Wahrheit sagen. Aber es gab jemanden, der es sicher tun würde. Jemand, mit dem Clara über alles sprach. Ihr bester Freund – und vielleicht sogar mehr. Josh.

9. Kapitel

Joshs Mutter stand im Garten und hängte Wäsche auf. Obwohl sie fünf Kinder zur Welt gebracht hatte und schon fast sechzig war, hatte sie mit ihrer zierlichen Figur und den langen dunklen Haaren noch immer etwas Mädchenhaftes an sich. Sie trug schwarze Jeans und ein schwarzes Shirt. Emilia hatte sie noch nie in einer anderen Farbe gesehen.

«Hallo, Emilia!» Simone legte die Jeans, die sie gerade aufhängen wollte, wieder in den Wäschekorb zurück. «Schön, dich mal wieder zu sehen!» Ein Lächeln blitzte in ihrem Gesicht auf, nur um gleich wieder zu verschwinden. «Auch wenn der Anlass alles andere als schön ist.»

Emilia nickte. «Ist Josh da?»

«Er ist drinnen. Aber er muss gleich zum Dienst. Geh einfach rein!»

Um noch etwas Zeit zu gewinnen, bückte sich Emilia, um den schokofarbenen Welpen zu streicheln, der im Garten herumtollte und Bienen jagte. Bei ihrem letzten Besuch hatte noch Senta hier gewohnt, die uralte Golden-Retriever-Hündin. Vor ein paar Wochen war sie friedlich eingeschlafen, hatte Delia ihr erzählt.

«Na, wer bist du denn?» Emilia nahm das Hündchen auf den Arm und ließ sich von ihm über das Ohr lecken.

«Das ist Wolke», sagte Simone. «Sie ist so ein Wirbelwind. Ich hätte mich nicht von Josh überreden lassen sollen, wieder einen Hund anzuschaffen.» Die Wärme in ihren Augen, als sie das Hündchen anschaute, strafte ihre Worte Lügen. Außerdem hatte sie ihrem Goldjungen noch nie einen Wunsch abschlagen können. Und er ihr auch nicht.

Josh war ein Muttersöhnchen. Abgesehen von Nesthäkchen Leon war er der Einzige von seinen Geschwistern, der immer noch bei ihr wohnte. Mit fünfunddreißig! Und er würde wohl niemals ausziehen. Total deprimiert war er gewesen, als er nach dem Abitur für einige Zeit von zu Hause fortmusste, um in Güstrow auf die Polizeischule zu gehen. Dabei lag Güstrow mit dem Auto kaum zwei Stunden entfernt!

Emilia setzte Wolke wieder auf den Boden und ging ins Haus.

Die Tür zum Badezimmer stand halb offen. Durch den Spalt konnte Emilia sehen, dass Josh vor dem Waschbecken stand und sich rasierte. Ihre Schritte knarzten auf den Dielenbrettern, und sie rechnete damit, dass er jeden Moment aufschauen und sie bemerken würde. Dass er das nicht tat, gab ihr die Zeit, ihn einen Moment zu betrachten.

Josh hatte schon seine Uniformhose an, allerdings ohne Gürtel, weswegen sie viel zu tief saß, unterhalb der Hüftknochen, was seinen flachen Bauch betonte. Hätte er kein Unterhemd angehabt, hätte man sein Tattoo sehen können. *Memento mori* stand in schlichten Schreibschriftbuchstaben auf seiner Leiste.

Emilia wusste das nur, weil ihm seine Sporthose beim Volleyballspielen am Strand einmal so tief gerutscht war, dass sie den Schriftzug entblößt hatte. Und Josh war nicht begeistert gewesen, als sie ihn darauf angesprochen hatte. Gedenke des Todes! Angeblich wusste nicht einmal Clara, wieso er sich diesen Schriftzug hatte stechen lassen, kurz bevor er von Berlin nach Usedom gezogen war. Mit fünfzehn! In welcher Hinterhofkaschemme hatte er es machen lassen?

Josh war noch nie jemand gewesen, der seine Karten offen auf den Tisch legte. Emilia fragte sich, ob es das war, was sie lange Zeit so sehr an ihm fasziniert hatte. Das untrügliche Wissen, dass da so viel mehr unter seiner braven und geschniegelten Oberfläche war, als er preisgab. Es hatte nur einen einzigen kurzen Moment gegeben, in dem er sie hinter seine Fassade hatte blicken lassen. Damals, am Abend von seiner und Claras Abifeier, als er, der normalerweise keinen Alkohol anrührte, viel zu viel getrunken und sich neben sie auf die Seebrücke gesetzt hatte.

Ein leises Seufzen entfuhr Emilia, und sie wusste, dass sie sich spätestens jetzt von Joshs Anblick losreißen und sich irgendwie bemerkbar machen sollte. Doch sie konnte den Blick nicht lösen vom Spiel seiner Oberarmmuskeln, wenn er den Rasierer in gleichmäßigen Bewegungen über seine Wangen gleiten ließ, Strich für Strich den Rasierschaum entfernte. Als er an der Partie oberhalb seines Mundes angekommen war, wurde der feine weiße Strich der Narbe sichtbar, die seine Oberlippe teilte, und die sie schon immer unfassbar sexy gefunden hatte. Wie gerne würde sie diese Lippen noch einmal auf ihren spüren! Seine Hände in ihren Haaren ... Ihr Mund wurde trocken, und sie räusperte sich. Viel zu laut.

Josh schaute auf. «Millie!» Nur dieses eine Wort sagte er, doch es reichte aus, um Emilias Herz schneller schlagen zu lassen. An dem Abend auf der Seebrücke hatte er sie das letzte Mal so genannt. Erinnerungen stiegen in ihr auf. Sehnsucht. Und die alten Gefühle.

«Tut mir leid, deine Mutter hat gesagt, dass ich reingehen soll, aber wenn ich gewusst hätte ...» Ihre Stimme klang heiser.

«Ist was mit Clara?»

«Nein, keine Angst, es dreht sich nicht immer alles um sie», erwiderte sie schnippisch, und sofort schämte sie sich furchtbar. Was war sie nur für eine Schwester!

Auch Josh schaut irritiert.

«Es geht um die Gärtnerei», sagte sie. «Hat Clara mit dir jemals darüber gesprochen, dass es nicht so gut um sie steht? Im Dorf geht das Gerücht um.»

Josh starrte sie einen Augenblick ausdruckslos an. Dann ließ er den Rasierer sinken. Betrachtete den Schaum auf der Klinge und schwieg.

«Das heißt wohl ja», beantwortete Emilia resigniert an seiner Stelle ihre eigene Frage. Sie hatte so sehr gehofft, dass er nein sagte! «Wieso muss ich das von Becky erfahren? Warum hat mir niemand davon erzählt?»

«Du bist, seit du nach Paris gezogen bist, nur zweimal im Jahr nach Hause gekommen. Hätten sie dich wirklich mit ihren Sorgen belästigen sollen?»

Interpretierte sie zu viel in seinen Tonfall hinein, oder lag tatsächlich ein Hauch von Vorwurf in seiner Stimme?

«Ja, das hätten sie», entgegnete sie beleidigt. «Schließlich gehöre ich zur Familie. Und der Rosenhof ist immer noch mein Zuhause. Wie lange geht das schon?»

«Ich weiß es nicht genau.» Josh drehte den Wasserhahn auf und säuberte die Rasierklinge. «Es ist nicht so, dass Clara ständig mit mir darüber gesprochen hätte. Ich glaube, es ging der Gärtnerei schon die ganzen letzten Jahre nicht besonders gut, aber richtig schlecht läuft es erst, seit das neue Gartencenter aufgemacht hat. Dort gibt es auch Rosen. Günstigere... Und dann das ganze Internetgeschäft...»

Emilia schluckte. «Ich habe im Dorf Plakate vom Tag der offenen Tür gesehen. Hat Clara ihn deshalb organisiert? Weil es der Gärtnerei schlecht geht?»

Josh nickte. «Sie hat gehofft, dass sie den Leuten den Rosenhof dadurch wieder ins Gedächtnis ruft. Aber ich glaube nicht, dass es damit getan wäre...»

Wahrscheinlich nicht. Aber Emilia rechnete es Clara hoch an, dass sie nicht tatenlos hatte zusehen wollen, wie alles den Bach hinunterging. Jetzt wusste sie, wieso ihre Schwester in der letzten Zeit nicht gut geschlafen hatte. Ausnahmsweise war diesmal nicht Klaus der Grund dafür gewesen!

Delia stand in dem kleinen Blumengeschäft, das an das Gewächshaus der Gärtnerei angrenzte, und steckte rosafarbene und weiße Rosenköpfe in den Steckschaum in Form eines Kranzes.

«Ist der für eine Hochzeit?», fragte sie ihre Mutter.

Delia blickte auf. «Nein, für eine Beerdigung.»

Emilia hob die Augenbrauen, und ihre Mutter zuckte mit den Schultern. «Ich finde es auch unpassend, aber wenn es die Kunden so wollen...» Sie ergänzte ihre Komposition durch ein paar Rosenblätter. Der hellrote Nagellack an ihren Fingern war abgeblättert, lange nicht so sehr wie bei Lizzy, aber doch deutlich sichtbar. Unter normalen Umständen hätte Delia sich niemals so in den Laden gestellt. «Willst du etwas von mir?», fragte sie, weil Emilia keine Anstalten machte, wieder zu gehen.

Kurz überlegte Emilia, ob sie ihre Mutter mit ihrem neuen Wissen konfrontieren sollte, aber dann entschied sie sich dagegen. Wieso ihren Eltern noch mehr Kummer machen? «Ich habe im Dorf ein Plakat vom Tag der offenen Tür gesehen», sagte sie deshalb nur.

«Oh nein!» Delia stöhnte auf. «Daran habe ich überhaupt nicht mehr gedacht. Wir müssen die Plakate schleunigst abhängen.»

«Wieso?», fragte Emilia erstaunt.

«Glaubst du, irgendeiner von uns hat im Moment den Kopf für so etwas? Außerdem, wie sieht das denn aus, wenn Clara im Krankenhaus liegt, und wir veranstalten ein Fest!»

Emilia verdrehte die Augen. «Es ist kein Fest, es ist ein Tag der offenen Tür. Und mir ist es auch total egal, was die Leute sagen. Clara wird sicher nicht wollen, dass wir alles absagen. Sie hat bestimmt schon alles organisiert! Zumindest hat sie eine Band engagiert. Und der kann man sicher nicht ohne Stornokosten absagen.»

«Aber ich weiß gar nicht, was genau Clara alles geplant hat!», entgegnete ihre Mutter. «Sie wollte sich bei der Organisation nicht helfen lassen. Ich selbst sollte nur einen Kurs übers Blumenbinden geben und Kuchen verkaufen.»

Emilia schüttelte den Kopf. «Das lässt sich bestimmt herausfinden. Vielleicht steht im Büro ein Ordner?»

Gut, dass Clara so ordentlich war! Als Emilia das Büro im angrenzenden Raum betrat, fand sie den Ordner auf Anhieb. *Tag der offenen Tür* stand darauf. Wie vermutet, hatte ihre Schwester schon alles organisiert. In dem Ordner steckten säuberlich abgeheftet alle Lieferantenverträge und auch der Vertrag, den sie mit der Band abgeschlossen hatte. Er war tatsächlich nicht mehr zu stornieren. So kurz vorher hätten sie sogar die volle Gage, nämlich tausend Euro, bezahlen müssen.

Ihre Freundin Melanie hatte Clara fürs Kinderschminken organisiert. Nicole, ihre andere Freundin, sollte die Fotos machen. Sogar einen Termin mit einem Redakteur vom *Nordkurier* hatte sie vereinbart, der über die Veranstaltung berichten würde.

Als Emilia den Ordner wieder ins Regal zurückstellte, fiel ihr ein Umschlag ins Auge, auf dem das Logo des Reisebüros abgedruckt war, in dem Becky arbeitete. Ihre Freundin hatte ja erwähnt, dass Clara verreisen wollte! Neugierig öffnete Emilia den Umschlag.

Ein Flugticket nach England steckte darin – der Flug ging schon einen Tag nach dem Tag der offenen Tür – und eine Buchungsbestätigung für eine Bed-and-Breakfast-Pension in Sissinghurst.

Den Namen hatte sie doch schon einmal gehört! Emilia zog ihr Smartphone heraus und gab ihn bei Google ein. Natürlich! Sissinghurst Castle. Das Schloss und die Gärten waren weltberühmt. Aus einer spontanen Eingebung heraus gab Emilia *Wilsley Green* bei Google Maps ein – das Dorf, in dem der Brief mit dem Rosenfoto abgeschickt worden war. Es lag nur knapp drei Kilometer von Sissinghurst entfernt!

«Wusstest du, dass Clara vorhatte, nach England zu fliegen?», rief sie ihrer Mutter zu, die sich wieder ihren Beerdigungskränzen zugewendet hatte.

«Ja, das wusste ich. Sie wollte eine Gartenreise durch Kent machen. Sie hat sich schon ewig keinen Urlaub mehr genommen.»

Als Gartenreise hätte Emilia das, was Clara geplant hatte, nicht gerade bezeichnet. Es sei denn, alle berühmten Gärten Kents gruppierten sich rund um das Sissinghurst Castle. Clara hatte sich nämlich keine andere Unterkunft als das Orchard Cottage gebucht.

«Wollte Clara auch Gitti besuchen?»

«Oh nein! Gitti!» Delia stöhnte auf. «Ich habe ihr noch gar nicht gesagt, was passiert ist. Ich muss sie nachher unbedingt anrufen.»

Emilias Herz schlug schneller. «Dann wollte Clara zu ihr?»

«Ja, um ein paar neue Rosensorten zu kaufen. Nachdem Lloyd vor ein paar Jahren völlig überraschend an einem Herzinfarkt gestorben ist, hat Gitti mit einer kleinen Hobbyzucht angefangen, um sich abzulenken. Sie hat sich auf historische Rosen spezialisiert, die nur einmal im Jahr blühen, aber besonders stark durften. Da man die im Gartencenter nicht kaufen kann, hatte Clara die Hoffnung, wieder ein paar Kunden mehr zu uns zu locken, wenn wir sie ins Sortiment aufnehmen.»

Delia erzählte noch weiter von den Vorzügen dieser Rosen. Dass sie sehr robust seien und kaum Pflege brauchten. Doch Emilia schaffte es nicht, sich auf das, was sie sagte, zu konzentrieren. Ihr ging nicht aus dem Kopf, dass Gittis historische Rosen besonders stark dufteten.

Ihr Duft ist berauschend... Das hatte unter *The Beauty of Claire* gestanden. Und *Claire* hieß was auf Deutsch? *Clara*... Das konnte unmöglich ein Zufall sein!

Zu gerne hätte sie Clara gefragt, was es mit dem Brief und der Rose auf sich hatte. Und ob ihre Reise nach Kent in irgendeinem Zusammenhang dazu stand.

10. Kapitel

KENT, JULI 2003

Lichtung in den Wäldern, so lautete die Übersetzung des altenglischen *Sissinghurst*, und genauso malerisch war das Schloss gelegen, durch hohe Mauern von der Außenwelt abgeschirmt und von einem Wassergraben umgeben.

«Wie wunderschön!», rief Clara spontan, als Lloyd und sie Sissinghurst Castle betraten. Morgendunst lag noch auf den Wiesen und schmiegte sich an die roten Backsteinmauern der beiden elisabethanischen Türme. Derart sanft eingehüllt sahen sie aus wie der Eingang eines Dornröschenschlosses. Die früheren Besitzer, die Schriftstellerin Vita Sackville-West und ihr Ehemann Harold Nicolson, hatten das Gelände in zehn Gärten mit verschiedenen Themen unterteilt. Jeder Garten war durch eine Mauer oder eine zwei Meter hohe Eibenhecke vom nächsten getrennt, sodass der Besucher jeden für sich genießen und sich auf den nächsten freuen konnte, ohne zu wissen, was ihn dort erwartete.

Zu Claras großer Freude begann Lloyd mit seiner Führung im Rosengarten. Dieser Teil der Gartenanlage war wegen seiner Nähe zum Haupthaus ursprünglich der Küchengarten gewesen und als einer der ersten Bereiche von

Harold und Vita neu gestaltet worden. Namen wie *Felicia von Pemberton*, *Mme Lauriol* oder *Plena*, von denen Clara noch nie etwas gehört hatte, standen auf den Plaketten neben den Rosen.

«Als Vita und Harold das Gelände 1930 zum ersten Mal betraten, war es nur ein schlammiger Acker mit ein paar verfallenen Gebäuden darauf», erzählte er auf dem Weg dorthin. «Überall lag Müll und Schrott herum. Es gab nicht einmal fließendes Wasser und Strom. Aber Vita hat sich auf den ersten Blick in das Anwesen verliebt und sein Potenzial erkannt.» Er sagte das mit einer Wärme in der Stimme, die Claras Herz berührte und ihr zeigte, dass seine Gefühle denen der Schriftstellerin in nichts nachstanden. Von Gitti wusste sie, dass Lloyd nicht weit weg von Sissinghurst aufgewachsen war und schon als ganz junger Bursche eine Zeitlang dort als Gärtner gearbeitet hatte. Nun war er vom National Trust als Chefgärtner angestellt worden, um das Gelände wieder in seinen ursprünglichen Zustand zu bringen.

«Vita und Harold wollten mit dem Garten nie ein Denkmal für die Nachwelt schaffen», erklärte er. «Sie wollten einfach nur einen schönen Garten haben, in dem sie sich selbst wohlfühlten und in dem ihre Kinder spielen und viele versteckte Ecken und Winkel finden konnten. Er sollte ein Familiengarten sein, aber über die Jahre ist er zu einem reinen Showgarten geworden. Jetzt gibt es zu viel Asphalt, zu viele Parkplätze. Und er ist zu vollgestopft mit Sorten.» Lloyd redete sich richtig in Fahrt. «Man will den Besuchern das ganze Jahr über etwas bieten. Aber damit ist jetzt Schluss! Jetzt wird erst mal reduziert, damit wieder etwas Bewegung in die Beete kommt. Das geht natürlich nicht von heute auf morgen. Wir müssen Stück für Stück daran arbeiten.»

Und das vor allem in den frühen Morgenstunden! Denn spätestens ab halb elf rollten Busse und Autos heran, um Heerscharen von Touristen auszuspucken. Jetzt war es erst sieben, und abgesehen vom Zwitschern der Vögel, dem Gurren eines Taubenpärchens und den vereinzelten Rufen der anderen Gärtner lag Stille über dem Anwesen.

Clara hielt ihr Gesicht in die ersten Sonnenstrahlen und atmete tief ein und aus. Es war richtig gewesen, nach England zu kommen. Denn auch wenn sie an ihrer Meinung festhielt, dass Usedom der schönste Ort auf der Welt war: Kent war der zweitschönste. Allein die Scones, ein warmes Gebäck, das Gitti mit Erdbeermarmelade und fetter Sahne zum Afternoon Tea auftischte, ließen Clara vor Entzücken aufseufzen.

Mit Gitti hatte Clara in den letzten Tagen nicht nur das Wasserschloss Leeds Castle mit seinen schwarzen Schwänen besucht, sie waren auch in der Kleinstadt Broadstairs auf den Spuren von Charles Dickens gewandelt, hatten in alten Buchhandlungen und anderen hübschen kleinen Läden gestöbert und waren anschließend ans Meer gegangen. Zwar war der kiesige Strand nicht mit dem feinsandigen von Usedom zu vergleichen, und Clara und Gitti mussten erst durch glitschige Algen waten, um ans Wasser zu kommen, aber die Fish und Chips, mit denen sie den Tag in einem Pub am Pier hatten ausklingen lassen, waren unvergleichlich köstlich gewesen. Wenn sie nicht aufpasste, würde sie in fünf Wochen fünf Kilo schwerer nach Hause zurückfliegen, dachte Clara. Ein bisschen zwickte der Bund ihrer Shorts schon jetzt. Außer den Ausflügen hatte sie in der letzten Woche die meiste Zeit in Gittis und Lloyds herrlichem Garten gelegen und gelesen.

Das Einzige, was Clara nervte – beziehungsweise *der* Einzige –, war Matt, Lloyds Sohn. Schon allein der Gedanke an diesen eingebildeten Aufreißer reichte, um Clara wütend zu machen. Anscheinend betrachtete er sich als Geschenk Gottes an die Frauenwelt und wollte es einfach nicht akzeptieren, dass sie wirklich keine Lust hatte, mit ihm und seinen Freunden in Bars oder Diskotheken herumzuhängen. Jeden Abend fragte er sie aufs Neue, ob sie ihn begleiten wollte, und auch tagsüber lungerte er häufig in ihrer Nähe herum. Genau wie sie war Matt gerade erst mit der Schule fertig geworden und hatte nichts zu tun, bis er im Herbst nach London gehen würde, um dort irgendetwas zu studieren, das ihn befähigte, später als Investmentbanker an der Wall Street zu arbeiten.

Als Matt gehört hatte, dass Clara seinen Vater nach Sissinghurst begleiten wollte, hatte er sich spontan dazu entschlossen, sein Bett vor Mittag zu verlassen und sie zu begleiten. Bevor sie zu ihrer Besichtigungstour durch die Gärten aufgebrochen waren, hatte Clara noch beobachtet, wie Matt mit blasierter Miene wie ein Gefängniswärter zwischen den Gartenbaustudenten und Azubis, mit denen er die Hochbeete auf der Pflanzenanzuchtstation wässern sollte, herumstolzierte und Anweisungen gab, anstatt mitzuhelfen.

«Du musst vorsichtig sein, die Setzlinge sind empfindlich», hatte er zum Beispiel Jon angefahren, einen der Gartenlehrlinge, dessen Wangen sofort so rot wurden, als hätte er Rouge aufgetragen.

Clara wunderte es, dass Lloyd Matt so ohne weiteres gewähren ließ. Aber ihr war in dieser ersten Woche in England schon öfter aufgefallen, dass er bei seinem Sohn die Zügel ziemlich locker ließ. «Er hat immer noch ein schlechtes Gewissen ihm gegenüber, weil er sich von seiner Mutter getrennt hat», hatte Gitti ihr erklärt und dabei eine Grimasse gezogen. «Dabei ist die Scheidung inzwischen schon fünfzehn Jahre her! Matt ist kein schlechter Kerl, aber viel zu verwöhnt. Ich würde mir von ihm nicht so auf der Nase herumtanzen lassen.»

Der Rosengarten stand in voller Blüte, so üppig, dass Clara ihren Augen kaum traute. In herrlichen Pastelltönen rankten die Rosen sich an Gartenspalieren hinauf und an Mauern entlang, blühten in den Beeten und schmückten das schwarze Metallgerüst eines Pavillons. Viele Zweige bogen sich bis auf den Boden hinab, weil sie ihre Blütenlast kaum noch tragen konnten. Der ganze Garten war von ihrem Duft erfüllt.

Noch nie zuvor hatte Clara so üppig blühende Rosen gesehen. Spontan entfuhr ihr ein Laut des Entzückens.

«Herrlich, nicht wahr?» Lloyd schob sich mit dem Zeigefinger den Strohhut aus dem Gesicht. «Es sind historische Rosen. Vita hatte eine Vorliebe dafür.» Sein Handy klingelte, und er ging ran. Während er der Stimme am anderen Ende der Leitung lauschte, verfinsterte sich sein Gesicht. Dann entfuhr ihm ein Fluch. «Verdammt, daran habe ich überhaupt nicht mehr gedacht! Ja, ich komme.» Er steckte das Handy ein und wandte sich mit bedauernder Miene an Clara. «Es tut mir so leid. Ich hatte vollkommen vergessen, dass ich heute ein Meeting mit den Vorsitzenden des Trusts habe», entschuldigte er sich. «Edward!», rief er dann einem jungen Mann zu, der einen üppigen Rosenbusch in Form schnitt.

Edward hatte sonnengebleichtes Haar, das ihm ein wenig zu lang über die Ohren fiel. Als er aufschaute, sah Clara, dass er ein ebenmäßiges, schmales Gesicht hatte, mit hohen Wangenknochen und einem markanten Kinn, das von Bartstoppeln bedeckt war. Seine Lippen waren voll, aber nicht so voll, dass sie mädchenhaft wirkten, und seine blauen Augen leuchteten hell wie Eisbonbons in dem gebräunten Gesicht. Claras Herz geriet einen Augenblick ins Stolpern. Er war der schönste Mann, den sie jemals gesehen hatte.

«Edward, das ist Clara. Sie kommt aus Deutschland», stellte Lloyd sie vor. «Kannst du sie ein bisschen herumführen und ihr von Vitas Rosen erzählen?» Er legte dem jungen Mann kurz die Hand auf die Schulter. «Ich bin jetzt auf einem Meeting, aber ich gehe davon aus, dass es nicht länger als eine Stunde dauert.»

«Was genau möchtest du wissen?», fragte Edward freundlich, nachdem Lloyd den Rosengarten verlassen hatte. Er trug kurze olivfarbene Arbeitershorts und ein dünnes Shirt, was Clara die Gelegenheit gab, seine muskulösen braun gebrannten Arme und Beine zu bewundern. «Ich kann dir aber nicht versprechen, dass ich so allwissend bin, wie Lloyd behauptet.» Er lächelte.

Clara räusperte sich und überlegte fieberhaft, was sie sagen sollte. «Wie kommt es, dass die Rosen hier so stark blühen und duften?», fragte sie schließlich, um die Stille zu füllen. «Meiner Familie gehört ein Rosenhof, aber solche Rosen wie hier habe ich noch nie gesehen.»

«Dann habt ihr wahrscheinlich nur Pflanzen, die mehrmals im Jahr blühen. Die Rose kann sich nicht auf beides, Blüte und Duft, konzentrieren. Die alten historischen Sorten blühen deshalb nur ein-, maximal zweimal im Jahr. Dafür aber absolut verschwenderisch. Du hast Glück, dass du gerade zu dieser Zeit im Jahr hier bist.» Er lächelte. «Ich erzähle dir ein bisschen über ein paar Sorten», fuhr er dann fort. Er führte sie zu einer pinkfarbenen Rose mit pomponartigen Blüten. «Die *Rose de Resht* zum Beispiel ist eine Damaszenerrose. Damaszenerrosen gibt es schon seit der Antike, und sie duften so intensiv, dass ihre Blüten gerne für die Herstellung von Cremes verwendet werden. Oder hier, diese Zentifolie.» Er zeigte auf eine prallgefüllte rosafarbene Rose. «Sie wird auch *hundertblättrige Rose* genannt oder *Rose der Maler*. Sie kommt nämlich aus Holland und wurde schon im sechzehnten Jahrhundert häufig von flämischen und niederländischen Malern abgebildet, in Stillleben und anderen Gemälden. Mein aktueller Favorit aber ist die *Souvenir de la Malmaison*. Sie wurde schon 1843 gezüchtet. Ihre Blüten bilden perfekt ineinander gefaltete Viertel, das finde ich faszinierend. Und die *Reine Victoria* trägt nicht nur einen königlichen Namen, sondern wirkt auch majestätisch. Wie Seide fühlen sich ihre

Blütenblätter an.» Edward pflückte eine halb verblühte Rose und reichte sie ihr.

Clara ließ ihre Fingerspitzen über die zarten Blüten gleiten. Er hatte recht.

«Ein paar Rosen haben wir auch, die öfter blühen und trotzdem duften. Zum Beispiel diese hier.» Er zeigte auf eine pinkfarbene Rose mit kugeligen Blütenköpfen. «Sie heißt *Ferdinand Pichard*. Sind die marmorierten Blütenblätter nicht unglaublich? Das ist eine Remontantrose, was von *remontieren* kommt, also *nachblühen*. Aber das weißt du bestimmt?»

Ja, das wusste Clara. Aber sie schaute Edward nicht nur gerne an, sondern hörte ihm auch gerne zu. «Gehörst du zu Lloyds Gärtnerteam?», fragte sie ihn.

«Nein, ich helfe nur aus, bis ich im Herbst mit dem Studium anfange.»

«Was studierst du denn? Landschaftsarchitektur oder Gartenbau?» Noch nie hatte Clara jemanden mit solcher Liebe und Begeisterung von Rosen sprechen hören. Er redete von ihnen, als wären sie seine Kinder.

«Nein. Das ist nur ein Hobby von mir.» Eine Wolke schob sich vor die Sonne, und sein Gesicht lag plötzlich im Schatten. «Ihr solltet auch ein paar historische Sorten in euer Sortiment aufnehmen», sagte er. «Sie sind total anspruchslos. Rosen für Faule, sozusagen. Es reicht, wenn man sie im Frühling einmal in Form schneidet, ansonsten kann man sie sich selbst überlassen. Nicht einmal Düngen ist nötig!»

Clara nahm sich vor, es ihrem Vater vorzuschlagen, aber sie zweifelte daran, dass er sich für diese Idee würde erwärmen können. Thees hielt lieber an Altbewährtem fest, als sich auf Neues einzulassen. Aber einen Versuch war es wert, dachte sie, während sie versonnen die wunderschöne Rose betrachtete. Ihr Duft war wirklich betörend...

11. Kapitel

Schwester Anne öffnete Emilia, Delia und Lizzy die Tür zur Intensivstation. «Was habt ihr denn heute alles dabei?», fragte sie verwundert, als sie die riesige Tüte sah, die Lizzy auf dem Arm trug.

«Mamas Parfüm, ein Bild von meinem Bruder und mir und Felix' Teddy.» Lizzy presste die Tüte an sich.

«Damit Clara sich nicht so allein fühlt, wenn wir nicht da sind», fügte Delia hinzu.

Schwester Anne runzelte besorgt die Stirn. «Das ist eine schöne Idee. Aber leider sind hier auf der Station keine persönlichen Gegenstände erlaubt.»

«Wieso das denn?», fragte Lizzy empört und fing sich dafür einen mahnenden Blick von Delia ein.

«Ihr habt ja selbst gesehen, dass der Platz sehr begrenzt ist.» Schwester Anne verzog entschuldigend ihre rot geschminkten Lippen. «Aber das Parfüm war eine tolle Idee. Düfte sind nämlich stark an Erinnerungen gekoppelt. Der Duft von Vanille zum Beispiel. Schon im Mutterleib riechen Babys quasi mit, wenn ihre Mutter zum Beispiel einen Vanillepudding oder ein Vanilleeis isst. Und weil das die Mutter in der Regel entspannter und glücklicher macht, lernt das Baby: Mit Vanille ist alles gut. Unser Gehirn lernt also schon vor der Geburt, bestimmte Stimmungszustände mit Düften zu verbinden.» Sie wandte sich an Lizzy: «Wenn du deine Mutter an ihrem Lieblingsparfüm riechen lässt, wird es ihr ganz sicher guttun.»

Schwester Anne durfte nur zwei Personen auf einmal hineinlassen, deshalb betraten zuerst nur Delia und Lizzy die Intensivstation. Die junge Schwester blieb noch einen Moment bei Emilia stehen, um die Unterhaltung fortzusetzen. Emilia erfuhr, dass sie eine Zusatzausbildung in Aromatherapie gemacht hatte.

«In England werden ätherische Öle in Krankenhäusern längst verwendet, aber Deutschland hinkt in dieser Hinsicht leider noch ganz schön hinterher.» Sie seufzte. «Nicht einmal eine Duftlampe darf ich auf der Station aufstellen. Dabei ist der positive Effekt von Düften in der Medizin inzwischen längst erwiesen! Es ist nicht nur die psychologische Wirkung. Sandelholz zum Beispiel beschleunigt die Wundheilung um fünfzig Prozent. Unglaublich, nicht wahr?»

Auch wenn das alles für Emilia nichts Neues war, konnte sie nicht anders, als lächelnd zu nicken. Schwester Annes Begeisterung war so süß. Und mit einem Hauch von Wehmut dachte Emilia daran, wie sie vor nicht allzu langer Zeit mit der gleichen Leidenschaft über Düfte gesprochen hatte.

«Hallo Schwesterchen!», begrüßte sie Clara, nachdem sie eine Viertelstunde später Platz auf einem der Stühle neben ihrem Bett genommen hatte. In der Luft hing noch immer ein Hauch von *La vie est belle*, doch der zarte, blumige Duft schaffte es leider nicht ganz, den Geruch von Desinfektionsmitteln zu übertünchen. Clara lag blass und reglos in ihrem Bett. Wie die letzten Tage auch schon... «Lizzy und Mama haben dir ja schon das Foto und Bob gegeben», fuhr Emilia fort. Sie nahm den Teddy vom Nachttisch, und legte das Kuscheltier in Claras Arm. «Blöderweise kann ich den Teddy nicht hierlassen, dazu ist zu wenig Platz, sagt die Schwester. Und dein Parfüm haben wir dir mitgebracht! Ich finde, es riecht jetzt gleich viel besser hier drin.» Emilia sprühte einen Stoß auf die Innenseite ihres Handgelenks und hielt es Clara vor die Nase. Aber sie zeigte keine Reaktion. Wie auch? Sie war ja gerade erst ins künstliche Koma gelegt worden und sollte gar nicht aufwachen. Trotzdem war Emilia deprimiert. Es wäre schön, wenn Clara ihr wenigstens irgendein Zeichen gegeben hätte.

«Ich habe von dem Tag der offenen Tür erfahren», fuhr Emilia fort, nachdem sie ihre Enttäuschung hinuntergeschluckt hatte. «Und ich verspreche dir, dass er auch ohne dich stattfinden wird. Schließlich hast du alles so perfekt geplant, dass das überhaupt kein Problem ist. Ich habe schon einen Blick in den Ordner geworfen, den du angelegt hast, und sobald ich wieder zu Hause bin, kümmere ich mich um alles. Das wird mich ablenken.» Sie zögerte kurz. Dann nahm sie Claras Hand und verschränkte ihre Finger mit denen ihrer Schwester. Es war seltsam, Claras Hand so kalt und leblos in ihrer zu spüren. «Außerdem hat Dr. Boll uns deine Patientenverfügung vorbeigebracht, und ich habe deinen Brief gelesen. Ich kümmere mich um Felix und Lizzy, keine Sorge! Ihnen wird es an nichts fehlen. Versprochen! Aber ich frage mich trotzdem, wie du dir das alles vorstellst.» Die Frau, die neben Clara lag, stöhnte wieder einmal laut, und Emilia versuchte, so gut es ging, sie zu ignorieren. «Glaubst du denn nicht, dass Mama oder Papa viel besser für diesen Job geeignet wären als ich? Es war zwar schön, was du alles über mich geschrieben hast, aber: Ich habe überhaupt keinen Vorbildcharakter! Kannst du dich zum Beispiel noch an die Magen-Darm-Grippe erinnern, die ich kurz vor dem Abi hatte? Das war in Wahrheit eine Flasche Wodka mit Orangensaft. Ich habe während der Ausbildung im Drogeriemarkt dreimal Nagellack geklaut, ich hatte bisher noch keine einzige Beziehung, die länger als ein paar Monate gehalten hat, und jetzt kann ich es ja zugeben: Ich bin es gewesen, die damals den Fisch unter dem Fahrersitz von Klaus' Protzschlitten versteckt hat. Ganz ehrlich: So jemandem wie mir kannst du doch nicht deine Kinder anvertrauen, nur weil wir beide früher nachts Glühwürmchen jagen waren und ich dich unter Alkoholeinfluss dazu gebracht habe, einen Frosch zu küssen.»

Der Gedanke war so absurd, dass Emilia auflachte, doch Claras Gesicht blieb unverändert still und starr. Dabei hätte sie sich über jedes noch so kleine Zeichen gefreut, dass ihr zeigte, dass Clara ihre Anwesenheit spürte! Dass sie nicht ins Leere redete. «Die Kinder vermissen dich so sehr, Clara. Wir alle vermissen dich! Und wenn du nicht willst, dass ich in den nächsten Tagen in den Supermarkt fahre, um Großmutters Vanilletraum zu kaufen und Lizzy anschließend damit abfülle, dann rate ich dir, möglichst schnell wieder aufzuwachen! Werd schnell wieder gesund, Schwesterchen!» Emilia schniefte. Wieso war sie nur nicht der Typ, der immer Taschentücher dabeihatte?

Als Emilia Clara verließ, kam Schwester Anne aus dem Nachbarzimmer.

«Ich habe sie an dem Parfüm riechen lassen, aber sie lag einfach nur da und hat keine Reaktion gezeigt», sagte Emilia niedergeschlagen.

«Dafür ist es auch noch zu früh», tröstete Anne sie. «Sie schläft noch viel zu fest. Und das ist auch gut so. Sie muss sich richtig ausschlafen und erst wieder zu Kräften kommen. Aber ich bin sicher, dass Ihre Schwester den Duft trotzdem wahrgenommen hat.» Die Krankenschwester lächelte mitfühlend. «Gibt es noch andere Düfte, von denen Sie wissen, dass sie sie mag?»

«Ja, bestimmt. Rosenduft zum Beispiel. Wir haben zu Hause eine Rosengärtnerei.»

«Dann bringen Sie ihr doch mal eine Rose mit. Oder ein Kleidungsstück, das ihre Kinder getragen haben. Obst, das sie besonders gern mag. All das wird ihr helfen, sich wohlzufühlen und sich zu entspannen, auch wenn ihr das äußerlich vielleicht nicht anzumerken ist.»

Nachdenklich verließ Emilia die Intensivstation. Ihre Mutter war mit Lizzy noch in den Supermarkt gefahren, um etwas fürs Abendbrot einzukaufen, also blieb ihr noch Zeit. Sie ging in den angrenzenden Park und setzte sich auf eine Bank. Dann nahm sie ihr Handy und gab *Rosenzucht* ein und *Goudhurst* – den Namen des Dorfs, in dem Gitti lebte. Ihre Suche führte sie auf eine Webseite, die sogar einen Online-Shop beinhaltete. Papa sollte wirklich langsam auch mal anfangen, mit der Zeit zu gehen, dachte sie. Im Impressum der Seite fand Emilia eine Telefonnummer, und aus einem spontanen Entschluss heraus drückte sie auf *Wählen*.

«Brigitte Morris», meldete sich eine Frauenstimme.

Das war Gitti! Emilias Herz schlug schneller, denn sie hatte sich überhaupt keinen Text zurechtgelegt. Was sollte Sie denn jetzt sagen? *Hallo, hier ist Emilia, die Tochter deiner Freundin Delia. Kann es sein, dass dein Sohn eine Rose nach meiner Schwester benannt hat?*

«Hallo! Wer ist denn da?», fragte Gitti, als Emilia keinen Ton herausbrachte.

«Hallo!», stieß sie schließlich hervor. «Ich interessiere mich für eine Ihrer Rosen. *The Beauty of Claire* heißt sie. Kann ich sie bei Ihnen auch online bestellen?»

«Entschuldigung, ich habe Sie nicht genau verstanden. Wie heißt die Rose, die Sie möchten?»

«*The Beauty of Claire*.»

«*The Beauty of Claire*? Sind Sie sicher, dass der Name richtig ist?»

«Ja, ganz sicher.»

«Seltsam, wir sind zwar nur eine kleine Hobbyzucht, aber ich kenne sämtliche Englischen Rosen. Vielleicht ist es eine der moderneren Sorten? Davon gibt es inzwischen so viele, dass kein Mensch mehr den Überblick behalten kann. Schicken Sie mir doch mal ein Foto!»

Das tat Emilia sofort, und Gitti meldete sich nur wenige Minuten später wieder.

Ich habe diese Rose leider noch nie gesehen, schrieb sie zurück. *Und ein Bekannter von mir, dem ich das Foto weitergeleitet habe, auch nicht. Dabei züchtet er seit über sechzig Jahren Rosen und ist eine weltweit anerkannte Koryphäe auf dem Gebiet!*

Ach Mensch! Emilia ließ den Kopf hängen. Wieso kannte denn niemand diese Rose? Wieder einmal nahm sie das Foto aus ihrer Tasche und betrachtete es. Wie hübsch die *Claire* doch war. Eine echte Schönheit!

Emilia zeichnete mit dem Zeigefinger den Umriss ihrer prallgefüllten Schalenblüten nach. Was hat es nur auf sich mit dir?, fragte sie sich im Stillen. Und wer ist der Mann, der Clara das Foto von dir geschickt hat? Auf keine dieser Fragen wusste sie eine Antwort. Aber sie ahnte, dass dieser Mann, wer auch immer es war, eine ganz besondere Rolle im Leben ihrer Schwester gespielt hatte.

«Wir sind jetzt wieder da, und Oma hat gesagt, dass ich dich holen soll.» Lizzys Stimme beendete ihren Gedankengang.

Reflexartig drehte Emilia das Foto um, aber Lizzy merkte es natürlich.

«Was hast du denn da?» Auf dem Gesicht ihrer Nichte erschien auf einmal wieder der verschmitzte Ausdruck, den Emilia nur zu gut kannte, und den sie in den letzten Tagen so vermisst hatte. «Ist das ein Foto von deinem Freund?»

«Ich hab doch gar keinen», wehrte Emilia ab, doch da hatte Lizzy es sich schon geschnappt. «Das gehört Mama», sagte sie verblüfft.

Emilia richtete sich auf. Wusste Lizzy etwas über das

Foto? «Du hast es schon mal gesehen?», fragte sie aufgeregt.

Lizzy nickte. «Es stand eine ganze Zeit in einem Rahmen auf ihrem Nachtschränkchen. Irgendwann hat sie ein Foto von Felix und mir reingetan.»

Emilia biss sich auf die Unterlippe. «Hat sie dir erzählt, wieso das Foto auf ihrem Nachtschränkchen stand?»

Lizzy warf ihr unter ihren langen Ponysträhnen einen Blick zu, den Emilia problemlos mit *Hast du einen Dachschaden?* übersetzen konnte. «Nein, aber das war mir auch egal. Weil sie die Rose hübsch fand?» Sie verdrehte die Augen. «Wo hast du es gefunden?»

«Es lag in einem Modekatalog.»

«Auf der Rückseite steht ja was!» Lizzy hatte das Foto umgedreht und tippte auf den Namen, *The Beauty of Claire*. «Meinst du, so heißt die Rose?»

«Ich glaube schon.»

Lizzy setzte sich neben sie auf die Bank, und Emilia konnte süßlichen Kaugummigeruch wahrnehmen. Und Zigarettenrauch.

«Mama hat das nicht geschrieben», sagte sie. «Es ist nicht ihre Schrift.»

«Ich weiß. Das Foto steckte in einem Briefumschlag, der aus England kam. Ein paar Jahre vor deiner Geburt hat Clara einmal die Sommerferien dort verbracht.» Emilia rückte den Zeitpunkt der Reise ihrer Schwester bewusst ein wenig weiter in die Vergangenheit. Lizzy war ohnehin schon überfordert mit der ganzen Situation, es würde ihr nicht guttun, wenn sie den Verfasser dieser schwülstigen Zeilen mit ihrem unbekannten Vater in Verbindung brachte. Emilia hätte die Ungewissheit, mit der Lizzy von Anfang an gelebt hatte, verrückt gemacht. Aber vielleicht war es für ihre Nichte in Ordnung, nicht zu wissen, wer ihr Vater war? Emilia hatte noch nie mit ihr darüber gesprochen. Vielleicht war Lizzy sogar ganz froh, dass ihr Vater in ihrem Leben keine Rolle spielte? Sie hatte schließlich Mutter, Bruder, Großeltern, Josh – und hin und wieder auch ihre Tante. Und durch ihren Bruder erlebte sie immer wieder, was für ein Pech man mit seinem Erzeuger haben konnte ...

«Davon hat Mama mir gar nichts erzählt.» Lizzy schwieg einen Augenblick und knibbelte an ihrem Daumennagel. «Haben wir so eine Rose bei uns im Garten?», fragte sie, nachdem sie den Nagellack restlos abgekratzt hatte.

«Nein. Wieso fragst du?»

Lizzy zögerte. Im nächsten Moment füllten sich ihre blauen Augen mit Tränen.

«Mama mag diese Rose ja anscheinend sehr, sonst hätte sie das Foto nicht so lange neben ihrem Bett aufgestellt. Und wenn sie so gut riecht, wie es da steht ...» Ihre Stimme erstarb. Nach einer Weile holte sie tief Luft und sprach weiter. «Vielleicht schafft sie es ja, dass Mama schneller gesund wird.»

«Ach, Lizzy!» Emilia legte den Arm um die Schultern ihrer Nichte, und zu ihrer Überraschung – und Freude! – lehnte das Mädchen sich gegen sie und ließ sogar den Kopf auf ihre Schulter sinken. «Darüber habe ich auch schon nachgedacht. Ich habe auch schon versucht, mehr über die Rose herauszufinden. Aber leider haben weder Omas Freundin noch ein bekannter englischer Rosenzüchter je von ihr gehört, und im Internet habe ich auch nichts über sie gefunden.» Sie seufzte. «Ich wüsste gar nicht, wo wir anfangen sollten, nach ihr zu suchen.»

12. Kapitel

Bevor sie nach Paris gegangen war, hatte Emilia in Zinnowitz das Gefühl gehabt, von der Langeweile erdrückt zu werden. Sie kannte jeden Quadratzentimeter auf diesem Fleckchen Erde. Sie wusste zu jedem einheimischen Gesicht, das ihr begegnete, nahezu eine komplette Biographie herunterzurattern und auch, dass der Horizont ihres Gegenübers häufig nicht weiter als bis zu der Stelle reichte, wo Himmel und Meer sich berührten. Das Denken der Menschen endete manchmal gleich hinter dem Ortsschild.

Emilia hatte die Monotonie der immer gleichen Tage verabscheut. Die Einsamkeit im Winter und den Hochbetrieb im Sommer, wenn die Luft immer nach geräuchertem Fisch und Sonnencreme roch und selbst ein kurzer Weg durch die Touristenmassen auf den Straßen der Bewältigung eines Hindernisparcours gleichkam.

Jetzt aber hatte sie keine Zeit, über solche Dinge nachzudenken. Dass ihr langweilig war, konnte sie beim besten Willen nicht behaupten. Unermüdlich arbeitete sie daran, den Rosenhof für den herannahenden Tag der offenen Tür auf Hochglanz zu bringen. Sie schrubbte die Fenster des

Gewächshauses, räumte das Gerümpel aus dem verstaubten Wintergarten und kehrte ihn aus, um ein gemütliches Café daraus zu machen. Sie schnitt die Rosenstöcke und -hecken im Schaugarten in Form, und sie schliff sogar die runde Bank im Rosenpavillon ab und strich sie neu an. Dazwischen fuhr Emilia immer wieder zu Clara ins Krankenhaus. Und sie kümmerte sich um Felix. Um Lizzy hätte sie sich natürlich auch gekümmert, aber nach dem Tag im Krankenhauspark hatte sich ihre Nichte wieder in ihr Schneckenhaus zurückgezogen. Sie verzog sich stundenlang auf ihr Zimmer, und wenn sie es einmal verließ, wusste niemand so recht, wohin sie ging.

Aber Emilia ging das Gespräch nicht aus dem Kopf, das sie mit Lizzy auf der Bank im Krankenhauspark geführt hatte. Über die Rose. Und dass ihr Duft Clara vielleicht dabei helfen könnte, schneller gesund zu werden.

Deshalb setzte Emilia ihre Suche fort. Sie schickte das Foto der *Claire* an alle englischen und deutschen Rosenzüchter, die sie im Internet fand, mit der Bitte, sie sich anzuschauen – ohne Ergebnis. Stundenlang klickte sie sich durch Shops und Bildergalerien. Einige Male stieß sie dabei sogar auf Rosen, die der *Claire* ähnlich waren. Die *L'Ingénue*, die *Alfred de Damas*, die *Desdemona* oder die *Sweet Juliet*. Doch letztendlich hatte keine von ihnen diese perfekte Schalenform, die außergewöhnliche Farbe und den zarten apricotfarbenen Rand. Die *Claire* blieb ein Phantom, für deren Existenz es nur einen einzigen Beweis gab: das Foto. Wieso kannte denn niemand diese Rose?

Die Schwellung in Claras Gehirn war in der Zwischenzeit zurückgegangen, und die Ärzte begannen, die Medikamente zu reduzieren und den Aufwachvorgang einzuleiten. Eine Nachricht, die die ganze Familie in so große Euphorie versetzte, dass sie abends im Stammlokal *Zum Smutje* zusammen feierten. Sogar Lizzy kam mit, auch wenn sie wie ein Spatz aß und kaum ein Wort sagte.

In den nächsten Tagen schlug die Hochstimmung jedoch in eine tiefe Depression um, denn Clara wollte und wollte einfach nicht selbst atmen. Für die Ärzte schien das noch nicht besonders beunruhigend zu sein. «Manchmal dauert es halt ein bisschen länger. Sie müssen Geduld haben», lautete der lakonische Kommentar von Dr. Hermann, dem Oberarzt.

Aber wenn Emilia eine Eigenschaft abging, dann war es Geduld. Sie hatte es satt, jeden Tag an Claras Bett zu sitzen, mit ihr zu sprechen, sie an Dingen riechen zu lassen, sie mit verschiedenen Materialien zu berühren, ohne je auch nur die kleinste Reaktion zu bekommen. Inzwischen wurde ihr jedes Mal schlecht, wenn sie das Krankenhaus betrat. In ihrem Magen schien sich ein Knoten gebildet zu haben, der gegen jeden Bissen, den sie zu sich nahm, rebellierte. Selbst nachts erinnerte er sie durch sein schmerzhaftes Pochen in jeder Sekunde an Claras Abwesenheit. Sie konnte das kalte Schweigen zwischen ihren Eltern nicht mehr ertragen, dass Felix nach wie vor jede Nacht zu ihr ins Bett kam, weil er allein nicht schlafen konnte, und Lizzys verstockte, abweisende Miene... Wenn Clara doch wenigstens zeigen würde, dass irgendetwas von dem, was sie tat, zu ihr durchdrang!

Manchmal hätte Emilia sie am liebsten geschüttelt, um ihr irgendeine Regung zu entlocken. Schon ein winziges

Zucken hätte ausgereicht, um ihnen allen wieder Hoffnung zu geben, und die lähmende Verzweiflung, die über ihnen allen hing, ein bisschen zu lindern, da war sie sich sicher.

Wenigstens begegnete sie Josh in dieser Zeit nicht. Nur einmal fuhr er im Dorf mit dem Polizeiwagen an ihr vorbei, hielt aber nicht an.

«Was kann ich denn noch tun?», fragte sie Schwester Anne kurz vor dem Tag der offenen Tür unglücklich. Durch die vielen Besuche im Krankenhaus waren sie einander nähergekommen – Anne war beinahe so etwas wie eine Freundin für sie geworden. «Ich habe ihr gestern sogar einen kompletten Duftkoffer mitgebracht, aber egal, was ich sage und tue: Sie reagiert einfach nicht! Und sie will auch immer noch nicht allein atmen.»

«Du tust schon genug.» Schwester Anne streichelte ihre Schulter. «Ihr tut alle genug. Glaub mir: Sie spürt, dass ihr für sie da seid.» Sie zögerte einen Moment, dann fuhr sie fort: «Es gibt noch etwas, was ihr tun könnt. Ich habe schon mit Dr. Hermann darüber gesprochen. Während meiner Ausbildung in Hamburg habe ich an einer Pilotstudie teilgenommen. Sie hieß *Vertraute Stimmen*. Darin wurden Komapatienten die Stimmen ihrer Angehörigen vorgespielt. Das hat in fast allen Fällen die Aufwachzeit verkürzt. Leider will Dr. Hermann bisher von solchen Sperenzchen nichts wissen.» Sie verdrehte die Augen. «Es ist genau dasselbe wie mit der Aromatherapie – das ist so typisch für die Leute auf diesen Inseln! Alles, was neu ist, ist per se erst einmal schlecht.»

Wem sagte sie das!

Schwester Anne brachte Emilia in einen kleinen, fensterlosen Raum. Nur ein Tisch und zwei Stühle standen darin. Auf dem Tisch lag ein MP3-Player mit Kopfhörer und Mikrofon.

«Fordere deine Schwester immer wieder dazu auf, tief und gleichmäßig ein- und auszuatmen! Und erzähl ihr ein bisschen was. So, wie du das sonst auch immer tust. Erzähl ihr, was für tolle Dinge sie erwarten, wenn sie erst wieder aufgewacht ist!»

Schwester Anne sagte das ganz ernst, doch Emilia hätte am liebsten gelacht. Oh ja! Clara erwarten wirklich tolle Dinge, wenn sie aufwacht, dachte sie sarkastisch. Was sie wohl am meisten freuen wird? Eine Tochter, die mit dreizehn schon raucht und die niemanden an sich heranlässt, einen Sohn, der keine Nacht mehr durchschläft, Eltern, die zur Paartherapie gehen, oder ein Familienunternehmen, das kurz vor der Pleite steht? Einen Ex-Mann, der damit droht, den gemeinsamen Sohn nach seinen Flitterwochen zu sich zu holen, obwohl er sich bisher nie um ihn gekümmert hat? Kein Wunder, dass Clara nicht aufwachen wollte!

Trotzdem setzte Emilia den Kopfhörer auf und drückte auf die Aufnahmetaste des MP3-Players, dankbar, einmal etwas anderes tun zu können als das, was sie schon seit über einer Woche ohne Unterbrechung erfolglos tat.

«Hallo Clara, ich bin es, Emilia, deine Schwester!», sprach sie ins Mikrofon. «Atme ruhig ein und aus! Ich bin bei dir. Atmete ruhig ein und aus! Morgen ist der Tag der offenen Tür auf dem Rosenhof. Ich hab mir Mühe gegeben, alles genauso vorzubereiten, wie du es geplant hast.

Es wird bestimmt toll. Atme ruhig ein und aus! Ich hoffe nur, dass das Wetter mitspielt. Letztes Jahr hatten wir so einen Traumsommer, aber dieses Jahr weiß er irgendwie nicht so richtig, was er will. Gestern hat es sogar gestürmt und gehagelt. Aber keine Sorge, so schlimm war es nicht! Den Rosen ist nichts passiert.» Sie erzählte Clara auch, was sie den ganzen Tag gemacht hatte. Mit Felix war sie am Strand gewesen, und die Wellen hatten sich in dem sonst so ruhigen Meer meterhoch aufgetürmt, hatten gegen die Seebrücke und die futurische Tauchgondel an deren Ende geklatscht. Sie hatten sich einen Spaß daraus gemacht, sich ganz nah an das Geländer zu wagen, um dann schnell wieder zurückzulaufen, wenn die Wellen sich näherten. Sie erzählte, dass sie es zu Felix' Amüsement einmal nicht geschafft hatte und klatschnass geworden war. Es war das einzige Mal in all der Zeit gewesen, dass der kleine Kerl so richtig befreit und aus vollem Hals gelacht hatte ... Sein ganzes Gesicht hatte geleuchtet, nur um sich im nächsten Moment wieder zu verdunkeln. «Ich kann doch nicht lachen, wenn es Mama so schlecht geht», hatte er gesagt und angefangen zu weinen.

Bei dieser Erinnerung zog sich Emilias sowieso schon schmerzender Magen noch mehr zusammen, und plötzlich brach es aus ihr heraus: «Bitte lass mich nicht allein, Clara! Ich brauche dich, ohne dich schaff ich das alles nicht!»

Verdammt! Was tat sie denn da? Jetzt konnte sie wieder von vorne anfangen! Oder gab es die Möglichkeit, ein Stück zurückzuspulen?

Emilia riss sich den Kopfhörer von den Ohren und

drückte wahllos ein paar Knöpfe, als ihr auffiel, dass sie sich nicht mehr allein in dem kleinen Zimmer befand. Die Tür war offen, und Josh stand im Türrahmen.

«Wie lange stehst du schon da?» Ihr Kopf fühlte sich ganz heiß an.

«Ich bin gerade erst reingekommen.» Er war noch nie ein guter Lügner gewesen. «Ich habe geklopft, aber du hast mich nicht gehört.»

«Ich hatte einen Kopfhörer auf, wie du siehst.»

«Eine Schwester hat mir gesagt, wo du bist, aber ich wusste nicht ...» Auf Joshs Gesicht lag ein Ausdruck, den Emilia nicht so recht zu deuten wusste. Verlegenheit und ... Sie wusste es nicht. Bestimmt war es ihm superpeinlich, sie in diesem emotionalen Moment überrascht zu haben.

«Ich soll auch eine Audioaufnahme für Clara aufsprechen», sagte er. «Die Schwester meinte, du wärst sicher fertig.»

Fertig? Jetzt schon! Emilia warf einen Blick auf den MP3-Player. Fast zwanzig Minuten hatte sie schon gesprochen. Es war ihr viel kürzer vorgekommen.

«Ich bin fertig. Ich ... muss nur noch den Schluss ein bisschen überarbeiten.»

Josh nickte. Für einen Moment blieben ihre Blicke aneinander hängen. Einen ziemlich langen Moment. Dann öffnete Josh die Lippen, nur um sie gleich darauf wieder zu schließen. Er wandte sich ab. «Ich warte solange draußen.»

Mit klopfendem Herzen blieb Emilia zurück. Wieso konnte sie ihn nicht einfach vergessen? Es kostet sie mehr als nur einen Anlauf, die Tonaufnahme zu einem akzeptablen Abschluss zu bringen, und selbst beim letzten Versuch hörte sich ihre Stimme zittrig und fremd an.

Dass Josh in die Audioaufnahme hineingeplatzt war, sollte leider nicht das Einzige bleiben, was an diesem Tag schieflief. Als Emilia nach Hause kam, saßen ihre Eltern am Esszimmertisch, zwei Tassen Kaffee vor sich. Emilia konnte sich nicht daran erinnern, sie seit ihrer Rückkehr aus Paris je so einträchtig beieinandersitzen gesehen zu haben. Vor ihnen auf dem Tisch lag Claras Brief.

Delia hielt ihn hoch. «Den habe ich in deinem Zimmer gefunden.»

13. Kapitel

«Du hast in meinem Zimmer herumspioniert?»

«Nein, ich habe deine Wäsche nach oben gebracht und bei der Gelegenheit dein Bett gemacht. Er lag unter dem Kopfkissen.»

«Ich kann mein Bett selbst machen.»

«Lenk nicht ab!» Die Stimme ihrer Mutter klang schneidend. «Wann wolltest du uns davon erzählen?»

Jetzt schaltete sich auch Thees, der bisher nur betreten zu Boden geblickt hatte, in das Gespräch ein. «Rede doch nicht so mit ihr! Wir sind hier nicht vor Gericht.»

«Genauso fühlt es sich aber an.» Emilia ließ sich auf einen freien Stuhl sinken und vergrub ihr Gesicht in den Händen. Ein paar Minuten sprach niemand ein Wort. Erst als das Schweigen gar zu erdrückend wurde, hob Emilia den Kopf. «Hätte ich euch wirklich davon erzählen sollen? Damit ihr euch noch mehr Sorgen macht als ohnehin schon?», sagte sie müde. «Mich hat der Brief doch genauso unvorbereitet getroffen wie euch.»

«Ja, du hättest mit uns darüber sprechen müssen.» Delia sah ihr fest in die Augen. «Wir sind schließlich eine Familie.»

Emilia lachte bitter. «Ach! Und deshalb erzählen wir uns alles? Dann frage ich mich Folgendes.» Nun war sie es, die ihre Mutter fest ansah. «Warum erzählt ihr mir nicht, wie es um den Rosenhof steht? Und wieso erzählt ihr mir nicht von euren Problemen? Dass ihr zu einer Paartherapie geht?»

Ihre Eltern wechselten einen erschrockenen Blick.

«Schaut mich nicht so an!», fuhr Emilia sie an. «Ich bin kein kleines Kind mehr, dem man verheimlichen kann, dass die Eltern die bunten Eier im Garten verstecken und nicht der Osterhase. Natürlich habe ich von den finanziellen Problemen erfahren. Im Dorf hat sich das längst herumgesprochen. Und wenn ihr wirklich geheim halten wolltet, dass ihr zur Paartherapie geht, dann hättet ihr euch souveräner verhalten müssen, als diese Frau Kirschner angerufen hat. Es gibt nämlich eine ganz tolle Erfindung, die sich Google nennt.» Brüsk schob sie den Stuhl zurück und stand auf. Heiß brannten die Tränen in ihren Augen, und sie konnte sie nur mühsam zurückhalten.

Als Emilia aus dem Zimmer stürmte, stieß sie an der Tür beinahe mit Lizzy zusammen. Sie beachtete das Mädchen nicht, sondern lief weiter nach draußen. Ohne nachzudenken, setzte sie sich auf das E-Bike ihrer Mutter und trat, so fest sie konnte, in die Pedale. An der Promenade musste sie zeternden Urlaubern ausweichen, die sich über das Tempo beschwerten, mit dem sie sich ihren Weg bahnte. Trotz der Unterstützung durch den Motor schmerzten bald ihre Muskeln, ihre Lunge brannte, und ihre Augen tränten im Fahrtwind. Trotzdem fuhr sie nicht langsamer.

Hinter Zinnowitz verfolgte sie eine Zeitlang der Duft von Kartoffelrosen, die in großen Büschen zwischen den Dünen und der Uferstraße blühten, dann bog sie in den Waldweg ein, der sich zwischen uralten Buchen auf der einen und jungen Kiefern auf der anderen Seite in Richtung Osten schlängelte. Sie fuhr durch Zempin und Koserow und danach weiter, immer weiter, getrieben von einem einzigen Gedanken: Weg, nur weg! Erst als sie mitten in Bansin, dem ersten der drei Kaiserbäder, merkte, dass das Treten auf einmal deutlich schwerer wurde, hielt sie an. Der Akku war leer!

Keuchend ließ sie sich gegen den Gartenzaun einer prächtigen weißen Bädervilla sinken. Unzählige Kilometer musste sie in ihrem Leben schon geradelt, gejoggt oder geschwommen sein – immer dann, wenn sie solchen Kummer hatte, dass sie das Gefühl hatte, zu zerreißen. Nur so schaffte sie es, den Druck in ihrem Inneren zu verringern.

Ihre Beine fühlten sich so schwach an, dass Emilia es kaum schaffte, sich aufrecht zu halten, dennoch fühlte sie sich viel besser als noch zwei Stunden zuvor. Trotzdem wäre es schön gewesen, wenn sie bei ihrer überstürzten Flucht zumindest daran gedacht hätte, ihren Geldbeutel mitzunehmen. Dann hätte sie sich jetzt ein Ticket für die Bäderbahn kaufen können, die mindestens einmal in der Stunde zwischen der polnischen Hauptstadt Swinemünde im Osten und Zissow im Westen pendelte und auf diesem Weg auch in allen Seebädern, auch in Zinnowitz, haltmachte.

Wenigstens ihr Handy hatte sie dabei. Emilia schluckte

ihren Stolz hinunter, zog es aus der Hosentasche und rief ihre Mutter an. «Kannst du mich abholen?»

Delia erschien vierzig Minuten später mit dem Lieferwagen.
«In Koserow und in Loddin stand ich mal wieder im Stau», schimpfte sie. «Ich frage mich, wo das alles noch hinführen soll. Die Küstenstraße ist im Sommer inzwischen so überlaufen, dass man kaum noch durchkommt. Wieso fährt die Inselbahn so oft, frage ich mich, wenn die Touristen sich mit ihren fetten Hintern sowieso immer in ihre großen Schlitten setzen und die Straßen verstopfen?» Sie verstummte und kniff die Lippen zu einem dünnen Strich zusammen.
«Es tut mir leid», sagte Emilia.
«Mir auch», erwiderte Delia nur. Dann half sie ihr, das schwere E-Bike auf die Ladefläche zu hieven. «Ich vergesse immer wieder, dass du keine zehn mehr bist», setzte sie nach einer Weile hinzu.
«Ich auch.» Emilia grinste schwach. «Sonst hätte ich den Akku kontrolliert, bevor ich losgefahren bin. Oder zumindest eine EC-Karte mitgenommen.» Sie sah ihre Mutter unsicher von der Seite an. «Ich weiß auch nicht, wie Clara auf die Idee gekommen ist, ausgerechnet mich zu bitten, mich um Lizzy und Felix zu kümmern, falls ihr etwas passiert. Für diesen Job bin ich total unqualifiziert.»
Delia schüttelte den Kopf. «Das bist du überhaupt nicht. Jedes Wort, das Clara dir geschrieben hat, ist wahr.» Sie blinzelte eine Träne weg. «Ich wünschte nur, sie hätte mir auch einen Brief geschrieben. Wieso wollte sie nicht, dass

ich mich um die beiden kümmere? Ich war doch immer für sie da ...» Sie ließ die Schultern sinken.

Emilia schluckte. «Ich weiß nicht, warum sie das nicht wollte. Ich weiß nur, dass du dir nichts vorzuwerfen hast. Du warst immer die allerbeste Mutter, die wir uns hätten wünschen können. All unsere Klassenkameraden haben uns um dich beneidet! Sie fanden, dass du nicht so spießig bist wie andere Mütter.» Bei der Erinnerung musste Emilia lächeln. «Becky hat mir sogar Geld für dich geboten! Und Niklas, kannst du dich noch an den erinnern? Der hat nicht meinetwegen immer bei uns herumgelungert. In Wirklichkeit stand er auf dich! Sie grinste. «Wahrscheinlich war Clara betrunken, als sie den Brief geschrieben und bei Dr. Boll abgegeben hat. Wir sollten ihn fragen, ob er ihre Fahne gerochen hat ...»

«Du bist unmöglich!» Delias Lippen verzogen sich endlich zu einem Lächeln. «Lass uns nach Hause fahren», sagte sie dann. «Dein Vater braucht den Wagen.»

Sie stiegen ein und fuhren los, nur um kurz darauf an einem Zebrastreifen anzuhalten und eine schier endlose Reihe von Badegästen passieren zu lassen.

Delia schlug ärgerlich mit der flachen Hand aufs Lenkrad. «Habe ich schon erwähnt, dass ich Touristen hasse? Am liebsten würde ich nach Kamminke ziehen.»

«Das Fischerdorf an der polnischen Grenze?»

«Genau.»

«Das hat höchstens zweihundert Einwohner.»

«Zweihundertsiebenundvierzig», korrigierte Delia sie. «Ich habe bei Wikipedia nachgeschaut.»

«Du hast also schon konkrete Umzugspläne?», flachste

Emilia, doch dann wurde sie wieder ernst: «Wollt ihr euch trennen, du und Papa?» Als Delia schwieg, beantwortete sie ihre Frage selbst: Das heißt also ja», sagte sie niedergeschlagen.

Delia schüttelte den Kopf. «Das heißt es nicht. Aber es heißt auch nicht nein. Zumindest kann ich für nichts garantieren, wenn dein Vater mich weiterhin dazu zwingt, mit ihm zu dieser Frau Kirschner zu gehen», schob sie nach einer kleinen Pause nach.

«Die Paartherapie war seine Idee?», fragte Emilia erstaunt.

«Hast du mit etwas anderem gerechnet?» Delia verdrehte die Augen. «Du kannst dir gar nicht vorstellen, wie diese Frau nervt! Ihre leise Stimme, ihr verständnisvoller, ach so mitfühlender Blick ... Und die Ideen, auf die sie immer kommt! In der letzten Stunde mussten wir uns in zwei Ecken ihres Sprechzimmers stellen und uns gegenseitig sagen, was wir uns vom anderen wünschen. Dabei mussten wir jedes Mal einen Schritt auf den anderen zugehen.» Sie schüttelte fassungslos den Kopf. «Außerdem gibt sie uns Hausaufgaben auf. Hausaufgaben! Kannst du dir das vorstellen? Als wären wir noch in der Grundschule!»

«Und was gibt sie euch auf?»

Delia zuckte die Achseln. «Ach, alles Mögliche. Beim letzten Mal sollten wir uns Rücken an Rücken setzen und den anderen fünf Minuten sprechen lassen, ohne ihn zu unterbrechen. Dein Vater war schon nach dreißig Sekunden fertig. Außerdem spuckt sie beim Sprechen.»

«Na ja, wenn es hilft ...», warf Emilia ein.

«Was soll denn daran helfen? Dass ich das Bedürfnis habe, einen Regenschirm aufzuspannen und mir vors Gesicht zu halten?»

Emilia musste lachen. «Ich meine die ganzen Übungen.»

Delia seufzte, den Blick nach vorne auf die Straße gerichtet. Obwohl die Touristen inzwischen den Zebrastreifen überquert hatten, war sie immer noch nicht weitergefahren. «Ich kann dir nicht versprechen, dass es vollkommen ausgeschlossen ist, dass ich mich von deinem Vater trenne. Aber dass ich mich auf diese ganze Tortur einlasse, sollte doch Beweis genug sein, dass ich alles versuche, damit es nicht so weit kommt. Reicht dir das?»

Emilia nickte. Ja, fürs Erste war das genug.

14. Kapitel

Emilia war in der letzten Zeit selten optimistisch, aber als sie an diesem Samstagmorgen die Augen öffnete und zwischen ihren Vorhangschals ein Stück strahlend blauen Himmel erspähte, wusste sie, dass der Tag der offenen Tür ein voller Erfolg werden würde.

Und so war es auch. Das Kaiserwetter hielt den ganzen Tag an, und selbst wenn sich mal eine kleine Schäfchenwolke vor die Sonne schob, wurde sie vom warmen Sommerwind sofort rigoros in ihre Schranken verwiesen.

Angespannt wartete Emilia darauf, dass etwas schieflief: dass die Theaterschminke fürs Kinderschminken unauffindbar war oder Claras Freundin Melanie, die sich bereit erklärt hatte, diesen Job zu übernehmen, nicht auftauchte. Dass Claras andere Freundin Nicole feststellte, dass sie zwar ihre teure Kamera dabeihatte, aber der Akku leer war. Dass eines der rosigen Tortenkunstwerke, die Becky und ihre Mutter extra für diesen Tag gebacken hatten, von der Platte rutschte – ins Gesicht von Redakteur Björn, der den Artikel für den *Nordkurier* schrieb. Dass eines der Ponys von Bauer Jackel ein Kind abwarf, davonlief und eine Schneise der Verwüstung hinter sich zurückließ. Dass die

Band nicht kam – und keine Gäste. Aber nichts von alldem geschah. Alles lief so reibungslos, dass es geradezu unheimlich war, und allen schien es zu gefallen. Trotzdem konnte sie sich erst ein wenig entspannen, als es schon dunkel wurde und ihr Vater die Kerzen in den Lampions anzündete. Erst dann ließ sie sich an Joshs Getränkestand ein Glas Sekt mit Rosenblütensirup einschenken.

Josh und seine Mutter Simone hatten sich für die letzte Schicht eingetragen und immer noch alle Hände voll zu tun. Noch immer waren viele Gäste da, die durch den Garten spazierten, im Pavillon oder auf einer der vielen Bänke saßen oder auf der kleinen Tanzfläche vor der Bühne zu *Country Roads* das Tanzbein schwangen.

«Das Fest hätte Clara gefallen.» Josh goss sich ein Glas Wasser ein.

Emilia nickte und nahm einen Schluck von ihrem Rosensekt. Sie war viel zu erschöpft, um sich wie sonst in seiner Gesellschaft unwohl zu fühlen. «Ich bin froh, dass ich meine Eltern dazu überredet habe, es nicht ausfallen zu lassen», sagte sie. Dann senkte sie die Lider. «Auch wenn es komisch ist, hier zu stehen und ein Glas Sekt zu trinken, während sie im Krankenhaus liegt. – Warst du heute schon bei ihr?»

Josh nickte. «Kurz bevor ich hierhergekommen bin.»

«Allmählich könnte sie wirklich mal aufwachen», seufzte Emilia.

«Sie braucht einfach noch ein bisschen Zeit.»

Sie schwiegen. So war es immer. Jedes Wort, das zwischen ihnen fiel, musste so mühsam herausgepresst werden wie Wasser aus einem viel zu trockenen Schwamm.

Emilia fragte sich, ob sie jemals unbefangen mit Josh würde umgehen können. So unbefangen wie an jenem Abend auf der Seebrücke, als alle Mauern, die sich zwischen ihnen aufgetürmt hatten, auf einmal verschwunden waren. An jenem Abend, an dem auf einmal alles so leicht und möglich erschienen war.

Die Band hatte *Country Roads* beendet und stimmte ein neues Lied an: *Über den Wolken* von Reinhard Mey. Es war auch früher oft auf Partys am Strand gespielt worden. Emilia, die noch nie geflogen war, bevor sie nach Paris gegangen war, hatte das Lied immer gemocht und von der Freiheit geträumt, die darin versprochen wurde. Unwillkürlich richtete sie den Blick hinauf in den Himmel, an dem nur noch ein schmaler orangefarbener Streifen an der Horizontlinie an den sonnigen Tag erinnerte, der hinter ihnen lag. Ohne den Unfall hätte Clara morgen im Flugzeug nach England gesessen.

«Hast du davon gewusst, dass Clara morgen nach Kent fliegen wollte?», fragte sie Josh.

Bildete Emilia es sich nur ein, oder hatte da kurz sein Augenlid gezuckt? Im schummerigen Licht des Getränkestands konnte sie es nicht richtig erkennen. Auf jeden Fall wartete er einen Augenblick zu lange mit seiner Antwort, was ihr zeigte, dass er zumindest kurz darüber nachdenken musste.

Dabei war die Antwort ganz einfach. «Ja», sagte er nur.

«Meine Mutter hat gesagt, Clara wollte eine Gartenreise machen und vielleicht bei ihrer Freundin Gitti ein paar neue Rosensorten kaufen», erklärte Emilia und sah ihn forschend an.

Dem hatte Josh nichts hinzuzufügen. Emilia war langsam genervt von seiner Einsilbigkeit.

«Haben wir noch irgendwo Sekt?» Simone war neben ihren Sohn getreten. Sie war so zierlich, dass sie ihm kaum bis an die Schulter reichte.

«Im Kühlwagen. Ich hole schnell noch eine Kiste.» Josh verschwand und kehrte nur wenig später mit einem Karton zurück.

Emilia hatte inzwischen beschlossen, ihn direkt auf den Brief und das Foto von der geheimnisvollen Rose anzusprechen. Sie wartete, bis er fünf der sechs Flaschen in der Kühlung verstaut und eine geöffnet hatte. Dann zückte sie ihr Handy, mit dem sie Foto und Brief abfotografiert hatte. «Hast du diese Rose schon mal gesehen?»

Er betrachtete sie kurz und ohne erkennbares Interesse. «Keine Ahnung. Für mich sehen Rosen alle gleich aus. Wieso fragst du?»

«Weil ich dieses Foto auf Claras Schreibtisch gefunden habe und auf der Rückseite etwas geschrieben stand.» Sie zeigte ihm die Zeilen und vergrößerte die Schrift.

Josh nahm ihr das Handy aus der Hand und las. Eine steile Falte bildete sich zwischen seinen Augenbrauen.

«Der Brief wurde in England abgeschickt. In Wilsley Green.» Emilia wischte weiter zum nächsten Foto. «Das Dorf liegt nicht weit von dem Ort entfernt, wo Mamas Freundin Gitti wohnt. Clara muss damals in England einen Mann kennengelernt haben. Hat sie mit dir jemals darüber gesprochen?»

«Nein», erwiderte er knapp und wischte ungerührt die verchromte Ablagefläche sauber.

Josh log. Dieses Mal war Emilia sich sicher, dass sie sich das verräterische Zucken seines Augenlids nicht eingebildet hatte.

Trotzdem bemühte sie sich um einen beiläufigen Tonfall. «Schade. Ich bin mir aber sicher, dass es damals einen Mann gegeben hat. *The Beauty of Claire.* Die Rose heißt wie Clara. Glaubst du wirklich, dass das ein Zufall ist?»

«Ich glaube, dass das Claras Angelegenheit ist und nicht deine.» Joshs Stimme war schärfer, als sie es von ihm gewohnt war. Emilia schaute ihn verwundert an. Was war denn auf einmal in ihn gefahren?

Josh hatte die Lippen zu einem schmalen Strich zusammengepresst, sein Gesichtsausdruck war verschlossen, und in diesem Moment ähnelte er auf geradezu verstörende Weise Lizzy. Genauso wie er sah ihre Nichte aus, wenn sie die Schotten dicht machte.

«Möchtest du noch ein Glas Sekt?», fragte Josh sie in einem Tonfall, der ihr unmissverständlich klarmachte, dass ihr Gespräch – wenn man es überhaupt so nennen konnte – nun beendet war.

Emilia nickte. Nachdem er ihr eingeschenkt hatte, wandte er sich dem Ehepaar neben ihr zu, das ein Bier und ein Glas Weißweinschorle bei ihm bestellte.

Oh ja, Clara hatte einen Mann in Kent kennengelernt! Einen Mann, von dem Josh wusste, und von dem Emilia nicht erfahren sollte. Aber wieso nicht? Wieso hatte Clara so ein Geheimnis um ihn gemacht?

Der Rosengarten hatte sich merklich geleert, als Emilia mit dem Glas Sekt in der Hand über die verschlungenen

Kieswege schlenderte. Nur noch wenige Bänke waren besetzt. Auf einer der hinteren, an der Buchsbaumhecke, die das Gelände von der Straße trennte, saß ihr Vater, eine Flasche Bier neben sich.

«Was machst du denn hier so ganz allein?», fragte sie ihn.

«Ich wollte noch ein bisschen den Abend genießen. Temperaturen, bei denen man ohne Jacke so lange draußen sitzen kann, haben wir hier ja leider selten.» Thees rückte ein Stück, damit Emilia sich neben ihn setzen konnte. «Es war ein schöner Tag heute. Deine Schwester wäre stolz auf dich. Und ich bin stolz auf dich. Das hast du alles wunderbar organisiert.» Er legte den Arm um ihre Schultern.

«Clara hat alles organisiert. Ich musste es nur ausführen und überwachen. Und ihr habt ja auch mit angepackt», sagte Emilia. Trotzdem freute sie sich über sein Lob. Für gewöhnlich ging er sparsam damit um. «Wo ist Mama?»

«Sie bringt Felix ins Bett. Er war todmüde.» Ihr Vater lächelte, und auch Emilias Mundwinkel verzogen sich bei dem Gedanken an ihren Neffen. Das erste Mal, seitdem Clara im Krankenhaus lag, hatte der Junge heute unbeschwert gewirkt. Er hatte sich von Melanie eine Spider-Man-Maske aufs Gesicht malen lassen, war mit den anderen Kindern herumgetobt, auf den Ponys geritten, hatte Unmengen von Kuchen verdrückt ...

«Du weißt ja nun Bescheid wegen Frau Kirschner», sagte ihr Vater unvermittelt.

Emilia schwieg. Ja, sie wusste Bescheid. Aber sie wusste nicht, was sie darauf erwidern sollte.

Thees nahm einen großen Schluck Bier und sagte dann

in die Stille hinein: «Mach dir nicht so viele Sorgen! Deine Mutter und ich, wir haben im Laufe der Jahre schon einiges überstanden. Über dreißig Jahre sind wir schon zusammen.» Er drehte versonnen die Bierflasche hin und her, betrachtete das Etikett. «Wo ist nur die Zeit geblieben? Ich kann mich noch so gut daran erinnern, wie ich sie das erste Mal gesehen habe. In ihrem langen Kleid und mit diesem Kranz aus Rosen in den Haaren. Sie war die schönste Frau, die ich jemals gesehen hatte.» Sein Blick verlor sich in dem dunklen Garten, in dem die Rosenbüsche und auch der Pavillon nur noch als Schattenriss zu erkennen waren. «Dreißig Jahre ... So etwas wirft man nicht einfach weg, nur weil es mal ein bisschen schwierig ist.»

Emilia konnte nur hoffen, dass ihre Mutter der gleichen Ansicht war. Sie rückte ein Stück näher an ihren Vater heran, legte den Kopf auf seine Schulter und lauschte dem Plätschern des Teichs und seinen Atemzügen ... Die Musik und die Stimmen der letzten Gäste waren in diesem Teil des Gartens nur gedämpft zu hören.

Erst das Geräusch quietschender Reifen direkt hinter der Hecke riss Emilia aus ihrem Dämmerschlaf. Eine Autotür ging auf und wurde wieder zugeschlagen.

«Ich kann allein gehen!», hörte sie Lizzy schimpfen.

Lizzy?

Auch Thees horchte auf. «Wollte sie heute nicht bei Maresa schlafen?»

Emilia nickte. Lizzys beste Freundin feierte heute ihren vierzehnten Geburtstag.

Sie standen auf, verließen den Garten durch die niedrige Pforte und liefen die Einfahrt hinunter zur Straße.

Maresas Vater und Lizzy kamen ihnen schon entgegen.

«Was ist los?», fragte Thees.

«Was los ist?», fuhr Bjarne ihn an. «Ich bringe dir deine Enkelin zurück. Sie hat Wodka in die Erdbeerbowle gekippt! Gut, dass Elke sie dabei erwischt hat. Ich will mir gar nicht ausmalen, was passiert wäre, wenn die Kinder davon getrunken hätten!»

15. Kapitel

Lizzy hatte Wodka in die Erdbeerbowle gekippt! Obwohl die Situation alles anderes als lustig war, musste Emilia den Kopf wegdrehen, um den völlig aufgebrachten Bjarne durch ihr Grinsen nicht noch mehr zu provozieren. Sie selbst hatte früher auch so einige Bowlen gepimpt. Ihr Grinsen verging ihr jedoch, als Lizzy, die stumm neben Bjarne hergetrottet war, den Kopf hob.

«Es war nicht viel, und ich wollte nur die langweilige Party ein bisschen in Schwung bringen.» Die undeutliche Aussprache ihrer Nichte zeigte, dass sie sich schon vorher ordentlich am Wodka bedient hatte.

«Ich will kein Wort mehr hören! Geh in dein Zimmer, Lizzy!» Thees' Stimme war schneidend, und sie erlaubte keinen Widerspruch. «Wir reden nachher darüber.»

Lizzy stieß ein verächtliches Schnauben aus und wirbelte herum. Das heißt, sie versuchte es, kam dabei aber ins Schwanken und wäre auf das Pflaster gefallen, wenn Emilia sie nicht am Ellbogen erwischt und festgehalten hätte. «Ich gehe mit ihr!», sagte sie.

Im Gehen hörte sie, wie ihr Vater zu Bjarne sagte: «Es tut mir leid, und ich kann dir versichern, dass die Sache ein Nachspiel haben wird. Lizzy ist im Moment etwas durcheinander. Ihre Mutter hatte einen schweren Autounfall und liegt im Krankenhaus..."

Emilia brachte Lizzy nach oben. Jetzt, wo sie so dicht neben ihr ging, konnte sie deutlich den Alkohol riechen. Und Tabak. Wieso hatte Lizzy ausgerechnet den Hang ihrer Tante zur Rebellion geerbt? Sie hätte doch auch, wie Felix, nach der braven Clara kommen können!

Als sie Lizzys Zimmertür erreichten, ging Lizzy wortlos hinein und ließ sich bäuchlings auf ihr Bett fallen.

«Willst du dir nicht wenigstens die Schuhe ausziehen?», fragte Emilia mit Blick auf Lizzys völlig verdreckte Chucks und kam sich vor, als wäre sie mindestens hundert Jahre alt.

«Nein!», sagte das Mädchen mit dumpfer Stimme. «Und jetzt geh endlich! Ich will allein sein.» Lizzy vergrub den Kopf in ihrem Kissen, doch schon im nächsten Augenblick schoss sie wieder in die Höhe, presste sich eine Hand vor den Mund und torkelte an Emilia vorbei ins Bad. Sie schaffte es gerade noch, den Klodeckel hochzureißen, da krümmte sie sich schon und übergab sich in die Toilette.

Obwohl Emilia den Gestank kaum aushalten konnte, kniete sie sich neben ihre Nichte und hielt ihr die Haare zurück. Immer wieder krampfte sich Lizzys Körper zusammen, bis nur noch Magensäure hochkam.

Emilia half ihr, sich den Mund auszuspülen und das Gesicht zu waschen, dann brachte sie in ihr Zimmer zurück.

«Ich komme gleich wieder», sagte sie. «Ich mache dir einen Tee.»

Lizzy lag mit leerem Blick im Bett, starrte an die Decke und antwortete ihr nicht.

Als Emilia mit dem dampfenden Kamillentee in der einen und einer Wärmflasche in der anderen wieder nach oben gehen wollte, kam ihr Vater ins Haus. «Wo ist sie?», fragte er.

«In ihrem Bett. Aber es geht ihr nicht gut, lass sie erst mal in Ruhe. Morgen kannst du immer noch mit ihr schimpfen. Sind noch viele Gäste da?»

Er schüttelte den Kopf. «Wir haben schon angefangen aufzuräumen.»

«Ich bringe Lizzy nur schnell den Tee und die Wärmflasche, dann helfe ich euch.»

Inzwischen hatte Lizzy sich auf die Seite gedreht. Zusammengerollt wie ein Embryo lag sie da. Am Zucken ihrer Schultern erkannte Emilia, dass sie weinte.

«Was ist denn los?», fragte sie sanft und setzte sich neben sie auf die Bettkante. «Hast du Angst vor Opas Donnerwetter? Das musst du nicht. Er regt sich zwar schnell auf, aber auch genauso schnell wieder ab. Außerdem ist er Kummer gewöhnt. Weißt du, wie oft ich in deinem Alter irgendwelchen Blödsinn gemacht habe?»

Lizzy antwortete nicht.

«Oder ist es wegen deiner Mama?» Emilia streichelte ihren Rücken. «Ich mache mir auch Sorgen um sie, aber die Ärzte im Krankenhaus haben gesagt, dass sie bald wieder aufwacht. Wir müssen nur noch ein wenig Geduld haben.»

Lizzys Schluchzen wurde stärker, ihr ganzer Körper wurde regelrecht geschüttelt davon. «Und was ist, wenn sie nicht wieder gesund wird?», rief sie so laut und unvermittelt, dass Emilia zusammenzuckte. Doch das Schlimmste war das, was Lizzy danach zwischen zwei Schluchzern hervorstieß: «Dann bin ich daran schuld!»

Was redete Lizzy denn da? Emilia starrte auf sie hinunter. «Wieso solltest du denn daran schuld sein? Das ist doch Unsinn.»

«Wegen dem, was ich zu ihr gesagt habe», antwortete Lizzy, ohne den Kopf zu heben.

Emilia stockte der Atem. «Was hast du zu ihr gesagt?»

«Dass ich mir wünschte, sie wäre tot!» Diese Worte flüsterte Lizzy so leise, dass Emilia sie kaum verstand, aber als sie etwas lauter fortfuhr, wusste Emilia, dass sie sich nicht verhört hatte. «Weil sie mich zum Internat gefahren hat. Ich hasse das Internat!» Sie hob den Kopf und sah Emilia aus verquollenen Augen an.

Oh Gott! Emilia zog sie an sich. «So etwas darfst du nicht denken!», beschwor sie ihre Nichte. «Du bist nicht schuld. Man sagt viele dumme Sachen, wenn man wütend ist, aber ich bin mir sicher, dass deine Mama wusste, dass du es nicht so gemeint hast.» Doch ihre Worte gingen in dem verzweifelten Weinen von Lizzy unter, und so blieb Emilia nichts anderes übrig, als sie festzuhalten und abzuwarten, bis ihr Schluchzen irgendwann schwächer und ihr Weinen leiser wurde, und sie schließlich in ihren Armen einschlief.

Emilias Gedanken tobten in ihrem Kopf herum wie aufgewirbeltes Laub. Das arme Mädchen! Diese Last hatte es in den letzten Tagen mit sich herumtragen müssen! Doch nach einiger Zeit hörte sie Lizzys Atemzüge ruhiger werden, und auch ihre Augenlider wurden schwer. Sie war müde. So müde!

Doch bevor sie in den Schlaf sinken und zumindest für einige Zeit Vergessen finden konnte, wurde die Tür zu Lizzys Zimmer aufgemacht, und ihr leises Knarzen ließ sie hochfahren. Emilia dachte, es sei ihr Vater oder ihre Mutter, doch es war Felix, der in der Tür stand. Er trug nur noch das Oberteil seines Schlafanzugs, unten herum war er nackt.

«Kann ich bei dir und Lizzy schlafen, Millie?», sagte er mit weinerlicher Stimme. «Ich habe ins Bett gemacht.»

Emilia schloss die Augen, und obwohl sie wusste, dass Felix auf eine Antwort wartete, brauchte sie einen Moment, bis sie sie ihm geben konnte.

«Natürlich, mein Süßer! Lass uns dich nur kurz ein bisschen abduschen!», sagte sie dann. Sie zwang sich, sich aufzurichten und ihre viel zu schweren Beine über die Bettkante zu schwingen.

Wieder im Bett fand Felix einfach nicht zur Ruhe, nervös warf er sich hin und her. Emilia nahm ihn in den Arm. «Was ist denn los? Kannst du nicht schlafen?»

Felix schüttelte den Kopf. «Ich habe Angst, dass der böse Traum wiederkommt.»

«Was hast du denn Schlimmes geträumt?» Emilia strich ihm über das feuchte Haar.

Der Kleine schmiegte sich an sie. «Dass Mama nicht mehr aufwacht und ich bei Papa und Fabienne wohnen muss», flüsterte er.

Emilia versteifte sich. «Sie wird aufwachen. Und du

musst nicht bei Papa und Fabienne wohnen. Du wohnst doch hier. Wie kommst du denn nur auf eine solche Idee?»

«Papa hat gestern vor der Schule auf mich gewartet und gesagt, dass ich zu ihm kommen soll, wenn Mama noch länger schläft.»

Emilia sog scharf die Luft ein. Dieser hinterhältige Vollidiot! Felix vor der Schule aufzulauern, weil er sich nicht hierhertraute! Und was noch viel schlimmer war: Anstatt wie jeder andere Felix zu versichern, dass alles wieder gut werden würde, sagte er so etwas Idiotisches! Natürlich war er sein Vater. Aber er sah seinen Sohn vielleicht vier Mal im Jahr, weil er so oft auf Geschäftsreise war oder mit seiner blonden Schnepfe in den Urlaub fuhr. Wie konnte er nur eine Sekunde annehmen, dass sein Vorschlag irgendeine Art von Trost für Felix war? Das Gegenteil hatte er erreicht und ihm damit Angst gemacht! Morgen würde sie sich Klaus vorknöpfen ...

«Du wirst nicht zu deinem Papa und Fabienne ziehen», sagte sie mit fester Stimme. «Dein Zuhause ist hier. Nirgendwo sonst.»

Felix schwieg einen Moment. «Ich bin froh, dass du hier bist, Millie, und nicht mehr in Paris», sagte er dann.

«Ich bin auch froh, hier zu sein.» Emilia nahm ihn fester in den Arm. «Und ich werde dich und Lizzy nicht allein lassen.»

«Versprichst du mir das?»

«Ja, das verspreche ich dir.» Sie drückte Felix noch einmal an sich, und kurz darauf war der Kleine eingeschlummert.

Emilia fand zwischen den beiden schlafenden Kindern

jedoch keine Ruhe. In dem Bett war es eng, und im Zimmer war es so stickig, dass sie das Gefühl hatte, keine Luft mehr zu bekommen. Sie stand wieder auf, machte das Fenster auf und setzte sich mit angezogenen Beinen auf die breite Fensterbank. Warme Nachtluft wehte herein. Und ein Hauch Rosenduft. Die Aufräumarbeiten vom Tag der offenen Tür waren längst beendet, und Stille lag über der Gärtnerei. Nur das leise Plätschern des Schwimmteichs war zu hören und das Rauschen des Windes in den Blättern der Ramblerrose, die sich den abgestorbenen Apfelbaum hinaufrankte. Morgen früh würde sie ihren Eltern erklären müssen, wieso sie nicht wieder heruntergekommen war, um ihnen beim Aufräumen zu helfen.

Früher, als sie noch zu Hause gewohnt hatte, wäre sie einfach jetzt gleich zu ihnen gegangen, auch wenn sie sie dadurch aus dem Schlaf gerissen hätte. Sie hätte sich weinend zu ihnen ans Bett gesetzt, sich vielleicht sogar zu ihnen gelegt – so wie Felix zu ihr –, in der sicheren Gewissheit, dass sie sie trösten, beruhigen und ihren Kummer zumindest ein klein wenig lindern konnten. Aber sie war kein Kind oder Teenager mehr, sondern einunddreißig Jahre alt! Außerdem hatten sie im Moment wirklich genug eigene Sorgen.

Einsamkeit und Hoffnungslosigkeit befielen Emilia. Vor lauter Sehnsucht nach der sicheren Welt ihrer Kindheit bildete sich ein schmerzhafter Kloß in ihrer Kehle. Damals war alles so einfach gewesen! Wunden heilten, und alle Wege schienen geradeaus zu führen – in eine Zukunft, die verheißungsvoll in allen Farben des Regenbogens funkelte.

Jetzt war diese Zukunft schwarz wie der Nachthimmel, an dem eine dicke Wolkendecke das Licht der Sterne verschluckte. Und das der Flugzeuge.

Morgen wäre Clara nach England geflogen. So wenig reise- und abenteuerlustig wie ihre Schwester eigentlich war, musste es einen guten Grund für diese Reise geben. Hatte sie in dem Besuch bei Gitti eine Chance gesehen, die Gärtnerei zu retten? Oder hatte sie den Besuch nur vorgeschoben? Vielleicht ging es ihr in Wahrheit darum, den Verfasser des Briefs aufzusuchen, der eine Rose nach ihr benannt hatte.

Ein Gedanke nahm in Emilia Gestalt an, der schon öfter kurz aufgeflackert, den sie aber immer als absurd verworfen hatte. Der geheimnisvolle Briefeschreiber war nicht Claras einziges Geheimnis gewesen. Auch wer Lizzys Vater war, hatte sie nie verraten. Angeblich ein One-Night-Stand mit einem Mann, den sie kennengelernt hatte, als sie wegen eines Kurses in Blumenbinden für ein Wochenende auf dem Festland gewesen war. Niemand hatte ihr geglaubt, dass sie nicht einmal seinen Namen kannte, aber so sehr ihre Eltern sie auch anflehten – Clara hatte an dieser Erklärung festgehalten. Auch Emilia gegenüber war sie nie davon abgewichen. Doch wenn das wirklich eine Lüge gewesen war: Was mochte so schlimm an Lizzys Vater sein, dass sie seine Identität nicht preisgeben konnte? Wenn sie das Clara nur fragen könnte! Sie hatte so viele Fragen an sie ...

Emilia schlief nicht mehr viel in dieser Nacht, und als die Dunkelheit endlich von der Morgensonne abgelöst wurde, hatte sie eine Entscheidung getroffen. Sie konnte nicht abwarten und zusehen, wie hier alles im Chaos versank, während Clara im Krankenhaus herumlag und sich vor ihrer Verantwortung drückte.

Emilia beugte sich zu ihrer Nichte hinunter. «Lizzy!» Sie rüttelte sanft an ihrer Schulter.

Lizzy murmelte etwas im Schlaf, bewegte sich leicht hin und her, wachte aber nicht auf.

«Lizzy!» Emilia rüttelte stärker, und endlich öffnete das Mädchen verschlafen die Augen und blinzelte.

«Was ist denn?», fragte Lizzy unwirsch.

«Wir fliegen nach England, um die Rose für deine Mutter zu suchen.»

16. Kapitel

KENT, JULI 2003

Fast jeden Morgen begleitete Clara Lloyd nun zum Sissinghurst Garden, um dort mit anzupacken. Die prächtige Anlage faszinierte sie, und in jeder Pflanze, in jeder Mauernische, in jedem Zimmer konnte sie noch immer den Geist ihrer schillernden Besitzer spüren. Überhaupt waren Vita und Harold allgegenwärtig. Sogar auf den Mitarbeitertoiletten hatte jemand Fotos von den beiden aufgehängt.

Von Lloyds Team war Clara freundlich aufgenommen worden. Karen, Dan, Cecilia und wie sie alle hießen, waren es gewohnt, bei ihrer Arbeit Unterstützung von *Volunteers*, Freiwilligen, zu bekommen. Ohne diese Unterstützung würde sich das Gelände überhaupt nicht instand halten lassen, erklärte Edward ihr. Das Gärtnern sei in England so etwas wie Golfspielen, sagte er schmunzelnd. Man war an der frischen Luft, hatte Bewegung und konnte sich mit Gleichgesinnten austauschen. Maureen und Diane, zwei elegant in Stoffhosen und weiche Strickjacken gekleidete Rentnerinnen, kamen zum Beispiel jeden Mittwochmorgen. Edward und Clara waren mit den beiden für den Cottage Garden eingeteilt worden, der auch

Garten des Sonnenuntergangs hieß, weil sich in diesem Teil der Anlage ausschließlich Stauden in Orange-, Gelb- und Rottönen befanden. Dort zupften sie die verblühten, matschig aussehenden Kelche der Taglilien ab und legten diese in flache Holzkörbe.

Wenn Clara ehrlich zu sich selbst war, musste sie zugeben, dass Edward der Hauptgrund war, weshalb sie jeden Morgen in Lloyds Lieferwagen stieg. Matt hatte sich zum Glück bereits nach einem Tag dazu entschlossen, lieber auszuschlafen, und blieb zu Hause, aber Edward arbeitete mit ihr in einem Team.

Clara konnte gar nicht genug bekommen von all den Geschichten, die er über Sissinghurst erzählte und die alle von Rosen handelten, Vitas großer Leidenschaft – und auch seiner. Während sie dafür sorgten, dass die verblühten Kelche der Taglilien um elf Uhr nicht mehr die Augen der Gartenbesucher beleidigten, erzählte er von der ersten Rose, die Vita auf Sissinghurst gefunden hatte. Es war eine Gallicarose gewesen, die zwischen Mauerresten ihr kümmerliches Dasein fristete und später von Vita in einem ihrer Gedichte als *müde Schwimmerin im Meer der Ewigkeit* bezeichnete wurde. Die pflaumenfarbene Überlebenskünstlerin mit den goldgelben Staubgefäßen war eine von über zweihundert verschiedenen Sorten, die zu Lebzeiten der Schriftstellerin in ihrem Garten wuchsen. Ungefähr die Hälfte von ihnen waren in den letzten Jahrzehnten daraus verschwunden, erzählte Edward.

Eine Aufgabe von Lloyd sei es nun, herauszufinden, welche das waren, um den Rosengarten wieder in seiner früheren Schönheit und Vielfalt erstrahlen zu lassen.

«Und, hatte Lloyd schon Erfolg?», erkundigte sich Clara. Während Maureen und Diane sich weiter um die Taglilien kümmerten, gingen sie jetzt in den Rosengarten, wo sie sich einer aus der Form geratenen Kletterrose widmeten, die sich an einer Backsteinmauer hochrankte.

«Ja. Die beiden Gärtnerinnen, die zu Vitas Lebzeiten hier arbeiteten, haben zum Glück alles protokolliert. Und Vita hat auch Tagebuch geführt. Es gibt auch ein paar Zeichnungen und Fotos. Die *Cardinal de Richelieu* zum Beispiel...» Er zeigte auf eine violette Rose, die neben einer weißen Marmorbüste wuchs. «Sie war eine der ersten, die Lloyd wieder neu angepflanzt hat.»

«Autsch!», entfuhr es Clara. Die *Rose de Resht* hatte genug davon gehabt, dass sie ihr unbarmherzig mit der Schere zu Leibe rückte, und sich mit ihren Stacheln gerächt. Oberhalb ihres Gartenhandschuhs zog sich ein langer, blutiger Kratzer über die Innenseite ihres Unterarms.

«Ich hole schnell etwas, um dich zu verarzten», sagte Edward.

«Das ist nicht nötig!», protestierte Clara. Es war ihr peinlich, dass sie wegen seiner Erzählungen so unaufmerksam bei der Arbeit gewesen war. Doch er hörte nicht auf sie, und insgeheim war sie darüber froh. Der Kratzer war ziemlich tief, und er blutete stark. Sie presste ein Papiertaschentuch auf die Wunde.

«Das haben wir gleich», sagte Edward, als er gleich darauf im Laufschritt mit einem kleinen Verbandskasten unter dem Arm zurückkam. «Ich hätte dich warnen sollen, die *de Resht* ist ein ganz besonders zickiges Exemplar. Sie gehörte übrigens zu Vitas Lieblingsrosen. Vita hatte nämlich eine Schwäche für Frauen, die sich zu wehren wissen.» Er grinste. Dann entnahm er dem Verbandskasten ein braunes Fläschchen und griff nach ihrem Unterarm. «Nicht erschrecken, jetzt brennt es ein bisschen!» Vorsichtig träufelte er etwas Jod auf den Kratzer.

Sie sog die Luft ein, aber nicht nur, weil die braungelbe Flüssigkeit wie Feuer brannte, sondern auch wegen Edwards Fingern auf ihrer Haut, und seinem Gesicht, das nur wenige Zentimeter von ihrem entfernt war. Hingerissen betrachtete sie ihn, seine zusammengezogenen Augenbrauen, seine langen, gesenkten Wimpern, deren Schatten wie kleine Fächer aussahen, die ausgeprägte Linie seiner Wangenknochen, seine Lippen. Er war so schön!

«Du bist sehr tapfer!» Jetzt blickte er auf und schaute sie lächelnd an. «Vita und du, ihr hättet euch sicher gut verstanden. Du bist wie ihre Rosen: Ihr seid viel robuster, als ihr ausseht.»

«Wie sehen wir denn aus?», fragte Clara mit trockenem Mund. Seine Nähe raubte ihr den Atem.

«Zart», sagte Edward, ohne den Blick aus ihrem zu lösen. «Und wunderschön.»

Claras Herz raste, ihre Knie drohten ihren Dienst zu versagen. Nicht nur die Wunde, sondern ihr ganzer Körper brannte, als sie sich in seinen hellblauen Augen verlor.

Sein Gesichtsausdruck, der gerade noch so verschmitzt gewesen war, war plötzlich ernst geworden. Die Sekunden dehnten sich aus, während sie sich immer noch in die Augen schauten. Und noch immer hielt Edward ihren Arm fest, noch immer war sein Gesicht ihrem so nah. Sein Atem streifte ihre Haut, und Clara hielt unwillkürlich die

Luft an. Würde er sie jetzt küssen? Sie sehnte sich so sehr danach. Noch nie hatte sie sich etwas so sehr gewünscht.

«Wir sind fertig mit den Lilien. Was sollen wir jetzt tun?» Clara fuhr zusammen. Sie war so berauscht von Edwards Nähe gewesen, dass sie gar nicht gemerkt hatte, dass Maureen in den Rosengarten getreten war. Im gleichen Moment ließ Edward ihren Arm so abrupt los, dass er so kraftlos hinabfiel wie der einer Marionette, der man die Fäden durchgeschnitten hat.

«Ihr könnt hier weitermachen», sagte Edward und zeigte auf einige leuchtend violette, opulente Allium-Blütenstände im hinteren Bereich des Gartens. Seine Haut hatte einen fiebrigen Rotton angenommen. «Die welken Blüten müssen entfernt werden.»

Als er ihren Unterarm mit einem dünnen Verband umwickelte, hielt er seinen Blick starr nach unten gerichtet und vermied es, sie dabei mehr als unbedingt nötig zu berühren. Auch Clara fühlte sich auf einmal befangen in seiner Gegenwart, und bei dem Gedanken, was wohl passiert wäre, wenn Maureen nicht aufgetaucht wäre, klopfte ihr Herz noch immer fest gegen ihre Rippenbögen. Ihre Knie fühlten sich weich und nachgiebig an.

Die folgenden zwei Tage sah sie Edward immer nur aus der Ferne. Er schien ihr aus dem Weg zu gehen. Morgens tauchte er immer erst so spät auf, dass Lloyd sie nicht ihm, sondern seinem Azubi Jon zuwies, einem untersetzten jungen Mann mit roten Wangen. Freimütig gab er zu, dass er sich nur deshalb dazu entschlossen hatte, Gärtner zu werden, weil er gerne an der frischen Luft war, und dass er – obwohl er ganz in der Nähe aufgewachsen war – vor Beginn seiner Lehre nie einen Fuß in den Sissinghurst Garden gesetzt hatte. Diesen Aspekt hat er in seinem Bewerbungsschreiben garantiert unerwähnt gelassen, dachte Clara sarkastisch. Und auch wenn Jon wirklich ein netter Kerl war: Ohne Edward an ihrer Seite machte ihr die Arbeit nur halb so viel Spaß, und sie war froh, wenn Lloyd und sie am frühen Nachmittag nach Goudhurst zurückfuhren. Dort versteckte sie sich mit einem Buch im hintersten Winkel des Gartens und kam erst wieder hervor, wenn Gitti zum Abendessen rief.

Wieso mied Edward sie auf einmal?, fragte sie sich frustriert.

Sie hatte es nur dem Wetter zu verdanken, dass Edward und sie ein paar Tage später erneut zusammenarbeiteten. Richtige Sturzbäche kamen vom Himmel, als Lloyd und sie an diesem Morgen aufbrachen, und sie hatten noch nicht einmal den *Staff Room* erreicht, als ihre am Schaft viel zu weiten Gummistiefel schon mit Wasser gefüllt waren.

«Du bleibst erst mal drinnen», sagte Lloyd, und setzte ein «Keine Widerrede!» hinzu, als sie sich gegen die Sonderbehandlung wehren wollte. «Gitti wird es mir nie verzeihen, wenn du dir eine Lungenentzündung holst.» Er drehte sich um und lächelte erfreut, als er Edward erblickte, der gerade auf dem Weg zum Geräteschuppen war. «Edward! Geh mit Clara in Vitas Arbeitszimmer und lass sie dort ein wenig stöbern. Vor lauter Arbeit ist sie ja noch gar nicht dazu gekommen, sich dort einmal umzuschauen. Anschließend könnt ihr euch um die Geranien im Gewächshaus kümmern», sagte er.

«Okay, Chef!», sagte Edward, und weder aus seinem Tonfall noch aus seiner Miene ging hervor, ob er das gut fand oder nicht. Claras Magen zog sich schmerzhaft zusammen. Wieso konnte zwischen ihnen nicht einfach alles wie früher sein? Vor ihrem Fast-Kuss...

In den Tagen zuvor waren die Schatten der beiden Türme stets wie die gigantischen Zeiger einer Uhr auf den gepflegten Rasen gefallen, heute aber hüllten schwarze Wolken sie ein. Auch die Fahnen, die sonst so fröhlich auf ihren Spitzen flatterten, waren nicht zu erkennen.

Edward und Clara betraten einen der beiden Türme, wo eine Wendeltreppe aus Holz sie ganz nach oben ins Arbeitszimmer führte. Edward schloss die Gittertür auf, die Touristen den Zutritt verwehrte, und Clara trat ein.

Wegen der Unordnung auf dem Schreibtisch sah Vita Sackville-Wests Refugium so aus, als wäre sie nur kurz hinausgegangen und könnte jeden Moment in Kammgarnhosen, Stiefeln und mit einer Zigarette in der Hand zurückkommen. Die Wände waren voller Bücherregale, die dazu einluden, darin zu stöbern. An den Wänden hingen großformatige Ölgemälde, und auf dem runden Tisch vor dem offenen Kamin stand eine Vase mit einem üppigen Strauß bunter Rosen. Den schweren Schreibtisch zierten noch immer eine Feder und ein Tintenfass. Clara konnte sich lebhaft vorstellen, wie Vita hier gesessen und sich Notizen für ihre Bücher gemacht oder Pläne für den Garten gezeichnet hatte. Das einzige Zeichen dafür, dass all das aus einer vergangenen Zeit stammte und die Besitzerin des Zimmers längst tot war, war eine Gedenktafel an der Wand. Darauf stand:

Hier lebte Vita Sackville-West, die diesen Garten schuf.

Ganz ergriffen von der besonderen Atmosphäre, die in dem Turm herrschte, trat Clara an eins der Fenster und schaute in den Garten hinaus, in dem Lloyds Mitarbeiter in ihrer Regenkleidung umherstapften. Vor etwa sechzig Jahren hatte Vita an genau der gleichen Stelle gestanden und auf das von ihr erschaffene Paradies hinuntergeschaut.

«Du solltest bei gutem Wetter noch einmal herkommen.» Edwards Stimme durchbrach ihre Gedanken. «Dann kann man von hier bis nach Canterbury sehen.» Er schichtete Holzscheite im Kamin zu einer Pyramide auf, und schon bald flackerte und prasselte ein Feuer darin.

Er zeigte auf eines der Regale. «Hier findest du alles, was Vita geschrieben hat. Auch ihre Tagebücher und Briefe. Sei aber vorsichtig, wenn du sie liest!»

«Natürlich bin ich das», antwortete Clara gereizt. «Was glaubst du denn?»

«Natürlich. Es tut mir leid.» Das erste Mal seit Tagen sah er sie wieder direkt an, bevor er sich ein Buch aus dem Regal zog und sich damit in einen abgewetzten Ohrensessel setzte.

Während der folgenden Stunde schaffte Clara es die meiste Zeit, Edwards Anwesenheit im Turmzimmer auszublenden. Zu spannend war es, sich in Vitas private Korrespondenz zu vertiefen. Viele der Briefe waren an die Schriftstellerin Virginia Woolf gerichtet, Vitas Freundin und – zumindest zeitweise – wohl auch Geliebte.

Auch ihr Mann Harold war dem eigenen Geschlecht zugetan. Nach heutigen Maßstäben konnte man wohl sagen, dass die beiden in sexueller Hinsicht eine offene Ehe führten, dachte Clara. Aber das änderte nichts an der Nähe und der Vertrautheit, die sie füreinander empfanden und die in jeder Zeile der mehr als 10 500 Briefe, die sie einander geschrieben hatten, spürbar war. Und diese Liebe schien immer stärker zu werden.

«*Liebling, es gibt nicht viele Menschen, die nach fast sechzehn Jahren Ehe einen solchen Liebesbrief schreiben würden. Aber du weißt nicht nur, dass jedes Wort wahr ist, sondern dass es nur ein schwacher Abklatsch der echten Wahrheit ist – ich könnte es nicht übertreiben, so sehr ich es versuchte*», schrieb Harold zum Beispiel seiner Ehefrau.

Vitas Briefe standen seinen an Zärtlichkeit in nichts nach. Clara schniefte.

«Was ist?», fragte Edward von seinem Platz auf dem Sessel aus.

«Nichts.» Sie putzte sich die Nase.

Er hob die Augenbrauen. «Und deshalb weinst du?»

«Die Briefe von Harold und Vita sind so berührend», gab sie schließlich zu und las ihm die Passage von Vita vor, die sie gerade zu Tränen gerührt hatte: «*Ich denke oft, dass ich dir nie gesagt habe, wie sehr ich dich liebe, und wenn du stürbest, würde ich mir Vorwürfe machen und sagen: ‹Wieso habe ich es ihm nie gesagt? Warum habe ich es ihm nicht oft genug gesagt?›*»

Ein paar Augenblicke erwiderte Edward nichts, aber sie spürte seinen Blick auf sich ruhen, bevor er sagte: «Vita musste nicht ohne ihn leben. Sie ist vier Jahre vor Harold gestorben. Sie waren fast fünfzig Jahre verheiratet.»

Clara senkte die Lider, weil ihre Augen sich erneut mit Tränen füllten. «Es muss schön sein, so sehr von einem Menschen geliebt zu werden.»

Ein paar Momente sah Edward sie nur schweigend an, dann nickte er, und ein melancholisches Lächeln huschte über seine Züge.

17. Kapitel

Lizzy sah sie an, als hätte sie den Verstand verloren, als Emilia ihr von ihrem Plan erzählte, nach England zu fliegen, um dort die Rose zu suchen.

«Aber wir können Mama doch nicht allein lassen!», sagte sie. Ihre Augen waren gerötet, und die zerlaufene Wimperntusche hatte dunkle Schlieren auf ihrer blassen Haut hinterlassen.

«Sie wird es sicher gar nicht merken», versuchte Emilia ihre Bedenken zu zerstreuen. «Deshalb haben wir doch die Aufnahmen gemacht. Damit sie das Gefühl hat, dass wir immer bei ihr sind, selbst wenn wir sie mal nicht besuchen können.»

«Und was ist, wenn sie aufwacht, während wir weg sind?»

«Es sind doch nur ein paar Tage. Und wenn sie wirklich ausgerechnet in der Zeit aufwacht, fliegen wir sofort zurück. Außerdem sind Oma, Opa und Felix ja da. Also ...»

Lizzy überlegte kurz, dann schlug sie die Decke zurück und schwang die Beine aus dem Bett. «Okay.»

«Super!» Emilia war erleichtert. Selbst wenn sie in England überhaupt nichts erreichten: Alles war besser für

Lizzy, als weiter hier herumzusitzen und ihren selbstzerstörerischen Gedanken nachzuhängen. Und für sie selbst auch ... «Sind wir dann jetzt ein Team?» Sie hob die Hand.

«Jap», antwortete Lizzy mit einem zaghaften Lächeln und klatschte ab.

Ihre Eltern waren nicht so leicht für ihren Plan zu erwärmen wie Lizzy. Thees und Delia saßen gerade beim Frühstück, als sie ihnen davon erzählte.

«Du willst *was*?» Thees ließ die Zeitung sinken.

«Ich will nach Kent.»

Thees starrte sie verblüfft an.

«Ich will historische Rosen bei Gitti kaufen», setzte Emilia zu einer Erklärung an. «So wie Clara es geplant hat. Damit wir Rosen im Sortiment haben, die es im Gartencenter nicht gibt.»

Thees nahm seine Lesebrille ab. Die Falten um seine Augen waren in den letzten Tagen tiefer geworden, so schien es ihr. «Das ist sinnlos», brummte er. «Es gibt diese Rosen im Gartencenter nicht zu kaufen, weil es gar keine Abnehmer dafür gibt! Die Leute wollen Rosen in ihren Gärten, die den ganzen Sommer über blühen.»

Emilia schaffte es nur sehr schwer, sich ein Augenrollen zu verkneifen. «Ich werde trotzdem fahren. Clara hat diese Reise geplant, und sie hat sich etwas dabei gedacht, dass sie diese Rosen kaufen wollte. Sie tut nie etwas ohne Grund.» Sie stützte sich auf eine Stuhllehne und sah ihren Vater an. «Außerdem halte ich es nicht mehr aus, einfach nur rumzusitzen und zu warten, dass sie aufwacht. Ich muss etwas tun. Sonst werde ich verrückt.»

«Du kannst etwas tun, indem du Claras Arbeit übernimmst und mir in der Gärtnerei hilfst.» Der Ton ihres Vaters war schärfer geworden. Jetzt wandte er sich an seine Frau. «Sag doch auch mal was!», forderte er Delia auf, die dem Gespräch mit skeptischer Miene, aber wortlos lauschte.

«Ich werde fahren», wiederholte Emilia noch einmal unbeirrt. «Ich habe den Flug schon gebucht. Er geht morgen früh um zehn. Und ich werde Lizzy mitnehmen. Keine Sorge, ich passe gut auf sie auf!»

Die Stille, die auf diese Ankündigung folgte, war zu erwarten gewesen. Bevor ihre Eltern irgendetwas entgegnen konnten, setzte sich Emilia zu ihnen und erzählte ihnen, was Lizzy ihr vollkommen verzweifelt gestanden hatte.

Thees und Delia waren genauso geschockt, wie Emilia es letzte Nacht gewesen war. Als sie geendet hatte, nickten sie nachdenklich. Auch sie mussten zugeben, dass es Lizzy guttun würde, wenn sie mal auf andere Gedanken kam. Davon, dass sie auch hoffte, in Kent dem Geheimnis um Lizzys Vater auf die Spur zu kommen, erzählte Emilia nichts.

«Aber was ist, wenn Clara aufwacht und euch sehen will?», gab Delia lediglich zu bedenken.

Emilia wiederholte die Antwort, die sie bereits Lizzy gegeben hatte. «Dann kommen wir sofort zurück. Ich habe nur den Hinflug gebucht.» Sie seufzte. So kurzfristig war der Flug nicht ganz billig gewesen. Die spontane Aktion hatte sie um einen beträchtlichen Teil ihrer Ersparnisse gebracht, und wenn die beiden Rückflüge genauso teuer waren, würde das nach ihrer Rückkehr nach Paris mehrere Extraschichten im *Paul's* bedeuten. Aber das war ihr in diesem Moment egal. «Clara wird gar nicht merken, dass Lizzy und ich fort sind. Wir haben schließlich Audioaufnahmen gemacht, die die Schwestern ihr im Krankenhaus vorspielen.» Sie blickte ihre Eltern flehend an. «Ihr seht, ich habe mir viele Gedanken gemacht. Und ich bin mir auch vollkommen bewusst darüber, was ich tue.»

Sie konnte nur hoffen, dass das wirklich stimmte ...

Am nächsten Tag standen Emilia und Lizzy schon um vier Uhr auf, um eine knappe Stunde später die Inselbahn zu nehmen, mit der sie nach Züssow fahren würden, um dort in Richtung Berlin Flughafen umzusteigen. Es war noch nicht hell, als Thees den VW Caddy vorfuhr, Emilias Reisetasche und Lizzys Rucksack im Kofferraum verstaute und dann selbst auf dem Fahrersitz Platz nahm. Emilia hatte überhaupt nicht damit gerechnet, so früh schon jemandem zu begegnen, aber als sie gerade die Tür hinter sich zuschlug, kam Josh aus dem Haus – in einer grauen Sporthose, einem weißen Shirt und mit dem Welpen an der Leine, der bei ihrem Anblick sofort heftig anfing, mit seinem dünnen Schwänzchen zu wedeln.

Verdammt! Wieso musste gerade er um diese Zeit hier auftauchen? Ihr erster Impuls war, ins Auto zu springen und die Tür zuzuschlagen, aber sie sah ein, wie kindisch das gewesen wäre. Also fügte sie sich in ihr Schicksal und blieb stehen.

«Was machst du denn um diese Uhrzeit hier draußen? Musst du gleich zum Dienst?», fragte sie gespielt munter.

«Nein, ich habe die nächsten Tage frei. Der Hund wollte raus. Und wo fahrt ihr hin?»

«Äh...» Emilia überlegte fieberhaft, was sie antworten sollte. Zum Einkaufen aufs Festland? Sie war schon kurz davor, die Lüge auszusprechen, nur um weiteren Nachfragen zu entgehen, als Lizzy aus dem Haus kam.

«Ich habe es gefunden!», rief sie und hielt triumphierend ein Ladekabel hoch. «Und einen Adapter! Den hat Oma hat mir noch mitgegeben, weil die in England doch andere Steckdosen haben!» Sie bückte sich, um Wolke zu streicheln, die ganz aus dem Häuschen geriet und an ihren Beinen hochsprang.

«Ihr wollt nach England?» Josh runzelte die Stirn.

«Ja», plapperte Lizzy drauflos, «wir wollen eine Rose suchen, die Mama sehr mag, und wenn wir sie gefunden haben, bringen wir sie mit hierher.» Am liebsten hätte Emilia Lizzy den Mund zugehalten, aber es war bereits zu spät.

«Nach der Rose, von der du mir gestern erzählt hast?», fragte er Emilia. Eine steile Falte hatte sich über seiner Nasenwurzel gebildet.

Emilia stöhnte auf. Wieso hatte sie ihm nur davon erzählt? Und wieso hatte sie Lizzy nicht eingetrichtert, den wahren Grund ihrer Reise zu verschweigen? Sie konnte Josh seine Reaktion noch nicht einmal verübeln – es war ja wirklich ein bisschen verrückt. «Ja, wir fliegen nach England», sagte sie und bemühte sich um einen sachlichen Tonfall. Dann wartete sie einen Augenblick, bis ihre Nichte im Caddy saß und die Autotür geschlossen hatte. Erst dann erzählte sie Josh von Lizzys Geständnis und den Schuldgefühlen, die das Mädchen plagten.

Als sie geendet hatte, wirkte Josh richtig gehend außer sich. «Das ist die hirnrissigste Idee, die ich jemals gehört habe!», fuhr er sie an. «Du kannst doch nicht Lizzy nach England schleppen, um dort nach dieser Rose zu suchen, nur weil Clara ein Foto davon auf ihrem Schreibtisch liegen hatte!»

«Und weil die Rose ihren Namen trägt.» Emilia verschränkte die Arme vor der Brust. «Weil Clara geweint hat, als sie den Brief geöffnet hat. Die Adresse ist verwischt.»

«Das können auch Regentropfen gewesen sein. Oder sonst irgendetwas. Wo willst du überhaupt nach dieser Rose suchen?»

«Das überlege ich mir, wenn ich mit Mamas Freundin gesprochen habe. Clara hat sechs Wochen bei ihr gewohnt. Gitti wird sich schon noch an irgendetwas von dem erinnern, was sie in dieser Zeit gemacht hat. Außerdem will ich zu diesen Gärten fahren, in denen Clara gearbeitet hat. Sissinghurst. Vielleicht hat die Rose offiziell einen anderen Namen, und wir finden sie dort.»

«Bestimmt. Und wenn du sie gefunden hast, dann buddelst du sie heimlich aus, versteckst sie in deinem Rucksack und nimmst sie mit nach Deutschland. – Bitte, Emilia!» Josh sah ihr fest in die Augen. «Sag das Ganze ab und bleib hier! Die Idee ist wirklich totaler Schwachsinn. Du weckst damit bei Lizzy völlig falsche Hoffnungen! Es gibt kein Wundermittel, mit dem du Clara zum Aufwachen bringen kannst. Das Einzige, was hilft, ist, Geduld zu haben.»

«Ich habe aber keine Geduld mehr, die hatte ich lange genug! Ich will endlich meine Schwester wiederhaben.» Ein Kloß bildete sich in ihrem Hals, und ihre Kehle fühlte sich auf einmal ganz trocken an. «Ich habe solche Angst, dass sie nicht mehr aufwacht», flüsterte sie.

Joshs Schultern, die er gerade noch so angespannt hochgezogen hatte, fielen hinunter, und sein Blick wurde weich. «Sie wird gesund werden, sagen die Ärzte.»

Weshalb hielt sich jeder an diesem Satz fest? Wiederholte ihn wie ein Mantra. Als wären Ärzte Götter, die Einfluss auf Leben und Tod hatten und in die Zukunft schauen konnten!

«Ich werde diese Rose für Clara finden. Und den Mann, der sie nach ihr benannt hat.» Sie zog die Nase hoch.

Josh seufzte. «Gut. Aber versprich mir, dass du auf Lizzy aufpasst. – Und auf dich.» Seine Umarmung erfolgte überraschend, und sie war so kurz, dass Emilia sie erst so richtig realisierte, als sie schon wieder vorbei war.

Verwirrt stand sie da und schaute Josh nach, als er sich von dem Welpen in Richtung Achterwasser ziehen ließ. In der Nase hatte sie noch immer seinen Duft.

18. Kapitel

Das Orchard Cottage, in dem Clara für die Dauer ihres Aufenthalts in Kent ein Zimmer gebucht hatte, lag in Goudhurst neben einem kleinen Friedhof. Es war ein zweistöckiges Steinhäuschen mit einer rot gestrichenen Tür und bunten Blumen vor den Fenstern. Da weder Emilia noch ihre Mutter daran gedacht hatten, Claras Buchung zu stornieren, hatten Emilia und Lizzy das Zimmer problemlos übernehmen können.

Miss Featherstone, die spitznasige Besitzerin des Cottages, erklärte, dass das Frühstück von sieben bis neun Uhr serviert wurde, und gab ihnen dann den Schlüssel. Über eine enge Holztreppe, deren Stufen mit rosa-weiß gestreiften Matten beklebt waren, gingen sie in den ersten Stock hinauf, und Emilia schloss die Tür auf.

Sie schaute auf eine Blümchentapete, weiße Möbel, ein großes Bett mit Rüschen an dem rosafarbenen Bettüberwurf und ebenso rosafarbenen Zierkissen. Daneben stand ein rosafarbener Sessel, und an der Wand hing ein runder Spiegel mit Blumenranken.

«Boah!» Lizzy zog eine Grimasse, und Emilia musste grinsen. Auch ihr war die Einrichtung zu süßlich. In ihren dunklen Kleidern mussten sie in diesem Prinzessinnentraum wie zwei Krähen aussehen, die aus Versehen auf einer Hochzeitstorte gelandet waren. Aber es war blitzsauber, und das Bett war bequem.

Nachdem Lizzy das Arsenal an Kissen und den Bettüberwurf auf den Boden geworfen hatte, rollte sie sich sofort darauf zusammen und schlief ein.

Emilia hob alles wieder auf und legte es ordentlich auf den Sessel. Sie war wirklich unfassbar alt und spießig geworden!, dachte sie und musste innerlich grinsen. Dann legte sie sich ebenfalls ins Bett. Aber obwohl sie hundemüde war, wusste sie, dass sie nicht würde schlafen können. Dazu war sie viel zu aufgewühlt.

Immer wieder wanderten ihre Gedanken zu Josh. Warum er sie wohl zum Abschied umarmt hatte? Aus Mitleid? Schließlich hatte sie wie ein Häufchen Elend vor ihm gestanden. Trotzdem ließ sie die viel zu kurze Szene immer wieder in ihrem Kopf Revue passieren.

Am Morgen hatte ihre Mutter für sie bei Gitti angerufen und sie gefragt, ob Lizzy und Emilia ihr einen Besuch abstatten könnten. Emilia sah auf die Uhr. Schon in einer Stunde sollten sie bei ihr sein! Sie war so gespannt, was Delias Freundin ihr über die Zeit in Claras Leben erzählen würde, über die ihre Schwester kaum je ein Wort verloren hatte. Hoffentlich war Clara ihr gegenüber nicht allzu verschlossen gewesen.

Nachdenklich betrachtete sie die schlafende Lizzy. Schon ihretwegen hoffte Emilia, dass die Reise nach England nicht umsonst sein würde! Es war so schön zu sehen, dass sie ihr bereits jetzt Auftrieb gab. Auf der Fahrt und dem Flug hatte Lizzy sogar von sich aus ein paar Sätze mit ihr gesprochen...

Ihre Nichte seufzte. Wie sie da lag, sah sie so groß aus und gleichzeitig noch so kindlich. Emilia kam es vor, als wäre es gestern erst gewesen, dass sie Lizzy als winziges Bündel auf dem Arm gehalten hatte.

Lizzy war an einem stürmischen Julitag geboren worden, mehrere Wochen zu früh. Bei dem Gedanken musste Emilia lächeln. Es passte zu ihr, dass sie es gar nicht hatte erwarten können, aus Claras Bauch herauszukommen! Vierzehn Jahre war das nun fast schon her, und so viel war seitdem passiert.

Emilia strich Lizzy über das weiche blonde Haar. Im Schlaf, wenn ihre Züge so entspannt waren wie jetzt, sah sie mehr denn je wie eine Miniatur-Clara aus. Wenn ich nur wüsste, warum deine Mutter so ein Geheimnis um deinen Vater macht, dachte sie. Obwohl sie nie mit ihr darüber gesprochen hatte, konnte sie nicht glauben, dass es Lizzy gar nichts ausmachte, nicht zu wissen, wer er war. Dass sie das Produkt einer leidenschaftlichen, aber bedeutungslosen Nacht sein sollte. Wenn das nicht stimmte, war es wirklich grausam von Clara, ihrer Tochter nicht die Wahrheit über ihn zu sagen!

Aber Clara war nicht grausam. Was war also so schlimm an diesem Mann, dass sie seine Identität niemals jemandem offenbart hatte?

Mit Gitti waren sie zum Nachmittagstee verabredet. Als sie die Einfahrt hinauffuhren, stand sie schon in einem langen, dunkelblauen Rock und einem dünnen, grobmaschigen Strickpulli vor dem Haus und wartete auf sie. Ihr Lächeln war freundlich, und Emilia konnte sie gleich gut leiden. Um den Hals trug sie eine dicke Kette aus Holzperlen, auch an ihrem rechten Handgelenk hing ein Armreif aus Holz.

«Was ist das denn für eine Ökotante?», flüsterte Lizzy Emilia zu, als sie auf sie zugingen.

Doch auch ihre Vorbehalte verschwanden schnell angesichts Gittis herzlicher Art. Die Scones, die sie mit Clotted Cream und Erdbeermarmelade auf ihrer Terrasse zum Kräutertee reichte, taten ihr Übriges. Lizzy verdrückte vier davon, und Emilia war froh, dass ihre Nichte so einen guten Appetit hatte. Seit Claras Unfall hatte sie im Essen immer nur herumgestochert und kaum etwas zu sich genommen, und das, obwohl sie ohnehin schon unglaublich dünn war. Wie zwei Streichhölzer sahen ihre Beine in den engen Stretchjeans aus!

Aber auch Emilias Anspannung fiel teilweise von ihr ab, während sie auf Gittis idyllischen Garten blickte. Gitti schien sie nicht mit der Frau in Verbindung zu bringen, die sie vor ein paar Tagen angerufen hatte, und darüber war sie sehr erleichtert. Die Sonne schien von einem Himmel, der so intensiv blau war, dass die schneeweißen Wölkchen darauf wie angepinnt aussahen. Hummeln summten in den Lavendelbüschen und Rosen. Schmetterlinge tanzten umher. Nebenan machte ein Bauer Heu, und der betörende Duft des Sommers lag in der Luft.

Obwohl Emilia nicht so ein Gartenfan war wie ihre Schwester, kam dieses Exemplar ihrer Vorstellung vom Paradies ziemlich nahe. Für einen Moment erlaubte sie sich, die Augen zu schließen, die Sonne auf ihrem Gesicht zu spüren und einfach nur nichts zu tun.

Dann besann sie sich auf den Grund ihres Besuchs. Sie musste unbedingt herausfinden, was es mit der Rose auf dem Foto auf sich hatte!

Emilia legte die Unterarme auf die warmen Bretter des hölzernen Terrassentischs und beugte sich zu Gitti vor.

«Hat Clara mit dir darüber gesprochen, welche Rosen ihr für unsere Gärtnerei vorschweben?» Sie bemühte sich um einen interessierten und professionellen Tonfall. «Ich habe gesehen, dass du auch einen Online-Shop hast.»

Gitti schüttelte ihre silberfarbenen Locken. «Sie wollte sich vor Ort inspirieren lassen. Eine Rose muss man mit allen Sinnen erleben, Fotos werden ihr nicht gerecht.» Sie strich mit dem Zeigefinger über die samtigen Blätter einer einzelnen weißen Rose, die in einer kleinen bauchigen Glasvase auf dem Tisch stand und deren Blätter zur Mitte hin einen zarten Rosaton annahmen. «Das ist eine *Chloris*. Ist sie nicht perfekt?»

Lizzy grinste. «Wir sollten Miss Featherstone eine mitbringen. Sie würde super in ihr Farbschema passen», flüsterte sie Emilia zu.

«Wisst ihr eigentlich, dass ich erst nach Claras Besuch damit angefangen habe, mich intensiver mit Rosen zu beschäftigen?», fragte Gitti. «Ihre Begeisterung war so ansteckend. Und seit Lloyd gestorben ist, sind die Rosen so etwas wie meine Kinder geworden.» Ein trauriger Ausdruck trat auf ihr gerade noch fröhliches Gesicht.

«War er krank?», fragte Lizzy, und Emilia zuckte zusammen. Dass Kinder immer ihr Herz auf der Zunge tragen mussten! Vielleicht wollte Gitti gar nicht weiter über Lloyd sprechen?

Doch ihr schienen Lizzys Unverblümtheit und Neugier nichts auszumachen. «Nein», antwortete sie. «Vor einigen Jahren hatte er einen Herzinfarkt. Ist mit dem Spaten in der Hand einfach umgefallen. Ich glaube, wenn er gewusst hätte, dass er so sterben würde, hätte es ihm gefallen.» Nun verzogen sich Gittis Lippen wieder zu einem Lächeln. «Ich habe ihn wirklich sehr geliebt.» Sie ließ den Blick in die Ferne schweifen. «Natürlich können wir in unserem Leben mehrere Menschen lieben. Aber ich glaube, es gibt immer einen, an den wir unser Herz ganz besonders hängen.»

«Das glaube ich auch», sagte Lizzy so ernst, dass Emilia fast laut gelacht hätte. Gleichzeitig berührte sie das, was Gitti gerade gesagt hatte. Und ein bisschen besorgte es sie auch. Was, wenn Josh für sie dieser Mensch war? Dann würde sie nie eine Liebe erfahren, wie Gitti und Lloyd sie so viele Jahre lang erlebt hatten!

«Entschuldigt!» Gitti schüttelte sich leicht. «Ich plappere und plappere. Eigentlich wolltet ihr ja wissen, wieso Clara mich besuchen wollte. Ja, sie wollte historische Rosen bei mir kaufen. Aber das war nicht der einzige Grund.»

Emilia hielt die Luft an. Wusste Gitti noch mehr?

«Ich baue meine Rosen biologisch-dynamisch an, und Clara wollte sich über meine Arbeit informieren. Weil sie darüber nachgedacht hat, den Rosenhof langfristig ebenfalls umzustellen.»

Enttäuscht atmete Emilia wieder aus. Waren die Rose und ihr geheimnisvoller Züchter etwa gar nicht der wahre Grund für Claras Reise gewesen?

«Was genau bedeutet biologisch-dynamisch beim Rosenanbau?», zwang sie sich Gitti zu fragen.

«Ich spritze zum Beispiel nicht, sondern pflege die Rosen mit Hornmist, Hornkiesel und Baldrian. Ich dünge mit Kuhmistkompost, Algenkalk und Algenmehl. Und wenn die Rosen wirklich mal Pilze haben, behandele ich sie mit einer selbsthergestellten Unkrautjauche. Aber die historischen Sorten sind so robust, dass es nur selten nötig ist. Probleme mit Läusen hatte ich noch nie. Weil auf dem Gelände überall Nistkästen stehen, werden die gleich von den Vögeln gefressen. Oder von den Ohrenkneifern. Damit die sich hier wohlfühlen, habe ich Töpfe mit Holzwolle aufgestellt.»

Obwohl Emilia ihre Enttäuschung immer noch nicht überwunden hatte, war sie beeindruckt von Gittis Arbeitsweise. Auch wenn sie stark bezweifelte, dass sich ihr Vater auf eine solche Umstellung einlassen würde. Er hatte ja sogar schon Vorbehalte, historische Rosen überhaupt ins Sortiment aufzunehmen!

«Hallo, ist jemand zu Hause?», schallte es von drinnen in den Garten heraus.

«Ja, wir sitzen auf der Terrasse!», rief Gitti zurück. «Das ist Matt, Lloyds Sohn», erklärte sie dann.

Nur Sekunden später erschien ein breitschultriger, rothaariger Mann in der Terrassentür. «Oh, du hast Besuch», sagte er, als er Lizzy und Emilia bemerkte. «Sehr hübschen Besuch sogar!», sagte er dann mit einem Blick auf Emilia und lächelte gewinnend.

Schleimer!, sagte Lizzys gerümpfte Nase, aber Emilia musste zugeben, dass ihr ein bisschen männliche Aufmerksamkeit ganz guttat. Vor allem, wenn sie von so einem so auffallend attraktiven Exemplar wie diesem hier kam. Einem auffallend attraktiven Exemplar, das auch Clara gekannt hatte.

19. Kapitel

Emilia ließ den Blick von Matt zu Lizzy wandern. Sahen die beiden sich ähnlich? Hm! Vielleicht ähnelte sich die Form ihrer Nase ein wenig. Und früher hatte sie oft den gleichen Schalk in Lizzys Augen funkeln sehen, wie gerade bei Matt. Aber sonst ... Matts Haare waren rotbraun, die von Lizzy mittelblond. Sie hatte Sommersprossen auf der Nase, er trotz seiner Haarfarbe nicht. Ihr Gesicht war auch viel runder als seins. Nein! Sie konnte wirklich keine Ähnlichkeit entdecken. Aber das musste nichts heißen. Clara und sie sahen schließlich auch vollkommen unterschiedlich aus.

Nachdem Gitti sie Matt vorgestellt und sie ein paar Smalltalk-Floskeln ausgetauscht hatten (*Hattet ihr einen guten Flug?*), beschloss Emilia, ihn einfach unumwunden auf das anzusprechen, was sie interessierte. Geduld war noch nie eine ihrer Stärken gewesen.

«Interessierst du dich auch für Rosen?», fragte sie.

«Nein.» Matt grinste. «Den grünen Daumen hat mein Vater mir leider nicht vererbt. Ich bin Investmentbanker.» Als er an Emilias Gesichtsausdruck wohl merkte, dass das nicht die Antwort war, die sie sich erhofft hatte, setzte er nach: «Aber ein bisschen kenne ich mich schon aus. Ich habe mir vor dem Studium und auch später in den Semesterferien immer etwas dazuverdient, indem ich meinem Vater zur Hand ging.»

«Auch auf Sissinghurst?»

«Ja, tatsächlich. Wieso?», fragte er erstaunt. Auch Gitti wirkte verwundert über Emilias Frage.

«Weil Clara so begeistert war von den Gärten. Sie hat doch die ganzen sechs Wochen zusammen mit Lloyd dort gearbeitet.» Diese Information hatte Emilia von ihrer Mutter. «Die Anlage muss wunderschön sein.»

Matt zuckte mit den Schultern. «Ja, sie ist ganz nett. Wenn ihr wollt, fahre ich mit euch dorthin.» Er schaute auf seine teuer aussehende Uhr. «Oder wollt ihr euch nach eurer Reise erst noch ausruhen?»

Emilia schüttelte den Kopf. «Nein, wir sind fit, oder?»

Lizzy nickte, obwohl sie in den letzten Minuten immer stiller und blasser geworden war.

«Es ist wirklich nett von Matt, dass er mit uns nach Sissinghurst fährt», sagte Emilia zu Gitti, nachdem er verschwunden war, um sich umzuziehen, und sie gemeinsam den Tisch abdeckten.

Gitti winkte ab. «Seine Motive sind nicht so ganz selbstlos.» Sie senkte die Stimme. «Seine Frau hat sich vor kurzem von ihm getrennt und ist mit ihrer gemeinsamen Tochter zurück in den Norden gezogen. Sie haben zusammen in London gelebt. Jetzt kommt Matt an den Wochenenden immer nach Hause, um seine Wunden zu lecken und sich bekochen zu lassen.» Sie zwinkerte Emilia zu.

In Matts schnittigem rotem Sportwagen fuhren Matt und Emilia die wenigen Kilometer bis nach Sissinghurst Castle. Lizzy hatten sie vorher noch beim Orchard Cottage abgeliefert, da sie über Kopfschmerzen und Übelkeit geklagt hatte, was Emilia ihr nach den vier Scones, die sie gerade gegessen hatte, in Verbindung mit der Aufregung und dem Schlafmangel der letzten Tage ohne weiteres abkaufte.

Sissinghurst lag in einer richtigen Bilderbuchlandschaft, inmitten von kleinen Laubwäldern und Weiden, auf denen gescheckte Kühe, wollige Schafe und hin und wieder auch ein paar Pferde grasten. Mit seinen hohen Mauern und dem Doppelturm aus rotem Stein war das Anwesen schon von weitem zu sehen.

Am Eingang erwarteten Emilia und Matt zwei gepflegte Frauen, beide etwa im Alter von Delia. Die Frau mit dem silberblonden Pagenschnitt und der Steppweste hatte einen Bastkorb mit Flyern in der Hand.

«Herzlich willkommen auf Sissinghurst! Wir hoffen sehr, dass es Ihnen auf dem wunderschönen Anwesen von Vita und Harold gefallen wird.» Sie drückte Emilia einen der Flyer in die Hand. Es war ein Plan der Anlage. «Ganz neu angelegt ist der Delos-Garten, Herzchen.» Mit dem Zeigefinger tippte sie auf einen Punkt rechts des Eingangs. «Den müssen Sie sich unbedingt anschauen.»

«Ein neuer Gartenteil, oh, oh!», rief Matt amüsiert. «Ich weiß nicht, ob das den Sackvilles gefallen würde.»

«Natürlich würde es das.» Die andere Frau, eine resolut aussehende Dauerwellenträgerin, spitzte empört die in zartem Apricot geschminkten Lippen. «Nachdem Vita und Harold 1935 auf Delos waren, waren sie so fasziniert von den alten Ruinen der Insel und den Wildblumen um sie herum, dass sie die Landschaft unbedingt auf Sissinghurst nachstellen wollten.

Die Pagenschnittfrau nickte. «Leider wussten sie zu wenig über mediterrane Pflanzen, und aus dem Projekt wurde nichts. Ein schmerzlicher Misserfolg, den Vita nicht gerne zugab.» Ein tiefes Seufzen folgte. «Aber nun wird ihr Traum posthum doch noch wahr. Fünfundfünfzig Blöcke aus einheimischem Kalkstein haben unsere Gärtner anliefern lassen. Es ist derselbe Stein, aus dem zum Beispiel die Westminster Abbey, der Tower of London und das Dover Castle gebaut wurden.» Sie sah so stolz aus, als hätte sie die Steine höchstpersönlich angeschleppt.

«Sind alle Mitarbeiter von Sissinghurst so begeistert von dem Anwesen?», fragte Emilia, nachdem sie aus den Fängen der beiden Ladys entkommen waren.

«Fast alle.» Matt zog eine Grimasse. «Und du kannst davon ausgehen, dass die beiden keinen Cent für ihre Arbeit bekommen. Wenn Vita und Harold nicht so eine riesige Anhängerschaft hätten, die einen richtigen Kult um sie macht, dann könnte man Sissinghurst gar nicht erhalten.»

Vita und Harold ... diese beiden Namen waren auch im Gespräch mit den beiden Damen mehrere Male gefallen. «Wer sind die beiden?»

«Die früheren Besitzer von Sissinghurst. Ein Schriftstellerpaar. Sie haben den Garten entworfen.» Matt zeigte auf ein Schwarz-Weiß-Foto, das in dem Torbogen der Doppeltürme hing, durch den sie gerade gingen. «Das ist die gute Vita.» Das Foto zeigte eine herb aussehende Frau mit schmalem Gesicht, deren dunkle Haare kaum bis zu den Ohren reichten. Darunter stand in kursiver Schrift: *Als ich den Ort ... zum ersten Mal sah, entflammte er augenblicklich mein Herz und meine Phantasie. Ich habe mich auf den ersten Blick in ihn verliebt ... Es war Dornröschens Garten: ein Garten, der nach Befreiung schrie. Und es war leicht vorauszusehen, sogar zu diesem Moment, welchen Kampf es uns kosten würde, ihn zu befreien.*

Die leidenschaftlichen Worte standen in krassem Gegensatz zu dem herben Äußeren von Vita Sackville. Emilia lächelte. Die Schriftstellerin schien also auch eine sehr gefühlvolle, weiche Seite zu besitzen.

Von dem griechischen Garten, den die beiden Frauen so hervorgehoben hatten, war Emilia nicht besonders angetan. Für sie war er lediglich eine mit unterschiedlich großen Steinquadern bestückte Kiesfläche, aus der hin und wieder eine Staude hervorspross. Aber – da konnte sie ihr Familienerbe nicht verleugnen – der Rosengarten entlockte ihr einen Laut des Entzückens. Noch niemals zuvor, leider auch nicht auf dem Rosenhof, hatte Emilia so viele üppig blühenden Rosen auf einmal gesehen. Ihre Zweige bogen sich richtiggehend unter der weißen, rosafarbenen oder roten Last ... Und erst ihr betörender Duft!

Ein Gedicht kam Emilia in den Sinn, das sie vor Jahren im Deutschunterricht durchgenommen hatten, und das ihr aus irgendeinem Grund – vielleicht auch wegen ihres Familienerbes – im Gedächtnis geblieben war.

*Der Duft der Rose nimmt dich
in einen süßen Bann
rührt dich liebkosend leise
wie eine Liederweise
mit Ahnung voller Schönheit an.*

Sie spürte, wie sich Aufregung in ihr breitmachte. Ob sie unter all diesen Schönheiten auch *The Beauty of Claire* finden würde? Sie nahm ihr Handy aus ihrer Handtasche und suchte nach dem Foto.

«Was machst du da?», fragte Matt amüsiert, als sie mit dem Handy in der Hand im Schneckentempo durch den Garten schlich und vor jeder einzelnen Staude stehen blieb. «Scannst du die Rosen ein? Wenn du in dem Tempo weitergehst, kann ich dir die anderen Gärten nicht mehr zeigen.»

«Ich suche diese Rose.» Sie zeigte ihm das Foto.

Matt warf einen flüchtigen Blick darauf. «Na, dann viel Spaß! Auf Sissinghurst gibt es an die zweihundert Sorten. Es war eine der Hauptaufgaben meines Vaters, Vitas Sammlung anhand von Zeichnungen und Fotos zu rekonstruieren. Über die Jahre sind nämlich einige von ihnen verschwunden.»

Zweihundert! Puh! Matt hatte recht. Es war die Suche nach der berüchtigten Nadel im Heuhaufen. Vor allem, da Vita ihre Lieblinge nicht nur im Rosengarten angepflanzt hatte, sondern überall auf dem Gelände. Emilia beschloss, am nächsten Tag ohne Matt noch einmal herzukommen um es in Ruhe zu durchforsten. Sie würde sicherlich Stunden dafür brauchen.

Nachdem sie durch alle Gärten spaziert waren, schlug Matt vor, den Ausflug mit einem Besuch in Vitas Arbeitszimmer abzuschließen.

«Es liegt in einem der Doppeltürme, und von dort aus hat man eine gute Aussicht.»

Die hatte man tatsächlich. Durch Butzenscheiben schaute Emilia auf den Garten hinunter. Ob sich in einem der vielen Beete, Ecken und Winkel irgendwo die *Beauty of Claire* befand? Morgen würde sie es hoffentlich erfahren.

Sie vergrößerte das Foto und betrachtete noch einmal intensiv die zarten porzellanfarbenen Blütenblätter mit den Rändern in leichtem Apricot. Keine der Rosen, an denen sie heute vorbeigegangen war, hatte diese besondere Färbung gehabt.

«Diese Rose lässt dir ja keine Ruhe», sagte Matt, der auf einmal dicht hinter ihr stand und ihr über die Schulter schaute. «Was fasziniert dich so an ihr?»

«Ich bin auf der Suche nach ein paar neuen Sorten für unsere Gärtnerei», antwortete sie ausweichend.

«Und du bist sicher, dass diese Sorte auf Sissinghurst wächst?»

Obwohl sie das keineswegs war, nickte sie.

«Vielleicht helfen dir die Gartenpläne meines Vaters weiter», sagte er. «Sie sind sicher noch in einem Ordner im Büro.»

Emilia runzelte skeptisch die Stirn. «Nach all den Jahren?»

Matt zuckte mit den Schultern. «Früher wurde hier nie etwas weggeworfen, und ich kann mir nicht vorstellen, dass sich daran inzwischen etwas geändert hat.»

Gartenpläne ... Das hörte sich vielversprechend an. Emilia spürte, wie ihre Wangen anfingen zu glühen. «Kannst du mich hinbringen?»

20. Kapitel

KENT, JULI 2003

Seit dem Morgen im Turmzimmer waren Edward und sie wieder ein Team. Wieso genau er sich eine Zeitlang ihr gegenüber so distanziert verhalten hatte, erfuhr Clara nicht. Sie traute sich aber auch nicht nachzufragen.

Heute hatte Lloyd sie im Weißen Garten eingeteilt, wo sie die verwitterte Bank unterhalb einer mit Glyzinien bewachsenen Pergola abschleifen und neu anstreichen sollten. Neben den exzentrischen Persönlichkeiten seiner beiden Schöpfer hatte dieser Teil der Anlage viel dazu beigetragen, Sissinghurst Castle weltberühmt zu machen, denn alle Pflanzen, die darin wuchsen, waren weiß: Rittersporn, Margeriten, Akelei, Tränendes Herz, Lilien, weißsilbrige Blattgewächse und immer wieder Vitas Lieblingsblumen, die Rosen, brachten Beete zum Leuchten und erhellten rostrote Steinmauern. Aber auch Stauden, die Clara bisher nur in kräftigem Pink, Rosa oder Gelb gesehen hatte, blühten in diesem Gartenzimmer weiß: Cosmeen, Japan-Anemonen und der Fünffingerstrauch.

Herzstück des Gartens bildete ein Pavillon, dessen schmiedeeisernes Gerüst von den Zweigen einer ungefüllten Kletterrose bedeckt war. Das Ganze wurde von geometrischen Beeteinfassungen und Wegen eingerahmt.

«Gärten sind schon etwas Wunderbares», sagte sie.

Edward nickte. «Und sie sind der Anfang von allem. *Dann legte Gott, der Herr, in Eden, im Osten, einen Garten an, und setzte dorthin den Menschen, den er geformt hatte.* Das ist aus dem Alten Testament.» Auf einmal wirkte er ein wenig verlegen.

Clara grinste. «Ich weiß. Auch wenn ich aus der gottlosesten Region der Welt stamme, ist mir die Schöpfungsgeschichte geläufig.»

«Gottloseste Region der Welt?»

«Ich stamme aus Ostdeutschland. Und als die Mauer noch stand, waren Christen dort nicht gerne gesehen. Sie passten nicht in die sozialistische Ideologie. Die Stasi bespitzelte Gläubige, man durfte als Christ noch nicht einmal studieren, was man wollte. Unsere Gottlosigkeit ist also das Ergebnis eines unterdrückerischen Regimes», schob sie nach, als sie Edwards zunehmend befremdete Miene bemerkte. «Aber keine Sorge, ich bin eins der wenigen weißen Schäfchen. Meine Schwester und ich sind sogar getauft. Das war meinem Vater wichtig.»

«Und dir?» Edward legte den Kopf schief. «Ist es dir wichtig?»

Clara überlegte einen Moment, denn sie spürte, dass *ihm* ihre Antwort wichtig war. Sie dachte an die vielen langweiligen Stunden, die Emilia und sie an der Seite ihres Vaters auf harten Kirchenbänken verbracht hatten. An den Religionsunterricht, den sie zusammen mit einer Handvoll anderer Kinder besuchten. Sie war von einer alten Nonne unterrichtet worden, die beim Reden spuckte und ihnen mit einem Lineal auf die Finger schlug, wenn sie nicht aufpassten. Alle anderen aus ihrer Klasse durften in den Ethikunterricht gehen und dort über moderne Themen sprechen und Spaß haben. Wie gerne wäre sie eine von ihnen gewesen! Auch später auf dem Gymnasium musste sie noch den Religionsunterricht und den Gottesdienst besuchen, auch wenn sie nicht mehr von der spuckenden Nonne unterrichtet wurde. Sie hatte immer gedacht, was für ein Pech es war, dass sie auf einer Insel voller Atheisten einen Vater hatte, der so tiefgläubig war.

«Nein, mir ist es nicht wichtig», gab sie zu. An seinem enttäuschten Gesichtsausdruck merkte sie, dass er sich eine andere Antwort gewünscht hatte.

Eine Zeitlang arbeiteten sie schweigend nebeneinanderher, bis Clara irgendwann erschöpft aufstand und sich streckte. Obwohl sie bei ihrer Arbeit Schleifmaschinen benutzten, taten ihr Arme und Schultern weh.

«Lass uns eine kurze Pause machen!», sagte Edward. Er nahm eine Thermoskanne und zwei Becher aus seinem Rucksack und goss ihr Kaffee ein, den Clara dankbar annahm. Mit der dampfenden Tasse in der Hand ließ sie den Blick über die weiße Blütenpracht gleiten. «Wie Vita wohl auf die Idee gekommen ist, einen Garten nur in einer einzigen Farbe zu bepflanzen?»

«Ganz einfach: Sie war eine Nachtschwärmerin.» Edward blies auf seinen Kaffee, damit er abkühlte. «Sie wollte ihren Garten auch bei Dunkelheit genießen können.»

Clara hob die Augenbrauen. «Aber nachts konnte sie doch nichts sehen?»

«Doch, das konnte sie.» Er nahm einen vorsichtigen Schluck. «Ich finde sogar, dass der Garten im Mondlicht erst so richtig zur Geltung kommt. Denn dann lenkt nichts mehr von seiner Schlichtheit ab.»

«Woher weißt du das? Bist du schon einmal nachts hier eingedrungen?» Selbst in den Sommermonaten schloss der Garten bereits um halb sechs seine Pforten.

«Hältst du mich für einen solchen Revoluzzer?» Edward grinste.

Auch Clara musste lächeln. Sie war wirklich froh, dass zwischen ihnen wieder alles in Ordnung war. Offensichtlich nahm er ihr ihre Auffassung zum Thema Glaube nicht übel. «Heißt es nicht, dass stille Wasser die tiefsten sind?», fragte sie.

«Ja, das stimmt. Aber leider muss ich dich enttäuschen.» Er verzog theatralisch das Gesicht. «Ich bin und bleibe ein hoffnungsloser Langweiler: Ich bin ganz legal hineingekommen: Mein Onkel ist Mitglied des Trusts. Er hat einen Schlüssel.» Ein versonnenes Lächeln legte sich über seine ebenmäßigen Züge. «Ich war erst sechs, als er meinen Bruder, meine Mutter und mich zum ersten Mal nachts mitgenommen hat, und du kannst dir gar nicht vorstellen, wie der Garten im Mondschein geleuchtet hat. Es war pure Magie, und ich kann mich nicht daran erinnern, jemals wieder so etwas Schönes gesehen zu haben.» Ihre Blicke trafen sich, und er öffnete die Lippen, um noch etwas zu sagen, schloss sie jedoch gleich wieder. Die Turmuhr schlug, und die Vögel hörten kurzzeitig auf zu zwitschern. Clara sandte ein stummes Dankeschön zu ihr hinauf, denn ihre tiefen, dumpfen Schläge übertönten auch das Geräusch ihres Herzens, das so laut gegen ihre Rippen schlug, dass sie fest davon überzeugt war, dass auch Edward es hören musste.

«Wohnt dein Onkel auch hier?», fragte sie, um ihre Verlegenheit zu überspielen.

«Nein, er wohnt in Brighton.»

«Hast du von ihm deine Liebe zu Gärten geerbt?»

«Ja, vielleicht.» Edwards Miene wurde verschlossen. So offen und freimütig er mit ihr über seine Leidenschaft für Sissinghurst Castle und die Rosen sprach, so abweisend zeigte er sich, was sein sonstiges Leben anging.

Clara hatte es in den vergangenen Wochen gerade einmal geschafft, ihm zu entlocken, dass er in Cranbrook lebte, dass er sich gut mit seinen Eltern verstand und seinen jüngeren Bruder Luis abgöttisch liebte.

Auch Lloyd, den sie beim Afternoon Tea im Garten wiedersah, wusste nicht viel über ihn, lobte aber seine Fähigkeiten als Gärtner. «Zu schade, dass er nicht zu mir in die Lehre gehen will. Jemanden wie ihn könnte ich gut gebrauchen.» Mit düsterer Miene schaute Lloyd zu seinem Sohn hinüber. Der döste ein paar Meter entfernt in einer Hängematte zwischen zwei Nussbäumen.

«Was ist?», fragte Matt, dem der Blick seines Vaters nicht entgangen war.

Lloyd stieß einen kleinen Seufzer aus. «Möchtest du nicht langsam damit anfangen, deine Zeit bis zum Studium mit etwas Sinnvollem zu verbringen?», fragte er, und eine Mischung aus Ungeduld und Resignation lag in seiner Stimme.

«Das tue ich doch.» Matt grinste und zog träge an seiner Zigarette. «Ich relaxe, damit ich im Herbst total erholt starten kann.» Er wandte sich Clara zu. «Hast du Lust, nachher mit mir nach London zu fahren? Dort hat ein neuer Club eröffnet.»

Clara unterdrückte ein Stöhnen. Gab er denn nie auf? «Nein, ich muss morgen doch früh raus», wehrte sie genervt ab. Sie fragte sich, wieso Lloyd nicht von seinem Sohn verlangte, sich wenigstens zu den Mahlzeiten etwas anzuziehen. Sobald es das Wetter erlaubte, lief Matt mit nacktem Oberkörper herum, und die knappen Shorts, die er heute trug, waren so eng geschnitten, dass Clara sich ein detailliertes Bild davon machen konnte, was sich darunter befand.

Matt verdrehte die Augen und erinnerte Clara damit an ihre Schwester Emilia. «Du musst gar nichts. Schließlich hast du Urlaub. Kannst du denn nie entspannen?»

«Doch. Aber das tue ich am besten bei der Gartenarbeit.» Sie stand auf. «Kann ich dir noch etwas helfen?», fragte sie Gitti, deren Blick amüsiert zwischen ihrem Stiefsohn und Clara hin und her gewandert war.

«Nein, geh ruhig», sagte sie lächelnd. «Du arbeitest schon genug. Matt hilft mir bestimmt ausgesprochen gerne beim Abräumen.» Sie zwinkerte ihr zu.

Clara ging in ihr Zimmer und rief von ihrem Handy aus zu Hause an.

Ihre Mutter freute sich, dass sie sich meldete, und wollte ganz genau wissen, was Clara seit ihrem letzten Gespräch vor einer Woche alles gemacht hatte. Neben der Gartenarbeit war das nicht viel. Immerhin war sie mit Gitti am Wochenende in Canterbury gewesen, einem pittoresken mittelalterlichen Städtchen, das durch seine vielen Kirchen und Klöster sowie die große Kathedrale zu einem Wallfahrtsort geworden war.

«Ich muss Gitti unbedingt auch mal besuchen!», sagte Delia sehnsüchtig. Dann erzählte sie Clara, dass sie eine Ramblerrose in den abgestorbenen Apfelbaum im Garten gepflanzt hatte. Seine Wurzeln waren so weit verzweigt, dass sie die Terrassenplatten hätten erneuern müssen, wenn sie ihn entfernten. Und Emilia hatte jetzt ein Nasenpiercing und weigerte sich, weiterhin mit ihnen zum Sonntagsgottesdienst zu gehen. Auf beides hatte Thees mit einem Tobsuchtsanfall reagiert.

Clara konnte es sich lebhaft vorstellen. Ihr Vater war der konservativste Mensch, den sie kannte. Und der religiöseste. Noch immer fragte sie sich, wie es sein konnte, dass Emilia und sie ausgerechnet in die Familie eines strenggläubigen Katholiken hineingeboren worden waren.

Sie versprach ihrer Mutter, sich in der kommenden Woche um die gleiche Zeit zu melden und legte auf.

Während ihres Telefonats war eine Nachricht eingegangen, die sie nicht weiter beachtet hatte. Doch als sie jetzt sah, wer ihr geschrieben hatte, rutschte ihr das Handy vor Aufregung aus der Hand, und sie schaffte es gerade noch, es aufzufangen, bevor es auf dem Holzboden ihres Zimmers aufschlug. Die Nachricht stammte von Edward.

21. Kapitel

Das Büro befand sich in dem Cottage im Bauerngarten. Matt klopfte an die hellblau gestrichene Holztür.

«Herein!», rief eine dunkle Stimme, und Emilia atmete erleichtert auf. Es war noch jemand da! Als sie eintraten, sah sie einen schlanken, dunkelhaarigen Mann mit scharfgeschnittenen Gesichtszügen und einem Leberfleck auf der Wange. Er sah eher wie ein Italiener aus als wie ein Brite und saß hinter einem unordentlichen Schreibtisch, auf dem sich Papierberge türmten.

«Was kann ich für Sie tun?», erkundigte er sich. Er klang zwar nicht unfreundlich, ließ aber auch keine besondere Herzlichkeit erkennen.

«Wir fragen uns, ob die Gartenpläne meines Vaters noch hier sind», erklärte Matt. «Er hat bis vor ein paar Jahren als Chefgärtner hier gearbeitet.»

«Sie meinen doch nicht etwa Lloyd Morris?» Der Mann sprang auf und kam mit ausgestreckter Hand hinter seinem Schreibtisch hervor.

Matt nickte und schüttelte sie.

«Mein Name ist Troy Williams», stellte der Mann sich vor. «Ich bin der neue Chefgärtner hier und ein großer

Bewunderer Ihres Vaters. Was er hier geleistet hat, ist unglaublich. Ihm ist es zu verdanken, dass Sissinghurst sein Image als Showgarten verloren hat und wieder zu dem Familiengarten geworden ist, der er unter Vita und Harold war.» Er senkte die Stimme. «Dass Lloyd so früh von uns gegangen ist, hat mich sehr betroffen gemacht.»

Matt bemühte sich um einen ungerührten Gesichtsausdruck, aber Emilia sah, dass er schluckte. Der Tod seines Vaters schmerzte ihn auch Jahre später noch immer. «Ja, das ist sehr traurig. Haben Sie die Pläne noch?»

«Natürlich.» Troy Williams ging zu einem Regal voller Ordner und zog einen roten heraus. «Ihr Vater hat es durch sorgfältige Recherche geschafft, den ursprünglichen Zustand des Gartens fast zu einem Drittel wiederherzustellen. Schauen Sie sich die Pläne in aller Ruhe an. Ich muss jetzt meine Abendrunde drehen, in einer halben Stunde schließen wir. Ziehen Sie einfach die Tür hinter sich zu, wenn Sie gehen.»

Er verließ das Cottage, und Emilia öffnete den Ordner. Fein säuberlich in Klarsichthüllen abgeheftet, befanden sich Pläne von jedem Teil des Gartens darin. Sie waren mit Aquarellstiften koloriert, die Namen der einzelnen Stauden und Gehölze standen in ordentlichen, gut lesbaren Druckbuchstaben daneben.

Emilia nahm den Plan des Rosengartens heraus. Dort wuchsen nicht nur Rosen, sondern auch Lavendel, Storchenschnabel, Federgras und Taglilien. Doch Emilia konzentrierte sich nur auf die Rosen. *Tuscany, William Lobb, Cardinal de Richelieu*... Und da! Sie stieß einen erstickten Laut aus.

«Was ist?», fragte Matt.

Emilia zeigte auf die kleinen, ordentlichen Druckbuchstaben seines Vaters. «*The Beauty of Claire*. Das ist der Name der Rose, die ich suche. Sie wächst wirklich hier!»

Mit dem Plan in der Hand lief sie zur Tür hinaus.

«Hey! Ich bin mir nicht so sicher, wie Williams es findet, wenn du den Plan mitnimmst!», rief Matt ihr nach.

«Ich bringe ihn ihm gleich wieder!», rief Emilia zurück und stürmte weiter.

Der Rosengarten grenzte direkt an den Bauerngarten. Emilia lief durch das Heckenrondell und blieb kurz vor einer langen Holzbank stehen. Die *Claire* musste in dieser Ecke des Beets wachsen. Aber dort, wo sie laut dem Plan neben einer Marmorbüste stehen sollte, wuchs eine andere Rose. Ihre Blüten waren karmesinrot und ein Schild wies sie als *Arthur de Sansal* aus. Die Namen aller anderen Rosen entsprachen denen auf dem Plan. Emilia fluchte leise.

«Sie ist nicht mehr da», sagte sie zu Matt, der inzwischen auch im Rosengarten angekommen war. Sie war den Tränen nahe. «Ich muss sofort Williams danach fragen.»

Sie fand den Chefgärtner im Kräutergarten, wo er mit einem Block in der Hand stand und sich Notizen machte.

Er schaute Emilia fragend an, und sie kam ohne Umschweife zum Punkt. «In dem Plan ist an dieser Stelle eine bestimmte Rose eingezeichnet», sagte sie und tippte darauf. «Aber sie ist nicht mehr da und stattdessen wächst dort eine andere. Wie kann das sein? Ich dachte, der Garten soll in einem möglichst originalgetreuen Zustand gehalten werden?» Sie konnte einen leisen Vorwurf in ihrer Stimme nicht unterdrücken.

Troy Williams kramte in seiner Hosentasche nach einem Etui und zog eine Lesebrille heraus, die er aufsetzte. Mit zusammengekniffenen Augen betrachtete er die Stelle, auf die Emilia noch immer mit dem Finger zeigte. «Ach, die meinen Sie. Sie stammt gar nicht aus dem Originalbestand des Gartens. Soviel ich weiß, ist sie dort nur angepflanzt worden, weil die Rose, die früher dort wuchs, ausgestorben ist und sie so ähnlich aussah. Einige Zeit, nachdem ich auf Sissinghurst angefangen hatte, ist sie jedoch verschwunden.»

«Verschwunden? Was meinen Sie damit? Rosen können doch nicht einfach verschwinden! Ist sie eingegangen, ohne dass man einen Ableger davon gezogen hatte?»

«Nein.» Williams schob sich die Lesebrille in die dunklen Haare. «Ich meine das ganz genau so, wie ich gesagt habe. Die Rose war kerngesund, aber von einem Tag auf den anderen war sie auf einmal weg.» Er schüttelte den Kopf. «Ich frage mich noch heute, ob der Dieb so dreist war, am helllichten Tag eine Schaufel auszupacken und sie auszubuddeln, oder ob er es nachts irgendwie geschafft hat, in den Garten zu gelangen.»

«Warum haben Sie denn den Stock nicht einfach ersetzt?», fragte Emilia und hielt gespannt den Atem an. «Die Rose, die jetzt dort steht, ist von einer ganz anderen Sorte.»

Williams lachte bitter auf. «Ganz einfach, weil es nur dieses eine Exemplar gab. Hätte ich Idiot das nur gewusst! Dann hätte ich sie rechtzeitig vermehrt.»

«Haben Sie denn gar keine Ahnung, woher die Rose stammt?», fragte Emilia verzweifelt. «Es muss doch einen Kaufbeleg geben!»

«Nein, den gibt es leider nicht», sagte Williams und zuckte bedauernd mit den Schultern. «Ihr Vater hätte sicher mehr über sie erzählen können», wandte er sich an Matt. «Zu schade, dass wir ihn nicht mehr fragen können. Die *Claire* war wirklich eine ganz besonders hübsche Lady.

«Sag mal, findest du es nicht ein bisschen seltsam, wie fixiert du auf diese Rose bist?», fragte Matt, als Emilia wie ein Häufchen Elend neben ihm zurück zum Parkplatz ging.

«Das kann nur jemand verstehen, der Rosen liebt», entgegnete sie schnippisch, setzte jedoch gleich versöhnlich hinzu: «Der Rosenhof meiner Eltern steht kurz vor dem Konkurs. Meine Schwester hat gehofft, dass sie ihn durch ein paar ganz besondere Sorten retten kann.» Matt war ja ganz sympathisch, aber ganz offensichtlich war er nicht derjenige, der die *Claire* nach ihrer Schwester benannt und ihr den Brief geschrieben hatte. Deshalb hatte sie keine Lust, ihm den wahren Grund ihrer Suche zu verraten. Dass es schlecht um die Gärtnerei stand, konnte er dagegen ruhig wissen. Dieser Umstand erforderte lange nicht so viele Erklärungen.

«Das tut mir sehr leid. Gitti hat erzählt, dass der Rosenhof sich schon seit Generationen im Besitz eurer Familie befindet», sagte Matt mitfühlend, und nach einer Weile setzte er nachdenklich hinzu: «Früher konnte ich es gar nicht abwarten, von Goudhurst wegzukommen und nach

London zu ziehen, aber jetzt... Es würde mir schwerfallen, den alten Kasten und den Garten zu verkaufen. Anscheinend werde ich alt.» Er versuchte sich an einem Grinsen.

Vielleicht lag es auch an der Trennung von seiner Frau und seiner Tochter, dass er sich auf einmal wieder auf seine Wurzeln besann, dachte Emilia, aber sie sprach es nicht aus. Schließlich konnte sie schlecht zugeben, dass Gitti ihr davon erzählt hatte. Es wäre Matt sicher nicht recht gewesen.

«Das ist bestimmt nicht einfach für dich, oder?», sagte er nach einer Weile unvermittelt, und Emilia war so überrumpelt, dass sie ein wenig brauchte, um zu verstehen, was er meinte.

«Nein», sagte sie dann nur. Das war es wirklich nicht. Und die finanzielle Situation ihrer Familie war leider nicht ihr einziges Problem. Sofort spürte sie wieder den inzwischen nur allzu vertrauten Kloß in ihrem Hals.

«Hattest du mit Clara damals viel zu tun?», fragte sie, um vom Thema abzulenken. «Ich meine, abgesehen davon, dass sie bei euch gewohnt hat. Habt ihr manchmal was zusammen unternommen?»

Matt schüttelte den Kopf. «Ich hätte es gerne, aber sie hat mir deutlich zu verstehen gegeben, dass sie kein Interesse an mir hatte. Das hat mir ganz schön zugesetzt. Damals habe ich mich nämlich für einen ganz schön coolen Typen gehalten.» Das leicht verlegene Lächeln auf seinen Lippen machte ihn noch attraktiver.

«Jetzt nicht mehr?», neckte Emilia ihn. Auch wenn sie nun wusste, dass sie von Matt keine weiteren Informationen über Claras Leben damals in England erwarten konnte, war sie froh über die Wendung, die ihr Gespräch genommen hatte.

«Sag du mir, ob ich noch einer bin!»

Da war er wieder, der Schalk in seinen Augen. Sie lachte laut auf. Auch wenn hin und wieder durchschien, dass Matt einfühlsamer und verletzlicher war, als es sein großspuriges Auftreten erwarten ließ – so ganz konnte er seine Rolle als Womanizer nicht ablegen.

«Keine Ahnung, ich habe dich ja gerade erst kennengelernt. Auf jeden Fall finde ich, dass du ein bisschen wie Prinz Harry aussiehst.»

Nun war er es, der auflachte. «Ich hatte gehofft, dass es dir auffällt.»

«Du bekommst es also öfter zu hören?»

«Ständig. Du solltest mich mal sehen, wenn ich nicht rasiert bin. Ich könnte sein Doppelgänger sein.» Er fuhr sich über das glattrasierte Kinn. «Einer meiner Kumpels aus London sieht übrigens witzigerweise aus wie William.»

Emilia grinste. «Oh! Der Arme!»

«Genau», nickte er. «Aktuell denkt er über eine Haartransplantation nach. Er hat nämlich auch die gleiche lichte Stelle am Hinterkopf wie der gute Will. Auf jeden Fall ist es immer ein ganz schöner Spaß, wenn wir zusammen durch die Clubs ziehen.»

Auf der Fahrt zurück nach Goudhurst erzählte Matt Emilia ein paar Anekdoten von diesen gemeinsamen Touren, und sie mussten herzlich darüber lachen. Er tat ihr gut, stellte sie fest. Mit ihm zusammen fühlte sie wieder ein bisschen mehr wie die frühere Emilia. Die fröhliche, unbeschwerte, und nicht wie die, der das Leben gerade eine Ladung Steine auf den Rücken gepackt hatte. Beinahe bedauerte sie es, als sie die Straße erreichten, die zum Orchard Cottage führte.

Zu Emilias Überraschung bog Matt jedoch nicht ab, sondern hielt am Straßenrand an.

«Du, ich habe noch einmal über diese Rose nachgedacht», sagte er.

Emilia lächelte ihn an. «Ist dir noch etwas eingefallen?»

Matt nickte. «Einer der freiwilligen Helfer, die meinem Vater auf Sissinghurst zur Hand gegangen sind, ist in meine Klasse gegangen. Edward. Er war der Sohn, den mein Vater sich immer gewünscht hat.» Er zog eine Grimasse, um seine Worte zu entschärfen, was ihm aber nicht gelang. «Und ich meine, dass der Mann mit den vielen Talenten auch Rosen gezüchtet hat.»

«Du glaubst, die *Claire* könnte von ihm sein?» Emilias Herzschlag war so heftig, dass ihr ganzen Körper vibrierte.

«Frag Gitti am besten mal nach ich ihm! Sie und mein Vater haben immer über alles miteinander gesprochen.»

Das würde Emilia tun. Auch wenn das bedeutete, dass sie Farbe bekennen musste.

«Diese Rose kenne ich doch!», rief Gitti auch prompt überrascht aus, als sie bei ihr im Wintergarten auftauchten, wo sie es sich mit einem historischen Roman gemütlich gemacht hatte, und Emilia ihr das Foto reichte.

«Ja.» Obwohl es ihr unglaublich unangenehm war, beichtete Emilia Gitti, dass sie es gewesen war, die bei ihr angerufen und ihr die Mail geschrieben hatte.

«Es tut mir leid, ich hätte dir einfach sagen sollen, wer ich bin, aber in dieser Zeit ... war ich irgendwie nicht ich selbst. Ich fürchte, ich bin es immer noch nicht ganz.» Verlegen senkte sie den Blick.

«Das muss dir nicht leidtun.» Gitti legte den Kopf schief. «Glaub mir, ich habe vollstes Verständnis für deine Situation. Die Ungewissheit, in der du, deine Eltern und die Kinder jetzt schon so lange schweben ...»

Emilia nickte mit zusammengepressten Lippen. «Ich glaube, dass diese Rose Clara sehr wichtig war», gab sie zu, denn auch vor Matt wollte das Versteckspiel nun nicht länger fortführen. «Ich glaube nicht, dass es ein Zufall ist, dass die Rose genauso heißt wie meine Schwester.»

Gitti betrachtete das Foto, dann drehte sie es herum und starrte lange auf die Zeilen auf der Rückseite. «Das denke ich auch nicht», sagte sie.

«Hat nicht Turner Rosen gezüchtet?», schaltete sich nun auch Matt in das Gespräch ein. «Du weißt schon, der, der Dad immer auf Sissinghurst geholfen hat.»

«Turner? Ach, du meinst Edward! An den habe ich ja seit Jahren nicht mehr gedacht. Ja!» Gittis Gesicht erhellte sich. «Er hatte eine Rose gezüchtet, die einer von Vitas alten Sorten verblüffend ähnlich sah, und Lloyd hat sie im Rosengarten von Sissinghurst angepflanzt. Er hat mir gegenüber nur nie ihren Namen erwähnt. Und an die große Glocke gehängt hat er es auch nicht. – Die Mitglieder des National Trusts sind nämlich furchtbar konservativ, musst du wissen», erklärte sie Emilia. «Sie dulden nur Sorten, die es schon zu Vitas Zeit gegeben hat, auf dem heiligen Gelände. Aber Lloyd war schon immer ein kleiner

Rebell.» Gitti gluckste. «Ich hole mal Lloyds Fotoalben aus dieser Zeit. Sie sind alle in seinem Büro. Dann kann ich dir Edward zeigen. Und vielleicht finden wir darin auch ein Foto dieser Rose.» Schon war sie aufgesprungen, hatte ihr Buch zur Seite gelegt und eilte davon.

Emilia musste sich beherrschen, um ihr nicht hinterherzulaufen, so ungeduldig war sie, einen Blick auf diesen Edward werfen zu können. Auf den Mann, der eine Rose nach ihrer Schwester benannt hatte, und den Clara nach all den Jahren nicht vergessen konnte – und der vielleicht, wenn nicht sogar ziemlich sicher, der Vater von Lizzy war. Ja, sie war sich sicher! Sie war auf der richtigen Spur!

22. Kapitel

Nur wenige Minuten später kehrte Gitti mit einem Wäschekorb voller Fotoalben zurück.

«Sind die alle aus dem Jahr, in dem Clara bei euch war?», fragte Emilia ungläubig angesichts dieser Menge. Es würde eine richtige Mammutaufgabe werden, die alle durchzusehen!

Gitti nickte. «Sissinghurst war Lloyds Baby. Alles, was mit diesem Projekt zu tun hatte, hat er fotografiert und in ein Album geklebt.» Sie schlug das erste Album auf und blätterte es eilig durch.

Emilia sah Pflanzen, Pflanzen und wieder Pflanzen. Und hin und wieder auch ein paar Menschen. Es versetzte ihr einen regelrechten Stich ins Herz, als sie bald Clara auf einem der Bilder inmitten einer Gruppe Gärtner ausmachte. Eine Clara, die nur wenig älter war als Lizzy jetzt. Auf einen Spaten gestützt stand sie da und hörte aufmerksam einer anderen Gärtnerin zu. Die Szene wirkte so lebendig, dass Emilia das Gefühl hatte, ihre Schwester könnte jeden Augenblick aus dem Bild hervortreten.

«Soll ich dir Abzüge von den Fotos machen lassen, auf denen Clara zu sehen ist?», fragte Gitti, und sie nickte.

Nachdem sie das Album durchgeblättert hatten, griff Gitti nach dem nächsten, und schon nach kurzer Zeit rief sie angesichts eines Gruppenfotos aus: «Da ist er!» Sie zeigte auf einen jungen Mann, der zwischen einem älteren Mann mit Rauschebart und einer blonden Frau stand. Auch Lloyd war auf dem Foto zu sehen.

Emilia nahm ihr das Album aus der Hand und betrachtete das Foto genauer. Der junge Mann sah wirklich gut aus. Wie ein griechischer Gott. Mit seinen ebenmäßigen Zügen und den leicht gewellten Haaren hätte er ein gutes Modell für eine der Statuen abgegeben, die überall auf Sissinghurst herumstanden. Wenn das wirklich der romantische Briefschreiber und Rosenzüchter war, konnte man Clara nur gratulieren. Und sollte er wirklich Lizzys unbekannter Erzeuger sein, Lizzy auch. Er war nicht nur auffallend attraktiv, sondern hatte auch ein sehr sympathisches Lächeln. Es war zurückhaltend, fast ein bisschen schüchtern, ganz anders als das von Matt.

Emilia sah sich nach Gittis Stiefsohn um. Er hatte sich die Alben nicht mit angeschaut und saß mit übereinandergeschlagenen Beinen in einem der Korbstühle im Wintergarten.

«Weißt du, wo er wohnt – oder gewohnt hat?», fragte Emilia aufgeregt.

«Ja, in Cranbrook, das liegt nur ein paar Kilometer von hier», antwortete Gitti. «Aber wie genau seine Adresse lautete, das weiß ich nicht. Weißt du es, Matt?»

Matt schaute von seinem Handy auf und schüttelte den Kopf. «Ich hatte keinen Kontakt zu ihm. Ich weiß nur, dass er und seine Eltern nach der Sache mit seinem Bruder weggezogen sind. Irgendwohin an die Küste, glaube ich.»

Gitti war bei seinen Worten zusammengezuckt. «Ach Gott, sein Bruder ... Das war wirklich schlimm damals!»

«Was war denn mit ihm?», fragte Emilia.

«Sein jüngerer Bruder hat sich im Drogenrausch vom Beachy Head gestürzt», erwiderte Gitti. «Das ist eine Klippe in der Nähe von Eastbourne, die bei Selbstmördern sehr beliebt ist.» Sie war ganz blass geworden. «Es war so tragisch. Tagelang gab es hier in der Gegend kein anderes Gesprächsthema.» Sie verstummte nachdenklich. «Ich werde morgen mal alle Mädels aus meinem Bridgeclub anrufen», setzte sie nach einer Weile hinzu, als sie Emilias enttäuschtes Gesicht bemerkte. «Bestimmt kennt eine von ihnen die Familie. Oder zumindest jemanden, der sie kennt.»

«Danke, das ist lieb von dir», sagte Emilia leise. Auf einmal fühlte sie sich niedergeschlagen. Gerade hatte sie noch geglaubt, eine heiße Spur gefunden zu haben, und schon hatte sie sie vielleicht wieder verloren!

Matt fuhr Emilia nach Hause. Obwohl er sich redlich bemühte, ein Gespräch in Gang zu bringen, blieb sie einsilbig. Sie wusste, dass das ihm gegenüber nicht fair war – nach allem, was er für sie getan hatte. Aber sie konnte nicht aus ihrer Haut. Ihre Suche hatte so vielversprechend begonnen! Morgen schon hätte sie zu diesem Edward fahren und mit ihm sprechen können. Wären seine Eltern und er nicht weggezogen ... Wo sollte sie ansetzen, wenn niemand wusste, wohin?

Es dämmerte bereits, als Matt sie vor dem Orchard Cottage absetzte, deshalb brauchte sie eine Weile, bis sie sah, dass auf der schmiedeeisernen Bank vor Miss Featherstones Häuschen jemand saß. Sie erkannte Lizzy. Und – Emilia schnappte nach Luft – Josh.

«Na endlich! Wo bist du denn so lange gewesen?», fuhr Lizzy Emilia an, nachdem die sich schnell von Matt verabschiedet hatte und mit zittrigen Knien aus dem Sportwagen gestiegen war. «Ich habe bestimmt zehn Mal bei dir angerufen!»

«Sorry! Ich hatte das Handy auf lautlos», antwortete Emilia mechanisch. Sie wusste, dass sie ein schlechtes Gewissen haben sollte, weil sie überhaupt nicht mehr an Lizzy gedacht hatte. Aber im Moment war ihr Lizzy egal. Sie konnte nur Josh anstarren, der in ausgeblichenen Jeans, Sneakers und einem grauen Kapuzenpullover neben ihrer Nichte saß. Tausende von Schmetterlingen schwirrten auf einmal in ihrem Bauch herum. Konnte sie bitte mal jemand kneifen?

«Was machst du denn hier?», stotterte sie.

«Ich hatte von Anfang an kein gutes Gefühl dabei, euch beide nach England fliegen zu lassen», antwortete er kühl, und die Schmetterlinge beendeten sofort ihr aufgeregtes Flattern. «Und das anscheinend zu Recht.» Jetzt funkelte er sie wütend an. «Du kannst Lizzy doch nicht einfach stundenlang allein lassen und dann auch noch dein Handy auf stumm stellen! Sie hat sich Sorgen gemacht...»

«Hab ich gar nicht», protestierte Lizzy. «Ich hatte nur Hunger.»

Weder Emilia noch Josh gingen darauf ein.

«Wo warst du denn?», fragte Josh. «Lizzy hat gesagt,

dass du nach Sissinghurst gefahren bist, aber ich habe im Internet nachgeschaut: Die Gärten sind schon seit fast zwei Stunden geschlossen.»

«Matt hat mich gefragt, ob ich danach noch mit ihm zu seiner Stiefmutter fahre. Wir haben herausgefunden, dass es die Rose auf Sissinghurst gab. Einer von Lloyds Mitarbeitern hat sie gezüchtet...»

«Wir? Du kennst diesen Matt kaum ein paar Stunden, und schon seit ihr *best buddies*.» Joshs Lippen kräuselten sich, und er lächelte ironisch. «Du findest also immer noch genauso schnell Anschluss wie früher.»

Was fiel ihm denn ein, hier aufzutauchen und sich so aufzuspielen? Emilia öffnete schon den Mund, um etwas zu erwidern, doch Lizzy platzte dazwischen.

«Du hast die Rose gefunden!», rief sie und strahlte. «Hast du den Züchter gefragt, ob wir sie mit nach Deutschland nehmen können?»

Emilia schüttelte den Kopf, und sie musste sich zwingen, nicht ständig zu Josh hinüberzuschielen. So ganz konnte sie immer noch nicht glauben, dass er wirklich hier war. «So einfach ist das leider nicht. Die Rose ist vor ein paar Jahren spurlos verschwunden. Und es gab anscheinend nur dieses eine Exemplar. Aber bei Gitti habe ich den Namen des Züchters erfahren. Leider ist seine Familie weggezogen. Gitti sagt mir morgen Bescheid, ob es ihr gelungen ist, herauszubekommen, wohin.» Zerknirscht fügte sie hinzu: «Es tut mir leid, dass ich nicht daran gedacht habe, dir Bescheid zu sagen», sagte sie. «Sollen wir noch etwas essen gehen? Du musst nur sagen, worauf du Lust hast.»

«Josh und ich waren gerade im Pub und haben Hamburger gegessen.» Lizzy gähnte herzhaft, ohne sich die Hand vor den Mund zu halten. «Ich gehe jetzt hoch und schaue meine Serie auf dem Handy weiter. Dann könnt ihr beiden euch ungestört weiterstreiten.» Sie grinste. «Bis morgen, Josh!»

Emilia wartete, bis Lizzy im Cottage verschwunden war, dann setzte sie sich neben Josh auf die Bank, wobei sie darauf achtete, ein Stück Abstand zwischen ihnen zu lassen. Zu viel Nähe würde ihr nur den Verstand vernebeln. «Wieso bist du wirklich hier, Josh?», fragte sie ihn. «Du setzt dich doch nicht ins Flugzeug und kommst her, nur weil du kein gutes Gefühl hast. England ist nicht der Kongo. Und ich bin schon seit mehreren Jahren volljährig. – Oder ist etwas mit Clara, und niemand wollte uns das am Telefon sagen?», schob sie beunruhigt nach.

«Nein. An ihrem Zustand hat sich nichts geändert, soviel ich weiß.»

«Warum bist du dann hier?»

Miss Featherstone erschien in der Tür. In der Hand hielt sie einen Zimmerschlüssel. «Ihr Zimmer ist fertig, junger Mann», sagte sie. «Sie haben wirklich Glück gehabt, dass gestern noch jemand storniert hat. Um diese Jahreszeit bin ich normalerweise immer ausgebucht.» Sie gab Josh den Schlüssel, dann legte sie den Kopf schief und betrachtete ihn noch einen Moment versonnen. «Sie erinnern mich an jemanden. Ich weiß nur nicht, an wen. Aber ich komme schon noch darauf...» Sie schnappte sich eine Gießkanne und fing an, ihre vielen Topfpflanzen zu gießen.

«Du erinnerst sie an jemanden? Vielleicht an einen Hollywoodschauspieler?», stichelte Emilia.

Josh schüttelte den Kopf. «Ich nehme an, sie erinnert sich an mich. Ich war nämlich schon einmal hier. Mit Clara.»

«Was?» Emilia starrte ihn fassungslos an. Sie konnte nicht glauben, was sie gerade gehört hatte.

Josh stand auf. «Komm, lass uns ein paar Meter gehen! Ich möchte nicht, dass Lizzy uns zuhört.» Er steuerte die Friedhofspforte an.

«Auf dem Friedhof?»

«Wieso nicht? Oder hast du Angst, dass die Toten dir etwas tun?», fragte er provozierend.

«Nein.» Das hatte Emilia wirklich nicht. Trotzdem hätte sie sich eine etwas weniger morbide Umgebung für ihren Spaziergang gewünscht als einen Friedhof in der Abenddämmerung.

Wobei dieser Friedhof wirklich hübsch war. Verwitterte alte Grabsteine standen zwischen mit Efeu berankten Laubbäumen. Es gab definitiv schlechtere Orte für eine letzte Ruhestätte.

«Du warst also schon mal hier», sagte sie zu Josh, nachdem sie durch die Pforte getreten waren. Ein Eichhörnchen huschte, aufgescheucht durch ihren Besuch, einen Ahornbaum hinauf. «Wann war das? Hast du Clara während ihrer Zeit in England besucht?» Emilia konnte sich nicht daran erinnern, dass Josh oder ihre Schwester einen solchen Besuch erwähnt hätten.

«Nein, es war später.» Er vergrub seine Hände in den Taschen seiner Jeans. «Ich habe gelogen, als du mich am Tag der offenen Tür gefragt hast, ob ich wüsste, ob Clara in England jemanden kennengelernt hat.» Josh schaute einer

Amsel nach, die mit einem Wurm im Schnabel durch das Gebüsch hüpfte.

«Das ist mir gar nicht aufgefallen», sagte Emilia ironisch. «So überzeugend, wie du warst, hättest du jedem Lügendetektortest standgehalten.»

«Bin ich so ein schlechter Lügner?»

«Ja. Das warst du übrigens schon immer.»

Joshs Mundwinkel hoben sich. «Ich bin eben eine ehrliche Haut. Vielleicht kennst du mich aber auch einfach nur zu lange und zu gut.»

Den Eindruck hatte Emilia nicht. Und allmählich fragte sie sich auch, wie gut sie Clara überhaupt kannte. «Ich wusste gar nicht, dass sie zweimal in England war», sagte sie.

«Beim zweiten Mal hat sie euch erzählt, dass sie übers Wochenende zu einer Fortbildung aufs Festland fährt», erklärte Josh.

Einiges von dem, was Josh ihr nun erzählte, wusste Emilia bereits oder hatte es zumindest geahnt. Aber jetzt war sie sich sicher, dass Claras Schwarm Edward hieß und dass auch er als Gärtner auf Sissinghurst ausgeholfen hatte. Neu war die Information, dass aus den beiden nichts geworden war, weil Edward eine andere gehabt hatte.

«Und dann benennt er eine Rose nach ihr?», entfuhr es ihr. «Warum hat er das denn getan?» Die arme Clara! Mit Männern hatte sie wirklich immer Pech gehabt. «Und so einem Typen ist Clara auch noch nachgelaufen und seinetwegen ein zweites Mal nach England geflogen!», schnaubte Emilia empört.

«Sein Bruder hatte sich umgebracht. Er war total verzweifelt deswegen und hat sie angerufen.»

«Ach! Und in den Armen seiner Freundin hat er keinen Trost gefunden?» Emilias Abneigung gegen diesen Edward wuchs. «Hast du ihn kennengelernt?»

«Nein. Wir waren ja nur ein Wochenende hier, und da hat sich Clara immer alleine mit ihm getroffen. Im Grunde hätte ich es mir schenken können mitzufliegen. Sie hat mich gar nicht gebraucht. Eigentlich habe ich die ganze Zeit nur gelesen oder ferngesehen. Wahrscheinlich kann sich unsere Wirtin deshalb noch dunkel an mich erinnern.» Er grinste. «Es kommt sicher nicht besonders oft vor, dass einer ihrer Gäste sein Zimmer so gut wie gar nicht verlässt.»

Puh! Das musste Emilia erst einmal alles sacken lassen. Obwohl es inzwischen ziemlich dunkel geworden war, ließ sie sich auf eine Bank sinken. Josh setzte sich neben sie, und eine ganze Zeit lang schwiegen sie.

Josh war zusammen mit Clara in England gewesen. Acht Monate, bevor Lizzy auf die Welt gekommen war ... Konnte er ...? Nein, dieser Gedanke war zu verrückt. Lizzys Vater musste dieser Edward sein. Alles andere würde überhaupt keinen Sinn ergeben.

«Ich habe ihr nie abgekauft, dass Lizzy das Ergebnis eines One-Night-Stands ist», sagte Emilia in die Stille hinein. «So etwas passt einfach nicht zu Clara. Wieso hat Clara so ein Geheimnis um Edward gemacht? Hat sie es dir gesagt?»

«Nein. Und ich musste ihr schwören, dass ich niemandem von ihm und unserer Englandreise erzähle.»

«Warum? Ich verstehe das nicht. Clara hatte sich in ihn verliebt. Er hatte eine andere, ist aber trotzdem mit ihr ins Bett gegangen. Sie ist schwanger geworden. So etwas passiert nun mal, da muss man sich doch wirklich nicht schämen.»

Josh beugte sich vor, legte die Unterarme auf die Oberschenkel und starrte in die Dunkelheit des Friedhofs, die nur von den ewigen Lichtern, die auf manchen Gräbern flackerten, erhellt wurde. «Vielleicht hat er irgendwas Schlimmes getan. Etwas, das so schrecklich ist, dass Clara nicht will, dass Lizzy oder sonst jemand jemals davon erfährt.» Er hielt seinen Blick nach vorne gerichtet.

«Was sollte das denn sein? Du hast ihn doch gesehen. Sah er wie ein Serienkiller aus?»

«Nein, aber...», Josh zuckte mit den Schultern, und an dem Spiel seiner Wangenmuskulatur erkannte sie, dass er die Zähne zusammenbiss. «Wer weiß schon, welche Untiefen in einem Menschen lauern. Wozu jemand fähig ist...»

Die Härte in seiner Stimme ließ Emilia aufhorchen. Als Polizist war es wohl nicht zu vermeiden, dass man seine Unschuld verlor, seinen Glauben daran, dass alle Menschen im Grunde ihres Herzens gut waren. Josh richtete sich auf und betrachtete Emilia mit einem so eindringlichen Blick, dass ihr ganz flau wurde. «Verstehst du jetzt, wieso ich nicht wollte, dass du mit Lizzy nach England fliegst?», fragte er. «Manche Wahrheiten bleiben besser unentdeckt.»

Emilia hielt seinem Blick stand. «Genau wie die Wahrheit über dein Tattoo?»

Einen Moment sah Josh überrascht aus, dann nickte er. «Ja, die auch.» Dann presste er die Lippen zusammen, und Emilia wusste, dass er zu diesem Thema nichts mehr sagen würde.

Also entschied auch sie sich dafür, kein Wort mehr darüber zu verlieren. «Mir geht es gar nicht unbedingt um diesen Edward», wechselte sie das Thema. «Selbst wenn er Lizzys Vater ist. Mir geht es um diese Rose. Die möchte ich unbedingt finden. Für Clara. Für Lizzy. Für mich. Und auch für alle anderen. Lizzy glaubt wirklich, dass der Duft der Rose Clara dabei helfen könnte, schneller aufzuwachen.» Sie schwieg eine Weile. «Und ein bisschen hoffe ich, dass sie damit recht hat», fügte sie schließlich leiser hinzu, und als er nicht antwortete, fuhr sie verlegen fort: «Du denkst, dass ich nicht mehr ganz dicht bin, nicht wahr?»

«Nein», sagte Josh. «Und wenn du wirklich davon überzeugt bist, dass diese Rose wichtig für sie ist, dann werde ich dir helfen, sie zu finden.» Ein Lächeln erschien auf seinen Lippen. Es war nur zaghaft, aber für Emilia war es genug. Denn Josh war nicht der Typ, der Spielchen spielte. Er war – wie er selbst gerade gesagt hatte – eine ehrliche Haut.

Ein Gefühl von Wärme breitete sich in ihrem Innern aus. Josh war hier. Und er wollte ihr bei der Suche helfen. Nun war sie nicht länger allein.

23. Kapitel

KENT, JULI 2003

Zwar wusste Clara, dass Edward ihre Nummer hatte – schließlich hing eine Liste mit den Telefonnummern aller Angestellten und ehrenamtlichen Mitarbeitern an der Pinnwand im *Staff Room* –, aber bisher hatte er sie noch nie angerufen oder ihr eine Nachricht geschickt.

Hast du heute Abend um zehn Uhr Zeit?, las sie. *Ich würde dir gerne etwas zeigen.*

Claras Herz schlug so heftig, dass sie es in ihrem ganzen Körper spüren konnte.

Was denn?, schrieb sie zurück. Sie brauchte zwei Anläufe, um diese kurze Nachricht ohne Fehler einzutippen.

«*Lass dich überraschen!*», lautete seine Antwort, und dahinter befanden sich doch tatsächlich Doppelpunkt Bindestrich und Klammer, was einen lachenden Smiley darstellen sollte. Edward war so ziemlich der letzte Mensch, von dem sie vermutet hätte, dass er Smileys verwendete. Er hatte etwas Altmodisches, Formelles an sich, und war damit das krasse Gegenteil zu Matt.

Matt! Wie sollte sie ihm – und vor allem Gitti und Lloyd – erklären, dass sie zwar keine Lust hatte, mit Matt um die Häuser zu ziehen, mit Edward aber schon?

Obwohl es kindisch war, entschied sie sich, ihnen nichts davon zu erzählen. Nach dem Dinner zogen sie sich meistens schon auf ihr Zimmer zurück, und Matt war um diese Uhrzeit sicherlich schon auf dem Weg nach London. Sie sagte Edward zu. Was er ihr wohl zeigen wollte?

Die Zeit bis zehn Uhr verging quälend langsam, und obwohl Gittis Abendessen wie immer köstlich schmeckte – es gab kaltes Roastbeef mit grünem Salat –, brachte Clara vor lauter Aufregung kaum einen Bissen hinunter.

Der Mond war von einer dicken Wolke verdeckt, als sie sich aus dem Haus schlich und so leise wie möglich die Haustür hinter sich schloss. Sie hatte sich mit Edward am Ende der Zufahrtsstraße verabredet, die zum Cottage von Lloyd und Gitti führte. Sein Auto, ein kleiner Fiat, stand schon da, als sie dort ankam.

«Hallo!», begrüßte Clara ihn befangen, als er ausstieg, um ihr die Tür aufzuhalten. Er war wirklich ein wahrer Gentleman. Wahrscheinlich einer der letzten Überlebenden dieser Spezies. Sie unterdrückte ein nervöses Kichern und nahm auf dem Beifahrersitz Platz. «Wohin fahren wir?»

«Das ist immer noch eine Überraschung!» Ein Lächeln umspielte seine Lippen.

«Aber ich muss keine Augenbinde tragen, damit ich später nicht verraten kann, wohin du mich bringst?» Vor lauter Nervosität nestelte Clara am Lederband ihrer Armbanduhr herum.

«Ich habe darüber nachgedacht, aber ich habe mich dagegen entschieden. Ich bin mir sicher, dass du vertrauenswürdig genug bist und nichts verrätst.» Edward fuhr durch das ganze Dorf, und er bog auch nicht ab, als sie die breite Landstraße erreichten, die Clara in der letzten Zeit so oft gefahren war wie keine andere, weil sie nach Sissinghurst führte. Und schon bald tauchte das langgestreckte, von üppigen Rosenbüschen umrahmte Torhaus auf.

«Dir ist klargeworden, dass du in deiner Kindheit und Jugend etwas verpasst hast, und du willst dort einsteigen?» Clara hob ironisch die Augenbrauen.

Edward zog eine Grimasse. «Nein, ich weiß zwar inzwischen, dass du im Grunde deines Herzens eine Leidenschaft für Rebellen hast, aber ich bin leider immer noch nicht vom Pfad der Tugend abzubringen.» Er nahm einen Schlüsselbund aus der Seitenkonsole und hielt ihn Clara vor die Nase. «Hier! Der Schlüssel zum Glück!»

«Du bist extra zu deinem Onkel nach Brighton gefahren, um ihn zu holen?», fragte Clara verblüfft. Das Seebad lag bestimmt eine Stunde weit weg. Mindestens.

Edward nickte, und selbst im gedämpften Licht des Fiats erkannte Clara seinen verlegenen Blick. «Steigen wir aus!»

Die Wolken hatten Clara den Gefallen getan, sich während der kurzen Fahrt nach Sissinghurst zu verziehen, und Schloss und Gärten lagen verschlafen im Mondlicht. Verschlafen. Und still. So still, dass bereits das Knirschen ihrer Schritte auf den Kieswegen unangenehm laut in Claras Ohren klang.

Edward hatte eine Taschenlampe mitgebracht. Ihr schmaler Lichtkegel huschte über die Backsteinwände und die akkurat geschnittenen Eibenhecken, die die einzelnen Gärten voneinander trennten, bis er den Eingang zum Weißen Garten fand. Clara hatte geahnt, dass Edward sie als Erstes dorthin führen würde. Als sie ihn betraten, schlug Clara unwillkürlich die Hand vor den Mund: Edward hatte nicht zu viel versprochen. Während sich in den anderen «Gartenzimmern» längst die Decke der Dunkelheit über die Stauden gelegt hatte, verliehen die weißen Blüten von Lilien, Lupinen, Schmuckkörbchen, Honigdisteln und all der anderen Schönheiten, die hier wuchsen, diesem Teil der Anlage einen silbrigen Glanz, so hell, dass er Clara schon fast blendete. Das Plätschern des Brunnens übertönte alle Geräusche, auch den ihres Atems und ihres Herzschlags. Ehrfürchtig ließ Clara den Blick über dieses wunderschöne Kunstwerk schweifen, das Vita erschaffen hatte.

«Jeden Abend ist sie durch diesen Garten spaziert und hat sich an seiner weißen Pracht erfreut», sagte Edward leise, und als Clara für einen Moment die Augen schloss, konnte sie sie sehen: In einem Nachthemd, so weiß wie die schimmernden Blüten, und an ihrer Seite der stolze Schäferhund, mit dem sie sich in ihren späteren Jahren so oft fotografieren ließ. Das Alter war nichts, auf das Clara sich freute, aber es musste schön sein, am Ende seines Lebens auf das zurückzublicken, was man erschaffen hatte. Auch sie hatte die Chance dazu.

«Danke, dass du mich hierhergebracht hast.» Sie griff spontan nach Edwards Hand und drückte sie. Zu ihrer Erleichterung zog er sie nicht weg, sondern hielt ihre Hand fest.

«Ich möchte dir danken», sagte er mit rauer Stimme. «Dafür, dass du diesen besonderen Moment mit mir geteilt hast.»

Und du bedeutest mir sehr viel, dachte Clara. Bevor sie nach England gekommen war, hatte sie sich wenig Gedanken darum gemacht, wie der Mann aussehen sollte, mit dem sie ihre Zukunft verbringen wollte. Die erschien ihr sowieso noch ganz weit weg. Jetzt wusste sie es: Genau wie Edward sollte er sein. Es lag nicht nur an seinem außergewöhnlich guten Aussehen, dass sie so hingerissen war, vielmehr war es seine Art! Seine Zurückhaltung hatte etwas Altmodisches, sie konnte sich gut vorstellen, dass er auch zu Vitas und Harolds Zeit hätte leben können, aber zugleich konnte er auch witzig sein. Er war fürsorglich, ein guter Zuhörer, und er schien immer ganz in dem aufzugehen, was er tat. Bestimmt war er ein guter Liebhaber…

Wie gerne hätte Clara ihn in diesem Moment geküsst! Bei einem anderen Mann hätte sie sich vielleicht auf die Zehenspitzen gestellt und selbst die Initiative ergriffen. Aber Edward war nicht wie andere Männer, und deshalb begnügte sie sich damit, einfach nur mit ihm dazustehen, Hand in Hand, und diesen magischen, vom Mond geküssten Garten zu betrachten.

Clara wollte Sissinghurst nicht wieder verlassen, am liebsten hätte sie die ganze Nacht dort verbracht. In diesem Garten, mit Edward. Aber er hatte offenbar gar nicht vor, wieder nach Hause zu fahren, denn er bog hinter dem Weißen Garten nicht nach rechts zum Ausgang ab, sondern lief über die Rasenfläche vor den Zwillingstürmen.

«Ich will dir noch etwas zeigen», sagte er, als er Claras fragende Miene sah.

«Noch eine Überraschung?»

Er nickte.

Durch das Heckenrondell betraten sie den Rosengarten, und sofort wurde Clara von dem köstlichen Duft eingehüllt.

Edward öffnete seinen Rucksack. Clara hatte sich schon gefragt, wieso er ihn bei sich trug. Hatte er vielleicht vor, ein Mitternachtspicknick mit ihr zu machen? Mitten im Rosengarten... Das stellte sie sich romantisch vor!

Aber er nahm keine Picknickdecke, Geschirr oder etwas zu essen heraus, sondern zog vorsichtig einen Blumentopf hervor. Die Pflanze, die sich darin befand, war mit einem leichten Stoff bedeckt. Edward löste vorsichtig das Band, mit dem er zusammengehalten wurde.

Eine Rose kam zum Vorschein. Sie war noch sehr klein, wies aber bereits eine einzelne Blüte auf. Die Blüte war cremefarbenen mit einem etwas dunkleren Rand.

Zärtlich ruhte Edwards Blick auf der Rose, von der man bereits jetzt erkannte, dass sie zu einer echten Schönheit heranwachsen würde.

«Sie ist wunderschön. Wieso hast du sie mitgebracht?», fragte Clara.

«Ich habe sie gezüchtet.»

«Du?»

Edward nickte. «Vor fünf Jahren habe ich damit angefangen, habe immer wieder Sorten miteinander gekreuzt, und jetzt... ist sie perfekt.» Er fuhr mit dem Finger über die perfekt geformten Blätter. «Lloyd hat mir erlaubt, sie hier anzupflanzen. An der freien Stelle neben der Marmorbüste ist zu Vitas Zeiten eine Rose gewachsen, die ausgestorben ist. Meine Rose sieht ihr sehr ähnlich.» Sein Gesicht leuchtete vor Stolz richtiggehend in der Dunkelheit. «Das darfst du aber bitte niemandem verraten. Ich habe Lloyd versprochen, es nicht an die große Glocke zu hängen. Er meint, die Mitglieder des Trusts wären konservativ und hielten nichts davon, die Neuzüchtung eines Hobbyzüchters in dieser altehrwürdigen Anlage zu haben.»

«Von mir erfährt keiner etwas», versprach Clara, und sie fand es äußerst aufregend, dass er dieses Geheimnis ausgerechnet mit ihr teilte. Aufregend und sehr schmeichelhaft.

«Ich wollte, dass jemand dabei ist, der Rosen genauso liebt wie ich, wenn ich sie einpflanze», fuhr Edward fort. «Ich wollte, dass du dabei bist.» Er schaute ihr in die Augen, und sein Blick und seine Worte trafen Clara mitten ins Herz.

«Hat sie auch einen Namen?», fragte sie mit dünner Stimme.

«Ja.» Noch immer hielt er ihren Blick fest. «Ich möchte sie *The Beauty of Claire* nennen. Denn sie ist genauso schön wie du.»

Alles, was danach kam, erlebte Clara wie in einem Rausch. Wie Edward eine kleine Schaufel aus seinem Rucksack nahm, wie er ihr erklärte, dass er den Boden heute Nachmittag an dieser Stelle stark gewässert hatte, damit es jetzt einfacher war, ein Loch auszuheben. Wie sie gemeinsam die Rose vorsichtig hineinsetzten, sich ihre Fingerspitzen dabei berührten, und wie sie das Loch wieder mit Erde füllten und sie die Rose mit Wasser versorgten, die *The Beauty of Claire* hieß. Die Rose, die Edward nach ihr benannt hatte. Und sie wusste mit einer untrüglichen Gewissheit, dass sie nie wieder in ihrem Leben einen Mann so sehr lieben konnte wie ihn.

Als er sie eine Stunde später zu Hause absetzte und sie die Auffahrt zu Lloyds und Gittis Haus entlanglief, kam es Clara immer noch so vor, als würden sie schweben.

Leise drehte sie den Haustürschlüssel im Schloss und schlich sich auf Zehenspitzen hinein.

«Wo kommst du denn her?»

Sie fuhr zusammen. Matt stand im Halbdunkel des Flurs. Sein Atem roch nach Alkohol und Zigaretten. «Ich dachte, du würdest früh ins Bett gehen, weil du morgen früh aufstehen willst.» Seine Stimme war spöttisch und laut.

«Psst!», zischte sie, weil sie nicht wollte, dass seine Eltern aufwachten, und schob ihn ins Wohnzimmer.

Matt schloss die Tür. «Also! Was hast du gemacht?»

«Ich ... Ich war spazieren.»

«Ach! Spazieren? Ganz allein?» Matt verzog die Lippen zu einem Lächeln, das sie beim besten Willen nicht anders nennen konnte als anzüglich.

«Ja, ich ... konnte nicht schlafen.»

«Was hast du wirklich gemacht?» Inzwischen war er so nah an sie herangetreten, dass er sie mit dem Brustkorb fast berührte.

Clara wich einen Schritt zurück. Wieso log sie ihn eigentlich an? Schließlich war sie ihm keine Rechenschaft schuldig. «Ich habe mich mit Edward getroffen.»

«Mit Edward?» Er runzelte die Stirn.

«Er hilft deinem Vater», setzte sie erklärend hinzu.

«Ich kenne Edward. Wir waren im selben Jahrgang.» Matts Stimme war kühl geworden. «Ich wundere mich nur, dass er sich mit dir trifft.»

«Wieso wundert dich das?» Clara reckte das Kinn.

«Weil der schöne Edward einen Freund hat.»

Edward hatte einen Freund! Clara schnappte nach Luft. «Es ist also schwul?»

Matt lachte auf. «Nein. Nicht mal das.»

24. Kapitel

Miss Featherstone hatte in ihrem kleinen Frühstücksraum (der erfreulicherweise nicht rosa eingerichtet war, sondern beige und dunkelrot) ein *Full English Breakfast* aufgetischt, bestehend aus Toast, *Baked Beans*, geschmorten Tomaten, gebratenem Speck, Eiern, Würstchen und etwas, das verdächtig nach Blutwurst aussah.

Emilia begnügte sich mit Spiegelei auf Toast mit Tomaten. Sie war zwar keine Vegetarierin, mochte Fleisch und Wurst aber nicht besonders. Lizzy dagegen griff zu, als ob sie schon seit Wochen nichts mehr gegessen hätte, was abgesehen von dem Hamburger gestern im Pub und Gittis Scones wohl auch zutraf. Emilia hatte keine Ahnung, ob sie ihren wiedererwachten Appetit ihrem Geständnis zu verdanken hatte oder dem Gefühl, durch die Reise nach England nicht länger zur Untätigkeit verdammt zu sein. Aber im Grunde war das egal. Lizzy schien es besser zu gehen. Nur das zählte.

Nun musste nur Clara wieder auf die Beine kommen. Delia hatte ihr am Telefon erzählt, sie hätte bei ihrem letzten Besuch die Finger der rechten Hand bewegt. Ob das ein gutes Zeichen war? Fing Clara langsam wieder an,

Kontakt zu ihrer Umwelt aufzunehmen? Emilia hoffte es so sehr.

Josh hatte Miss Featherstones englisches Frühstück verschmäht und sich stattdessen ein ziemlich geschmacksneutral aussehendes Porridge in einen Suppenteller geschaufelt. Er war heute Morgen in aller Frühe schon joggen gewesen; schon seit sie ihn kannte, ging er regelmäßig laufen. Sein Haar war noch ein bisschen feucht vom Duschen. Wie immer hatte er einen ordentlichen Seitenscheitel gezogen. Nur am Hinterkopf hatten sich ein paar dunkle Strähnen selbständig gemacht und standen vom Kopf ab. Wie er wohl aussah, wenn er morgens aufwachte? Oder nach dem Sex? Emilias Kopf fühlte sich auf einmal ganz heiß an. Und das lag nicht an dem Kaffee, den sie gerade getrunken hatte.

Schluss jetzt!, ermahnte sie sich. Dass dieser Mann immer diese unzüchtigen Gedanken bei ihr auslöste!

«Schmeckt das Porridge so, wie es aussieht?», fragte sie ihn, um ihre Gedanken wieder auf ein neutrales Terrain zu lenken.

Er zog eine Grimasse und nickte. «Vielleicht nehme ich doch Eier und Speck.»

«Mach das ruhig. Lizzy und ich werden niemandem etwas verraten.» Emilia war froh, dass die Mauer, die sie am gestrigen Abend zwischen ihnen gespürt hatte, vielleicht nicht eingestürzt, aber zumindest zum Bröckeln gebracht worden war. Und dass Josh ihr helfen wollte.

Ihr Handy, das auf dem Tisch lag, klingelte. Sie schaute auf das Display. «Es ist Gitti», sagte sie zu Josh und Lizzy. «Ich bin gleich wieder da.»

Mit schnellen Schritten verließ sie den Frühstücksraum und nahm das Gespräch an.

«Ich habe eine Adresse!», rief Gitti fröhlich. «Edward und seine Familie sind nach Canterbury gezogen. Sie wohnen in der Black Griffin Lane Nummer zehn.»

Emilias ballte die Hand zur Faust. Sie hatte eine Spur!

Die Black Griffin Lane lag hinter einem kleinen Park, den Greyfriars Gardens. Bunte zweigeschossige Reihenhäuser mit handtuchgroßen Vorgärten kuschelten sich lückenlos aneinander. Im Vorgarten der vanillegelb gestrichenen Nummer zehn standen zwei Fahrräder: ein Damenrad und ein winziges Laufrad.

Als Lizzy klingelte, machte eine junge Frau auf. Mit ihrem runden Gesicht, den hellblonden Haaren, den leuchtend blauen Augen und den roten Wangen hätte sie in einem Werbeclip für gesunde Landmilch auftreten können. Sie lächelte und ließ dabei eine Reihe weißer, regelmäßiger Zähne sehen.

Bestimmt ist das Edwards Frau, dachte Emilia. Seine Mutter konnte sie definitiv nicht sein, dafür war sie zu jung. Vielleicht war sie sogar die Frau, wegen der Edward Clara verschmäht hatte? Die aber trotzdem nicht gut genug gewesen war, um ihn in einer seiner dunkelsten Stunden zu trösten ...

Doch als Lizzy fragte: «Sind Sie Frau Turner?», schüttelte die Frau den Kopf.

«Nein.» Sie versuchte, einen kleinen Jungen daran zu hindern, an ihr vorbei nach draußen zu laufen. «Aber soviel ich weiß, hießen unsere Vormieter so. Mein Name ist

Winter.» Sie schob einen Efeustrang an der Wand beiseite, um ein Türschild freizulegen.

Oh nein! Emilia merkte, wie Enttäuschung sich in ihr breitmachte. Auch Lizzy ließ die Schultern hängen.

Jetzt schaltete Josh sich ein. «Dann haben Sie sie also nicht kennengelernt?»

Die Frau schüttelte den Kopf. «Das Haus stand einen Monat leer, bevor wir eingezogen sind. Aber bestimmt hat mein Nachbar sie gekannt.» Sie nickte in Richtung des mintgrünen Hauses zu ihrer Linken. «Jack Patel wohnt schon ewig hier. Leider ist er im Moment nicht da. Um diese Zeit ist er immer in seiner Drogerie.»

«Und wo ist die?», fragte Emilia.

«Am Ende der Fußgängerzone. Sie ist ganz einfach zu finden, liegt zwischen *The Moat Tea Room,* einem schnuckeligen kleinen Café, und einem Secondhandladen.»

Die meisten Orte besaßen einen ganz typischen Geruch. Mit Hamburg verband Emilia den Geruch von Puderzucker, weil sie immer nur im Advent dort war, wenn auf dem Weihnachtsmarkt Schmalzgebäck verkauft wurde. München roch nach den hefeartigen Ausdünstungen der Bierbrauereien, fettigem Schweinefleisch und Brezeln. Mit Paris verband sie den ganz eigenen Geruch der Metro, eine Mischung aus Urin, Eisen und süßlichem Schweiß. Typisch für das sommerliche Edinburgh war der Geruch des frischgeschnittenen Grases auf den Golfplätzen mitten in der Stadt. Und das Parfüm von Usedom – das war Fisch, Meer, Salz und Schiffsdiesel! Emilia liebte es!

Den typischen Duft von Canterbury konnte sie noch

nicht ausmachen, so vielfältig war das Geruchsbild der Stadt. Aber was sie geradezu euphorisch stimmte: Hatte ihre Nase in den letzten Monaten Gerüche nur noch sehr gefiltert zu ihrem limbischen System durchgelassen, schien sie hier in Canterbury zu neuem Leben erwacht zu sein, und ein wahres Duftkonglomerat strömte auf sie ein. Aus einer Biobäckerei waberte der Geruch von Getreide und Honig, aus einem Friseurgeschäft der scharfe Ammoniakgestank der Färbemittel. An einem Straßenmarkt in der Fußgängerzone stieg ihr der süße Duft gerösteter Erdnüsse in die Nase, die ein Straßenverkäufer anbot.

Aus einem Zeitschriftenkiosk kam der Geruch von Gummibärchen, Tabak und Papier und aus einem Wohnhausblock der Geruch von Waschmittel, kalten Zigarren und Katzen. Der Fluss, der durch Canterbury floss, hatte eine leichte Brackwassernote. Und beim Betreten der Drogerie strömten so viele verschiedene Düfte auf Emilia ein, dass ihr ganz schummerig wurde.

Jack Patel, elegant gekleidet in einem leichten Sommeranzug mit einem blau-gelben Seidentuch um den Hals, bediente gerade eine ältere Dame. In seiner Drogerie gab es nicht nur die gängigen Artikel, sondern vor allem auch jede Menge Parfüms. Von den Namen auf den bunten Flakons sagte Emilia jedoch keiner etwas – sehr wohl aber der, nach dem die elegant gekleidete Kundin mit den Perlohrringen verlangte.

«Haben Sie *Cašmir* von Chopard?», fragte sie.

Mit einer Miene, die zwischen pikiert und resigniert changierte, schüttelte Patel den Kopf. «Ich führe hier nur meine eigenen Düfte.» Er setzte ein professionelles Lächeln auf und zog ein filigranes Fläschchen aus dem Regal, in dem sich eine zartrosa Flüssigkeit befand. «Sehr gern genommen wird im Moment zum Beispiel *Diana*, ein sommerlich-sonniger Geruch mit einer leuchtenden, leicht verführerischen Kopfnote. Oder mein persönlicher Favorit *Lilly*.» Der Name des Parfüms stand, umgeben von maigrünen Ranken, in einer pinkfarbenen, verschlungenen Schrift darauf. «Es ist ein sehr verspielter Duft, der mich an meine Kindheit auf dem Land erinnert. Wir Kinder spielten immer an einem See, der inmitten von Blumenwiesen und Apfelbäumen lag. Riechen Sie es?» Er gab einen kräftigen Sprühstoß auf einen längs geknickten Papierstreifen und wedelte damit vor der Nase der Kundin herum. «Ich kann Ihnen aber natürlich auch einen ganz individuellen Duft kreieren. Vielleicht wollen Sie sich an Ihre erste Liebe erinnern, an einen ganz besonderen Geburtstag...»

«Nein, danke. Ich möchte einfach nur *Cašmir*. Auf Wiedersehen!» Die ältere Dame drehte sich um und verließ den Laden.

Patel zuckte bedauernd mit den Schultern. «Schade, aber ich kann niemanden zu seinem Glück zwingen!», sagte er zu Lizzy, Josh und Emilia. «Wobei ich solche Kunden wirklich nicht verstehen kann.» Er rümpfte die wohlgeformte Nase. «Die Parfüms der großen Namen finde ich furchtbar langweilig. Sie riechen alle gleich und haben überhaupt keinen Charakter.»

«Sie machen die Parfüms wirklich selbst?», fragte Lizzy fasziniert.

«Ja. Seit dreißig Jahren schon.» Patel zupfte sich das Seidentuch zurecht.

«Das kann meine Tante auch!» In Lizzys Stimme schwang unverkennbarer Stolz mit, als sie auf Emilia zeigte.

Emilia dagegen hätte sich am liebsten unsichtbar gemacht. Vor allem, als Patel sie ganz verzückt fragte: «Sie sind Parfümeurin?»

«Ja, ich ...»

«Sie geht auf eine berühmte Schule in Paris», beendete Lizzy an ihrer Stelle den Satz.

«Nein!» Patel schlug sich die manikürten Finger vor den Mund. «Etwa auf die *Ecole de Givaudan*?»

«Heißt sie so?», fragte Lizzy, und Emilia nickte.

«Unglaublich! Ich bin schwer beeindruckt. Durften Sie schon eigene Düfte komponieren?»

«Ja.» Emilia fühlte sich, als würde sie unter seinem begeisterten Blick schrumpfen. «Wir sind allerdings nicht wegen Ihrer Parfüms hier. Wir sind auf der Suche nach Ihren ehemaligen Nachbarn. Familie Turner.»

«Die Turners.» Patel legte seine Stirn in Falten. «Ach so, die. Ich erinnere mich. Auch wenn sie nur kurz neben mir gewohnt haben. Kaum drei Jahre. Ich hatte wenig Kontakt zu ihnen.»

Emilia stöhnte leise auf. Nicht schon wieder eine Sackgasse!

«Wissen Sie, was aus ihnen geworden ist?», fragte Josh.

«Nur, dass sich das Ehepaar getrennt hat. Das war der Grund für ihren Auszug. Er ist, soviel ich weiß, nach London gegangen. Und sie ...» Patel tippte sich mit dem Zeigefinger ein paarmal auf die Lippen und dachte nach. «Ich meine, sie ist zu ihrem Sohn gezogen. Wie hieß er doch gleich? Ellis?»

«Edward», sagte Emilia unglücklich.

«Ach ja, Edward. Genau. Er wohnt irgendwo an der Küste. Aber wo genau ... Ich kann es Ihnen wirklich nicht sagen.» Patel hob bedauernd die Hände.

Deprimiert verabschiedete sich Emilia von ihm.

«Und jetzt?», fragte sie, nachdem sie die Drogerie verlassen hatten.

«Wir könnten noch weitere Nachbarn fragen. Es wohnen schließlich noch mehr Leute in der Straße», schlug Lizzy vor. «Können wir vorher aber noch etwas essen?»

Josh grinste. «Du hast schon wieder Hunger?»

Sie nickte.

«Gut, dass hier gleich ein Café ist, du Fresssack.»

Sie betraten *The Moat Tea Room,* wo es verschiedene Sorten Kuchen, Scones und eine riesige Auswahl an Tee gab.

«Bestellt ihr schon mal!», sagte Emilia, nachdem sie sich gesetzt hatten, und stand wieder auf. «Ich gehe noch mal in die Drogerie.» Sie wusste nicht, warum sie das tat. Aber ihr Bauchgefühl sagte ihr, dass es wichtig war.

25. Kapitel

«Haben Sie etwas vergessen?», fragte Patel, als sie eingetreten war.

Sie nickte. «Kann ich Ihnen meine Handynummer geben? Nur für den Fall, dass Ihnen noch was einfällt?»

«Natürlich.» Er reichte ihr einen Kugelschreiber und einen Parfümstreifen.

Aber nachdem sie ihm ihre Nummer daraufgeschrieben hatte, machte Emilia keine Anstalten zu gehen.

«Kann ich Ihnen sonst noch irgendwie behilflich sein?», fragte er und sah sie irritiert an.

Sie zögerte. «Ja», gab sie dann zu. «Ihre Parfüms ... Der Duft *Lilly* gefällt mir wirklich gut ... Wenn Sie auf keiner Schule waren, wer hat Ihnen dann beigebracht, solche Düfte zu komponieren?»

Patel lehnte sich gegen den Verkaufstresen. «Das war ich selbst. Die Drogerie hat schon meinem Vater gehört. Ich habe meine Ausbildung hier gemacht, und er hat darauf bestanden, dass ich von der Schuh- bis zur Zahncreme alles selbst anrühre. Aber meine Leidenschaft waren schon immer die Düfte. Nichts sonst erweckt beim Menschen so viele emotionale Assoziationen. Und nichts ist so intim wie der Duft, der einen Menschen umgibt. Als ich letztes Jahr meinen Urlaub in Florida verbracht habe, hatte ich keine Probleme damit, mir meinen Fingerabdruck bei der Einreise abnehmen zu lassen, und man durfte mich auch fotografieren. Wenn der Sicherheitsbeamte allerdings darauf bestanden hätte, mir mit einem Wattebausch die Achselhöhle auszuwischen und meinen Geruch in einem Gefäß zu konservieren, dann hätte ich mich geweigert.» Er gluckste. «Auch wenn diese Prozedur theoretisch vielleicht sogar sinnvoll wäre, denn der Körpergeruch eines Menschen ist genauso einmalig wie sein Fingerabdruck oder sein Aussehen. – Aber um noch einmal auf ihre Frage zurückzukommen: Irgendwann habe ich es einfach mal ausprobiert. Ich wollte den Duft einer kandierten Rose imitieren. Es ist der Duft, den ich mit meiner Mutter verbinde. Sie ist leider viel zu früh gestorben.» Versonnen strich Patel sich über seine glattrasierte Wange. «Letztendlich hat es aber fast fünfzehn Jahre gedauert, bis ich meinen Geruchssinn so weit trainiert hatte, dass ich in der Lage war, alle Gerüche zu unterscheiden und bestmöglich zu kombinieren. Das ist bei Ihnen sicher schneller gegangen.» Patel verstummte nachdenklich, bevor er fortfuhr: «Ich habe früher auch davon geträumt, auf eine Parfümschule zu gehen. Aber meine Eltern hätten das nie erlaubt.» Er schüttelte den Kopf. «Sie meinten, ich solle etwas Anständiges lernen und nicht so einen Firlefanz.»

Dieser Satz kam Emilia nur allzu bekannt vor. «Außerdem hätten sie gar kein Geld gehabt, um mir ein Studium zu finanzieren. Und wissen Sie was?» Patel legte den Kopf schief. «Jetzt bin ich ihnen sogar dankbar dafür. Ich habe ja erzählt, dass ich kein Freund der gängigen Parfüms bin. Für mich riechen sie fast alle gleich, und nur ganz wenige haben eine Seele. Aber das wissen Sie selbst ja sicher am allerbesten: Angestellte Parfümeure sind letztendlich Auftragsarbeiter. Ich dagegen kann mich kreativ ausleben.» Er lächelte, dann gab er Emilia einen Wink. «Kommen Sie!», forderte er sie auf. «Ich zeige Ihnen mal mein Labor. Andrew, mein Partner, sagte immer ‹Stinkehöhle› dazu.» Er lächelte verschmitzt, dann führte er sie in einen fensterlosen Kellerraum, der sie an eine Hexenküche erinnerte. Auf einem Schreibtisch standen neben Reagenzgläsern auch Destillationskolben und -apparaturen, und in zahlreichen Holzregalen stapelten sich Fläschchen und Dosen. *Muskatella*, *Weihrauch* und *Zedernholz* stand in schwarzer Schrift auf den weißen Deckeln, aber auch *überreife Äpfel*, *Wald im Frühling* und ... *Hochglanzbroschüre*.

Im Labor auf der *Givaudan* hatte es ganz anders ausgesehen. Viel steriler. Sogar die Tische waren gefliest gewesen, die Studenten hatten alle weiße Schutzkittel getragen, und auf den Glasfläschchen in den langen Regalreihen hatte man meist Fachchinesisch lesen können, wie *Octylacetat*, *Caryophyllene* und *Tetrahydrolinalol*. Trotzdem war Emilia auf einmal ganz erfüllt von Sehnsucht nach dieser Zeit, in der ihr Traum ihr zum Greifen nahe erschienen war: einen Duft zu kreieren, den man in edle Flakons gefüllt in einer Parfümerie kaufen konnte.

«Natürlich kaufe ich auch Rohstoffe, aber die meisten Zutaten stelle ich selbst her», erklärte Patel, dem Emilias befremdeter Blick auf die Etiketten der Fläschchen nicht entgangen war. «Durch das Einlegen in Alkohol oder

Schweinefett und durch Destillation lässt sich fast jeder Stoff als Zutat verwenden. Diese Walderdbeeren zum Beispiel ...» Er öffnete eine Dose, und Alkoholgeruch stieg Emilia in die Nase. «Ich habe sie leider erst vor ein paar Wochen im Wald gesammelt, deshalb lässt sich das Ergebnis jetzt noch nicht riechen. Dieses hier schon.» Patel schraubte ein Fläschchen auf und ließ Emilia daran schnuppern.

«Leder», sagte sie, und er nickte.

«Ich habe den Duft aus einem Moos komponiert, das mir im Wald aufgefallen ist, weil es so stark nach Birne riecht, und es mit Datteln und Feigen kombiniert. Verblüffend, dass diese Komposition einen typischen Ledergeruch ausströmt, nicht wahr?»

«Wussten Sie das vorher?»

«Ja, seltsamerweise schon. Wenn man so lange wie ich mit Düften arbeitet, hat man irgendwann im Gefühl, wie sie funktionieren. Vor kurzem habe ich das Lieblingsparfüm einer Bekannten rekonstruiert, das schon seit Jahren nicht mehr hergestellt wird, und gerade arbeite ich daran, den Wunsch einer Kundin zu erfüllen, die sich ihr ganzes Leben lang gewünscht hat, bei der Limettenernte in Mexiko dabei zu sein. Da sie im Rollstuhl sitzt, wird daraus nichts werden. Durch das Parfüm versuche ich, ihr diesen Traum wenigstens ein bisschen zu erfüllen.»

Emilia nahm das Fläschchen, auf dem *Hochglanzmagazin* stand, aus dem Regal und roch daran. «Daraus könnten Sie einen Duft für meinen Vater komponieren. Wir wohnen auf Usedom, und er ist in der ehemaligen DDR aufgewachsen. Er sagt, er sehnt sich manchmal nach den damaligen Intershops zurück. Als Kind haben sie für ihn den typischen Duft des Westens ausgeströmt – nach Tabak, Schokolade, Seife, bedrucktem Papier und den Schallplatten, die immer viel zu schnell ausverkauft waren.»

«Oder sie komponieren es selbst für ihn.» Patel lächelte und zeigte dabei seine weißen, ein wenig schiefen Vorderzähne.

«Ja. Das wäre schön.» Sie lächelte zurück.

Nachdem auch Emilia im *The Moat Tea Room* eine Kleinigkeit gegessen hatte, gingen sie zurück zur Black Griffin Lane und klingelten dort bei allen Nachbarn rund um das ehemalige Turner-Haus. Aber kaum jemand war an einem so schönen Nachmittag wie diesem zu Hause und von denjenigen, die es waren, wusste niemand, wo die Turners jetzt wohnten. Sie mussten wirklich sehr zurückgezogen gelebt haben.

«Und jetzt?», fragte sie, nachdem sie von einem Hipster mit Hornbrille und in hochgekrempelten Chinohosen auch keine Auskunft über die Familie erhalten hatten.

«Jetzt fahren wir zurück und fragen Gitti, wo genau in Cranbrook die Turners früher gewohnt haben», sagte Lizzy. «Dort müssen sie schließlich auch Nachbarn gehabt haben. Vielleicht haben sie ja zu denen noch Kontakt.»

Emilia beneidete ihre Nichte um ihren unveränderten Elan und Optimismus.

Da Gitti sich noch nicht wegen der Adresse gemeldet hatte, gingen sie ins *Peacock Inn*, den Pub, in dem Josh und Lizzy auch gestern schon zu Abend gegessen hatten. Die

Pfauentapete, Pfauenkissen, Pfauenfedern in Vasen und kitschigen Keramikpfauenfiguren auf den Tischen machten dem Namen des Pubs alle Ehre. Auch auf der Schürze der Kellnerin war ein Pfau aufgestickt. Angesichts dieses Overkills wunderte es Emilia, dass kein Pfauensteak auf der Speisekarte des Pubs zu finden war, sondern typisch englische Hausmannskost. Und die war hervorragend. Lizzy und Josh bestellten wieder Burger, Emilia einen Fish Pie, der nicht nur köstlich roch, sondern auch genauso schmeckte. Obwohl ihre Suche bisher nicht erfolgreich gewesen war, hatte Lizzy ausgesprochen gute Laune. Nachdem sie ein bisschen über die gewöhnungsbedürftige Inneneinrichtung des Pubs gelästert hatte, erzählte sie, dass sie nach der Schule unbedingt Inneneinrichterin werden wollte. Emilia war schon öfter aufgefallen, dass sie ein echtes Händchen dafür besaß, Räume hübsch zu dekorieren, und es erwärmte ihr das Herz, Lizzys Begeisterung zu sehen.

Mit dem Hauch eines schlechten Gewissens wurde ihr bewusst, dass sie trotz aller Sorgen in diesem Moment glücklich war. Nirgendwo wäre sie im Moment lieber gewesen als in diesem hässlichen Pub. Mit einer Lizzy, die regelrecht fröhlich und gelöst wirkte.

Und Josh. Er saß so dicht neben ihr, dass ihre Ellbogen sich hin und wieder berührten. Verstohlen schaute sie zu ihm hinüber. Er hielt seinen Burger in beiden Händen und biss herzhaft hinein. Braunrote Sauce rann ihm über das Kinn. Er tupfte sie mit der Serviette weg und faltete diese danach ordentlich zusammen.

Emilia lächelte unwillkürlich. Sie hatte gewusst, dass

er die Serviette nicht einfach achtlos zusammenknüllen würde, so wie sie es an seiner Stelle getan hätte. Auch wenn er sie, abgesehen von dem Abend auf der Seebrücke, nie in sein Inneres hatte blicken lassen, kannte sie seine Eigenarten so gut. Und hätte sie auch nur den Hauch eines künstlerischen Talents besessen, hätte sie sein Profil mit verbundenen Augen zeichnen können. Seine lakritzfarbenen Augen mit den kurzen, dichten Wimpern, die Nase, deren leicht verschobene Nasenwurzel vermuten ließ, dass er sie irgendwann einmal gebrochen hatte, seine Oberlippe, die eine feine weiße Narbe hatte, das leicht spitze Kinn, die Bartstoppeln auf seinen Wangen ...

Emilia spürte einen Blick auf sich, und als sie den Kopf drehte, sah sie Lizzy, die ihr gegenübersaß und sie grinsend beobachtete.

«Ist mein Mund verschmiert?»

Lizzy schüttelte den Kopf.

«Und wieso grinst du dann so?»

«Ich grinse doch gar nicht», sagte sie, doch ihr Grinsen wurde nur noch breiter.

Erst als sie nach dem Essen zurück zum Orchard Cottage gefahren waren, erfuhr sie den Grund.

«Du stehst auf Josh», sagte Lizzy rundheraus, nachdem sie beide im Bad gewesen waren und nebeneinander in dem bequemen Doppelbett lagen.

«Wie kommst du denn darauf?»

«Du hast ihn beim Essen angeschmachtet.»

«Hab ich überhaupt nicht», wehrte Emilia ab und spürte, dass sie rot wurde.

«Doch. Und du machst das ziemlich oft.» Lizzy zuckte mit den Schultern. «Ich kann dich verstehen. Für sein Alter sieht Josh echt gut aus.»

Für sein Alter... Das hörte sich an, als wäre Josh Anfang siebzig! Aber als sie selbst in Lizzys Alter gewesen war, war ihr auch jeder, der die dreißig passiert hatte, steinalt vorgekommen. Obwohl es Emilia peinlich war, dass Lizzy ihre Blicke aufgefallen waren – waren sie wirklich so offensichtlich? –, musste sie schmunzeln. Aber im nächsten Moment wurde sie schlagartig ernst, denn Lizzy sagte: «Josh schmachtet dich übrigens auch an, wenn er denkt, dass du es nicht merkst.» Sie gähnte und drehte sich auf die Seite. «Gute Nacht!»

Am gleichmäßigen Heben und Senken der Bettdecke merkte Emilia schon nach wenigen Minuten, dass ihre Nichte eingeschlummert war. Na super, dachte Emilia aufgewühlt. Erst knallte sie ihr so eine Aussage vor den Latz, und dann schlief sie tief und fest. Dabei hatte sie einige Fragen. *Bist du dir sicher? Wann hat er das deiner Meinung nach getan? Ist dir das erst hier in England aufgefallen oder auch schon früher?* Ihr würden sicher noch einige mehr einfallen.

Aber jetzt musste sie bis morgen früh damit warten. Und bestimmt würde sie die ganze Nacht kein Auge zumachen. Obwohl sie nur ein alkoholfreies Bier getrunken hatte, fühlte sie sich so aufgeputscht, als hätte sie gerade fünf Tassen schwarzen Kaffee in sich hineingeschüttet.

Was war sie nur für ein dummes Huhn, Lizzys pubertärem Geplapper so viel Bedeutung beizumessen! Josh war überhaupt nicht der Typ, der jemanden anschmachtete.

Mit Sophia, seiner letzten Freundin, mit der er immerhin fast fünf Jahre zusammen gewesen war, hatte sie ihn noch nicht einmal Händchen halten sehen!

Ach Mann! Sie fuhr sich mit den Händen über die erhitzten Wangen. Dass sie sich diesen Kerl nicht einfach aus dem Herzen reißen konnte ... Irgendwann musste sie doch über ihn hinwegkommen! Sechzehn verdammte Jahre waren seit diesem Kuss schon vergangen! Und so gut war er nun auch wieder nicht gewesen, dass es sich lohnte, sich noch so viel später nach einem zweiten zu verzehren ...

Als sie nach ihrem Handy griff, um den Flugmodus einzuschalten, sah sie, dass eine Nachricht eingegangen war. Sie stammte von einer Nummer, die sie nicht eingespeichert hatte. Patel hatte ihr geschrieben.

> Sie haben sich bei mir nach den Turners erkundigt. Mir ist etwas eingefallen. Sie können mich heute noch bis halb elf anrufen.

Emilia sog scharf die Luft ein. Damit, dass Patel sich noch einmal melden würde, hatte sie nicht gerechnet. Sie schaute noch einmal auf das Display. Es war erst kurz nach zehn, und Patel war noch wach.

«Wissen Sie, wo Edward hingezogen ist?», fragte sie ihn aufgeregt, als er den Anruf angenommen hatte.

«Ja!» Seine Stimme klang triumphierend. «Ich frage mich, wie ich das nur vergessen konnte ...»

«Und wohin?», fragte sie ungeduldig. Patel sollte sich unterstehen, sie länger auf die Folter zu spannen.

«Er ist nach St. Margaret's at Cliffe gezogen. Das habe ich mir gemerkt, weil Sir Peter Ustinov während des Zweiten Weltkriegs dort stationiert war und anschließend dort ein Haus gekauft hat. Außerdem stammen Miriam Margolyes, Noel Coward und Henry Royce von dort. Unglaublich, diese Anhäufung von Berühmtheiten, nicht wahr? St. Margaret's hat sicher keine tausend Einwohner.»

Außer Sir Peter Ustinov sagten Emilia die Namen alle nichts, und sie waren ihr auch herzlich egal.

«Haben Sie eine Adresse?»

«Nein, aber fragen Sie am besten im Pfarrhaus der katholischen Kirche nach.»

26. Kapitel

KENT, JULI 2003

«Dein Edward will Priester werden», sagte Matt. «Sein Freund ist Gott. Das hat er sogar in das Jahrbuch unseres Jahrgangs geschrieben. Soll ich es holen? Dann kann ich es dir beweisen.»

Clara konnte Matts gehässige Miene kaum ertragen. Am liebsten wäre sie weggelaufen und hätte sich in ihrem Zimmer eingeschlossen. Trotzdem stieß sie tonlos hervor: «Zeig es mir!»

Sie wollte nicht glauben, was Matt ihr gerade erzählt hatte. Doch was blieb ihr übrig? Zwischen einer hübschen Brünetten mit Brille und einem rothaarigen Jungen mit milchweißer Haut und grünen Augen fand sie Edwards Foto. Und während die Brünette Maskenbildnerin werden wollte und der Rotschopf Maschinenbauingenieur, stand unter Edwards Foto klar und deutlich: *Priester*.

Das Wort und Edward lächelndes Porträt verschwammen vor Claras Augen.

«Mach dir nichts draus!», sagte Matt. «Es haben sich schon viele Frauen vor dir in den schönen Edward verguckt und sich Hoffnungen gemacht. Er ist ja so einfühlsam. Aber keine konnte ihn bisher bekehren.»

Clara klappte das Jahrbuch brüsk zu und lief aus dem Zimmer. Edward wollte Priester werden! Obwohl sie es schwarz auf weiß gesehen hatte, konnte sie es nicht glauben. Hatte der Gedanke, dass er schwul sei, sie gerade noch entsetzt, wünschte sie jetzt, dass es so wäre. Oder dass er eine andere Frau lieben würde. Dann könnte sie wenigstens um ihn kämpfen! Aber so ... Mit Gott zu konkurrieren, war noch einmal eine ganz andere Nummer. Sie musste mit Edward sprechen.

Ausgerechnet am nächsten Tag beschloss Lloyd, dass die Nussbäume in der Allee, die den Cottage Garden mit dem Kräutergarten verband, beschnitten werden sollten – und dass dies keine Arbeit für eine zarte Frau wie Clara sei. Sie sollte stattdessen die verwelkten und arg lädierten Blätter der kränkelnden *William Shakespeare* abschneiden, auflesen und verbrennen, damit die Blattkrankheit nicht auf andere Rosen übergriff.

Bis zur Mittagspause um dreizehn Uhr musste sie auf eine Gelegenheit warten, mit Edward zu sprechen. Während die anderen sich wegen des schönen Wetters mit ihrem Lunch auf die Wiese bei der Pflanzenschule verzogen, wartete sie darauf, dass er von seinen Baumschneidearbeiten zurückkam.

«Was ist denn mit dir los? Bist du gegen irgendetwas allergisch?», fragte er besorgt, als er sie sah.

Ihr selbst war beim Blick in den Spiegel am Morgen aufgefallen, dass ihre Augen Ähnlichkeit mit denen des weißen Kaninchens aus *Alice im Wunderland* hatten. Und sie hätte nichts dagegen gehabt, würde es dieses Tier wirklich geben, denn dann hätte sie ihm wie Alice in seinen Bau folgen und in einer Traumwelt verschwinden können. Selbst wenn dort die Gefahr bestand, dass sie geköpft würde. In der Realität war ihr schließlich das Herz aus der Brust gerissen worden, und das war viel schlimmer. Die halbe Nacht hatte sie wach gelegen, so sehr hatte sie Matts Eröffnung erschüttert.

«Nein, ich habe keine Allergien», antwortete sie abwesend auf seine Frage. «Hast du einen Moment Zeit?»

Er nahm seine Lunchbox, und sie verließen Sissinghurst, um zwischen den Feldern spazieren zu gehen, von denen die Anlage umgeben war. Sie wollte nicht, dass irgendjemand Zeuge ihres Gesprächs wurde.

«Ist etwas passiert?», fragte Edward. «Du siehst so anders aus. Nicht nur wegen deiner roten Augen. So ernst. Ich habe deinen schönen Mund heute noch kein einziges Mal lächeln sehen.»

Jetzt reichte es Clara. «Deine dummen Sprüche kannst du dir sparen!», fuhr sie ihn an. Er hatte ihr in den letzten vierundzwanzig Stunden nun wirklich genug falsche Hoffnungen gemacht. «Wieso hast du mir nicht erzählt, dass du Priester werden willst?»

Edwards sonnengebräunter Teint wurde schlagartig blass. «Wer hat es dir erzählt? Matthew, oder?»

Clara nickte. «Wieso hast du mich gestern Nacht in den Weißen Garten gebracht? Und wieso wolltest du unbedingt deine Rose nach mir benennen? Ich ... Ich habe wirklich gedacht, dass du mich magst.» Sie schluckte hart, um den Kloß herunterzuwürgen, der ihr das Sprechen und das Atmen erschwerte.

«Ich mag dich. Ich mag dich wirklich sehr. Ich habe noch nie eine Frau wie dich getroffen. Deshalb habe ich es dir nicht erzählt. Ich ...», nun schluckte auch er, «... ich wollte nicht, dass du mich für einen spleenigen Kerl hältst, der sein Leben nicht in den Griff bekommt und der sich deshalb von der Welt abwendet und Priester werden will. So viele denken das von mir. Weil sie es einfach nicht verstehen können ...» Seine Stimme war leise geworden.

«Ich verstehe es auch nicht», flüsterte Clara.

Während sie durch bunte Wildblumenwiesen spazierten, erzählte Edward ihr, dass seine Familie schon immer sehr religiös gewesen sei. Es wurde vor den Mahlzeiten gebetet, zweimal in der Woche in die Kirche gegangen. «Gott hat schon immer eine große Rolle in meinem Leben gespielt», sagte er, und die Leidenschaft in seiner Stimme ließ sie frösteln. Wegen ihres Vaters war es doch bei ihr ganz ähnlich gewesen, und nie hatte sie auch nur einen Augenblick darüber nachgedacht, sich vom weltlichen Leben abzuwenden und Nonne zu werden!

Edwards Onkel aus Brighton, der ihm den Schlüssel zum Sissinghurst Garden gegeben hatte, war Priester. Er war es auch gewesen, der Edward vor drei Jahren mit nach Rom genommen hatte, zum Weltjugendtag. Edward hatte dort beim Abschlussgottesdienst zwischen all den Jugendlichen aus aller Welt gesessen, und als er das Vaterunser aus so vielen Kehlen in den unterschiedlichsten Sprachen hatte schallen hören, hatte ihn eine so tiefe Ruhe erfasst, dass ihm klar gewesen war, dass er seinen Platz im Leben endlich gefunden hatte.

In den Sommerferien nahm ihn sein Onkel mit nach Kenia auf Mission. «Die Freundlichkeit und die Herzlichkeit der Menschen und vor allem die Fülle an Liebe, die mir dort entgegenschlug, war unglaublich.» Edwards blaue Augen leuchteten. «Vor allem, da sie von Menschen kam, die teilweise überhaupt nichts hatten – außer dieser Liebe.»

Mit jedem Wort, das er sagte, wurde Claras Herz ein wenig schwerer.

«Hast du denn keine Angst, dass dir irgendwann einmal Zweifel kommen und du dich fragst, ob deine Entscheidung richtig gewesen ist?», fragte sie. Die Entscheidung, Priester zu werden, hatte eine ganz andere Tragweite als die Entscheidung für jeden anderen Beruf. Wenn Edward die Priesterweihe empfing, legte er sich fest. Auf ein Leben für Gott und die Kirche. Auf ein Leben ohne Frau und Kinder. Ohne Sex.

«Natürlich werde ich irgendwann einmal zweifeln. Ich zweifele jetzt schon ständig. Und das ist auch gut so. Denn Glaube ohne Zweifel ist gefährlich, sagt mein Onkel. Bevor ich den Schlüssel bei ihm abgeholt habe, habe ich mich lange mit ihm unterhalten. Man muss Fragen stellen.»

Claras Schultern sackten herab. «Dann steht dein Entschluss also fest?», fragte sie mutlos.

«Ja, er steht fest», sagte Edward. Er senkte die Lider, und seine Stimme wurde leiser. «Aber das heißt nicht, dass ich mir nicht wünsche, mehr als nur ein Leben zu haben. Oder dass die Umstände anders wären.»

Clara nickte. Das wünschte sie sich auch.

Nach der Mittagspause musste Edward sich wieder dem Schnitt der Nussbäume widmen. Clara sollte die Wege rund um das Cottage im Garten des Sonnenuntergangs von Unkraut befreien. Ihr Entschluss stand fest: Sie würde nach Hause fliegen. Sobald Lloyd und sie Feierabend machten, würde sie es ihm mitteilen und den nächsten Flug zurück nach Berlin buchen. Natürlich würde diese Entscheidung unangenehme Fragen nach sich ziehen. Von Gitti und Lloyd und natürlich auch von ihrer Familie. Aber das war Clara egal. Hier hielt sie nichts mehr, und sie würde es nicht ertragen, Edward jeden Tag sehen zu müssen, in der sicheren Gewissheit, dass er und sie niemals zusammenkommen konnten, dass sie niemals seine Lippen auf ihren, seine Hände auf ihrer Haut spüren würde. Ihre Augen waren verweint, ihr Herz so schwer vor Traurigkeit, dass sie jeden seiner Schläge schmerzhaft in ihrem Brustkorb spürte.

Doch als sie zwei Stunden später mit ihrer Arbeit fertig war und nicht mehr nur das Herz, sondern auch der Rücken wehtat, fiel ihr Blick auf die *Madame Alfred Carrière*, die sich über Königskerzen, Mädchenaugen, Dahlien und Chrysanthemen an der Backsteinfassade des Cottages hochrankte und sie durch ihre Blütenfülle fast ganz verbarg. Vita und Harold hatten die weiße Kletterrose an dem Tag, an dem sie Sissinghurst kauften, eingepflanzt. Das war der 6. Mai 1930 gewesen – vor über siebzig Jahren. So lange stand die Rose schon da, hatte alles Mögliche überstanden, sogar den Zweiten Weltkrieg. Sie würde auch weiterhin alles überstehen. Und wenn die Rose das konnte, dann konnte sie das auch.

Clara wischte sich die Tränen aus den Augen. Zu Hause hatte sie noch viel mehr Zeit, sich in Selbstmitleid zu suhlen, als hier. Sie würde bleiben.

So robust wie die Rose war Clara jedoch leider nicht. Es tat weh, Edward jeden Tag zu sehen, dicht neben ihm zu arbeiten und zu wissen, dass mehr als nur Freundschaft nie zwischen ihnen sein konnte. Denn Edward hatte eine Entscheidung getroffen. Eine Entscheidung für Gott. Und gegen sie.

Als sie bei einem ihrer einsamen abendlichen Spaziergänge rund um Goudhurst wieder einmal an der Church of the Sacred Heart vorbeikam, einer kleinen Kirche aus Naturstein, deren Dach fast vollkommen mit Moos und Flechten bedeckt war, und das Eingangsportal offen stand, ging sie hinein. Sie setzte sich in die erste Bank und schaute über den Altar hinweg auf das große Jesuskreuz, das dahinter an der Wand hing, flankiert von opulenten Blumengestecken. Wie konnte Edward ihr Gott vorziehen? Eine unsichtbare Macht, von der er niemals zu hundert Prozent sicher sein könnte, dass es sie wirklich gab? Wie konnte ihm sein Glaube nur menschliche Nähe ersetzen: echte Gespräche, körperliche Nähe, Sex ... Das war doch krank! Am liebsten hätte sie das Kreuz heruntergerissen und mit all ihrer Kraft auf den Steinboden geschlagen, so gedemütigt fühlte sie sich in diesem Moment.

Zurück im Cottage fragte sie den verwunderten Lloyd, ob er Edwards Adresse wusste, und als er es bejahte, bat sie ihn, ihr seinen Wagen zu leihen. Es wunderte Clara, dass er nichts dagegen hatte, und noch mehr, dass sie es schaffte, unfallfrei nach Cranbrook zu kommen. Schließlich war sie noch nie links gefahren.

Edward und seine Familie lebten in einem der nahezu identisch aussehenden Reihenhäuschen im Osten der Kleinstadt, gleich neben einem großen Park.

«Er ist nicht da», teilte ihr seine Mutter mit, die auf Claras Klingeln hin die Tür öffnete. Ebenso wie Edward war sie groß, schlank und blond, aber ihre Augen waren nicht blau, sondern von einem tiefen, warmen Braun.

«Hat er gesagt, wann er zurückkommt?»

«Elf wird es sicherlich werden. Er ist im Gemeindezentrum und hilft dort bei der Essensausgabe.»

Das katholische Gemeindezentrum war ein moderner, rechteckiger Bau, der noch nicht allzu alt sein konnte und fast ganz aus Glas bestand. Clara kam sich wie eine Stalkerin vor, als sie hinter ihrem Auto hervorlugte und in das beleuchtete Innere schaute. An drei langen Tischreihen, die sich durch den gesamten Raum zogen, saßen Männer, Frauen und Kinder aller Altersstufen. Sie aßen mit sichtlichem Genuss einen Eintopf, vor ihnen standen Teller mit Butter und Körbe voller Brot. Es war Edward, der sie auffüllte, wenn sie leer waren. Er schob einen Servierwagen vor sich her und hatte eine Zange in der Hand, mit der er die Scheiben packte und in die Körbe legte oder gleich auf die Teller. Dabei nahm er sich Zeit. Er blieb bei einer blassen Frau stehen, deren braune Haare so dünn waren, dass man die Kopfhaut durchschimmern sah, er strich einem rotznasigen Kind über den Kopf, das ihn von unten breit angrinste und stolz auf seine Zahnlücke zeigte, lachte über etwas, was ihm ein junger Kerl mit Segelohren erzählte, der ein schmutziges Chelsea-Trikot trug. Bei einer älteren Frau blieb er besonders lange stehen. Vielleicht hatte sie Parkinson oder sonst eine Krankheit, denn sie wurde von dem Mann neben ihr gefüttert. Sie hielt Edward ihre zitternde Hand hin, und er ergriff sie und hielt sie fest. In seinen Augen lag ein Leuchten, das Clara in dieser Intensität noch nie bei ihm gesehen hatte. Noch nicht einmal an dem Abend im Weißen Garten. Sie schluckte, und auf einmal fühlte sie sich unendlich leer. Obwohl sie es bereits geahnt hatte, wusste sie es nun ganz sicher: Edwards Wunsch, Priester zu werden, war nicht nur eine vorübergehende Laune, sondern tiefer Überzeugung entsprungen – und dem Gefühl, mit dem, was er tat, wirklich etwas bewirken zu können.

Das letzte Fünkchen Hoffnung, das noch in ihr geglommen hatte, erlosch.

In den drei Wochen, die Clara noch in England verbrachte, verbot sie sich jeden Gedanken daran, was zwischen Edward und ihr hätte sein können, und sie arbeitete weiterhin mit ihm zusammen.

«Schick mir ein Foto, wenn sie im nächsten Jahr größer ist und mehr Blüten hat», bat sie ihn, als sie der *Beauty of Claire* an ihrem letzten Tag auf Sissinghurst einen letzten Besuch abstattete. Sie wandte sich ab und steckte ihre Nase in die perfekt geformten Blüten der Rose, um ihren Duft noch einmal ganz tief in sich einzusaugen, aber auch, damit Edward die Tränen in ihren Augen nicht sah.

Doch er hatte sie längst bemerkt. «Das werde ich. Komm

mal her!» Er fasste sie sanft an den Schultern, drehte sie zu sich herum und nahm sie in den Arm.

«Darfst du das überhaupt?», fragte sie gegen seine Halsbeuge, und nun war es sein Duft, den sie sich verzweifelt versuchte einzuprägen, ihn zu konservieren, um ihn später immer wieder herausholen zu können. Diesen Moment würde sie gerne immer wieder erleben können. Zum ersten Mal konnte Clara den Wunsch ihrer Schwester, Parfüms zu kreieren, aus vollem Herzen nachempfinden.

«Natürlich darf ich das!» Sie konnte das Lächeln in seiner Stimme hören.

Sie umarmte ihn noch einmal fester, bevor sie sich, blind von Tränen, abrupt von ihm löste. «Ich muss jetzt los! Lloyd wartet schon im Lieferwagen auf mich.» Sie lief davon, durchquerte den ganzen Rosengarten, und erst am Torbogen der Eibenhecke hielt sie kurz an, um sich noch ein allerletztes Mal nach ihm umzudrehen. Edward stand noch immer neben der *Claire*, und für einen viel zu kurzen Moment erlaubte Clara sich, ihren Blick noch einmal in seinen Augen ertrinken zu lassen.

Auch wenn sie ihn niemals bekommen konnte, ihm niemals würde nahe sein dürfen, änderte sich nichts an ihrer Gewissheit: Nie wieder würde sie einen Mann so sehr lieben können wie ihn.

27. Kapitel

Emilia verabschiedete sich von Patel und saß mehrere Minuten reglos da. Dann ließ sie das Handy achtlos auf die Matratze fallen. Sie schlug die Bettdecke zurück, schlich sich aus dem Zimmer und lief den Gang entlang. Der weiche, rosafarbene Teppich, mit dem er ausgelegt war, dämpfte ihre Schritte.

«Wer ist da?», fragte Josh, als sie fest an seine Zimmertür klopfte.

«Ich bin es, Emilia. Keine Angst, es ist nichts mit Clara!»

«Moment!»

Josh trug nur ein T-Shirt und Boxershorts, als er ihr die Tür öffnete, und seine Haare waren ganz zerzaust. Das Zimmer hinter lag im gedämpften Schein seiner Nachttischlampe. «Was ist los?», fragte er verschlafen.

«Tut mir leid, dass ich dich geweckt habe. Aber ich muss dir unbedingt etwas sagen. Patel hat sich bei mir gemeldet!» Da er keine Anstalten machte, zur Seite zu treten, fragte sie: «Kann ich reinkommen? Sonst wecke ich noch alle im Haus.»

Josh trat zurück und ließ sie herein. «Was hat er gesagt?»

«Ihm ist wieder eingefallen, wo Edward und seine

Mutter hingezogen sind. Der Ort heißt St. Margaret's at Cliffe.» Emilia setzte sich auf den Rand seines Betts. Sie fühlte sich ganz schwindelig. «Aber deswegen habe ich dich nicht geweckt. Ich weiß jetzt, was es mit diesem Edward auf sich hat! Er ist kein Serienkiller, sondern ein katholischer Priester. Deshalb hat Clara so ein Geheimnis darum gemacht, wer Lizzys Vater ist.»

Josh starrte sie an. «Wow! Damit habe ich nicht gerechnet.» Er hob die Hand und rieb sich den Nacken. «Bist du dir sicher?»

«Warum sollte Patel mich anlügen? Außerdem macht jetzt alles Sinn.»

«Für mich nicht», sagte er verständnislos.

«Klar, für dich nicht», erwiderte Emilia und verdrehte die Augen. «Deine Mutter hat deine Geschwister und dich ja nicht mal taufen lassen. Aber Papa ist katholischer als der Papst. Selbst als die Mauer noch stand, ist er jeden Sonntag in die Kirche gegangen, obwohl er sich damit zum Staatsfeind machte. Es wäre für ihn der absolute Super-GAU gewesen, wenn er erfahren hätte, dass seine ältere Tochter sich mit einem Priester eingelassen hat! Und ich nehme an, meine Mutter hätte auch nicht laut hurra geschrien. Stell dir doch nur das Gerede der Leute vor: *Die Clara von den Jungs hat sich von einem Pfaffen schwängern lassen.*»

«Du hast ja recht.» Josh setzte sich neben sie. «Ich ... Ich muss das nur erst mal sacken lassen.»

«Ich auch. Die Arme!» Emilias Herz war erfüllt von Mitleid. Sie mochte sich gar nicht vorstellen, was Clara damals in England alles durchgemacht hatte! Und auch danach ... «Sicher wollte sie vor allem Lizzy das Gerede ersparen.

Das Kind von einem Priester zu sein, das ist nichts, womit man hausieren geht.»

«Du hättest es aber nicht verschwiegen, wenn es dir passiert wäre. Oder?»

Emilia ließ sich Zeit mit ihrer Antwort. «Nein. Ich weiß aber auch nicht, ob ich Lizzy unter diesen Umständen bekommen hätte. Und wenn ich sie bekommen hätte, dann hätte ich sie mir wahrscheinlich geschnappt und wäre mit ihr irgendwohin gezogen, wo niemand mich kennt. Aber ich fühle mich auch nicht so auf der Insel verwurzelt wie Clara.»

Josh betrachtete sie einen Moment nachdenklich. «Und du bist ehrlicher und offener als sie», sagte er. «Ich kann mich an keine einzige Gelegenheit erinnern, bei der ich dich bei einer Lüge ertappt hätte.»

Emilia senkte die Augen. Dass er sie nie bei einer Lüge ertappt hatte, bedeutete nicht, dass sie nie gelogen hatte ... «Du hörst dich so enttäuscht an», sagte sie. «Kannst du Clara denn nicht wenigstens ein klein wenig verstehen?»

«Klar. Aber ... zumindest dir oder mir hätte sie die Wahrheit sagen können.»

«Nicht, wenn sie zu hundert Prozent sicher sein wollte, dass ihr Geheimnis niemals herauskommt.» Emilia zog ein Bein an, um es etwas bequemer zu haben und nicht steif wie eine Klosterschülerin neben Josh zu sitzen.

«Alles kommt irgendwann einmal heraus», sagte er. «Die Wahrheit geht zwar manchmal unter, aber sie ertrinkt nicht.»

«Welcher weise Mensch sagt denn das?»

«Ein ungarisches Sprichwort.»

Wahrscheinlich hatte Josh – oder das Sprichwort – recht. So viele Wahrheiten waren in ihrer Familie in der letzten Zeit ans Tageslicht gekommen, obwohl sie hätten im Dunkeln bleiben sollen: die finanzielle Situation der Gärtnerei, die Ehekrise ihrer Eltern, das letzte Gespräch zwischen Lizzy und Clara... Und nun das Verhältnis ihrer Schwester zu einem Priester. Nur ihre eigene Wahrheit hatte sie den Menschen, die sie am allermeisten liebte, viel zu lange vorenthalten. Es war Zeit, sie aus dem Wasser zu holen.

«Ich bin durch die Abschlussprüfung gefallen», stieß sie hervor, und zum zweiten Mal an diesem Abend schaute Josh sie völlig entgeistert an. «Zwei Mal sogar», schob sie nach, bevor sie ihr Geständnis bedauern konnte. «Einen dritten Versuch bekommt man nicht. Und er hätte auch kein anderes Ergebnis. Meine Nase ist in Ordnung, aber mein Duftgedächtnis ist nicht gut genug.» Emilia schluckte, denn es tat immer noch weh, es auszusprechen. Dabei hatte alles so gut angefangen...

Schon nach ihrem ersten Ausbildungsjahr an der *Ecole de Givaudan* hatte sie mühelos an die sechshundert Düfte auseinanderhalten können. Aber schon, als es im zweiten darum gegangen war, aus mehreren Rohstoffen sogenannte Akkorde zusammenzustellen, war sie an ihre Grenzen gekommen. Um einen Tomatenduft zu reproduzieren, musste man bis zu zweihundert unterschiedliche Moleküle in bestimmten Proportionen zusammenmischen. Der Duft einer Rose bestand aus vierhundert verschiedenen Komponenten. Doch Emilia hatte es im Gegensatz zu vielen ihrer Kommilitonen einfach nicht geschafft, sich an so viele verschiedene Zutaten zu erinnern. Die Zwischenprüfung hatte sie noch irgendwie geschafft. Danach war Schluss gewesen, und ihr großer Traum war ausgeträumt.

«Du siehst, ich bin in dieser Hinsicht nicht die Heilige, für die du mich anscheinend hältst. Und im Gegensatz zu Claras Heimlichkeiten war meine Lüge nicht selbstlos. – Es tut mir so leid, dass ich euch alle angelogen habe.»

«Wieso hast du das getan?», fragte Josh leise.

«Weil ich mich furchtbar geschämt habe.» Sie knetete ihre Hände. «Seit ich zwölf bin, habe ich davon geträumt, eines Tages mal ein eigenes Parfüm auf den Markt zu bringen, und es hat eigentlich nie jemand so recht daran geglaubt, dass ich das wirklich schaffen würde. Und weißt du was? Ich konnte ihnen nicht einmal einen Vorwurf machen!» Emilia lachte auf. «Ich war schließlich nicht besonders gut in der Schule, hab ständig irgendeinen Unsinn angestellt. Aber dann habe ich es allen gezeigt! Ich habe mein Abi bestanden – wenn auch ein Jahr später. Ich habe die Lehre in der Drogerie durchgezogen, weil das für Papa die Bedingung war, mich nach Paris gehen zu lassen. Und ich habe dort die Aufnahmeprüfung geschafft. Aber dann?» Emilia schluckte. «Letztendlich bin ich schon wieder gescheitert.»

«Du bist nicht gescheitert. Es war schon eine riesige Leistung, dort angenommen zu werden. Wie viele Studenten bestehen noch mal jedes Jahr die Aufnahmeprüfung?»

«Drei bis vier von ein paar hundert Bewerbern.»

«Und wie viele davon arbeiten am Ende auch in diesem Beruf?» Josh senkte den Kopf und betrachtete das Karomuster seiner Boxershorts. «Ich finde auf jeden Fall, dass du ganz schön weit gekommen bist. Und dass du stolz darauf sein kannst, was du erreicht hast.»

Emilia musste schlucken. «Das nutzt mir nur leider nichts. Was soll ich denn jetzt machen? Ich habe alles auf eine Karte gesetzt und verloren. Mein ganzes Leben ist ruiniert.»

Josh lachte leise auf, aber es klang nicht fröhlich. «Das glaube ich nicht. Das Leben ist nämlich verdammt widerstandsfähig. Es wird weitergehen. Das tut es immer.» Sprach er aus eigener Erfahrung? Emilia suchte seinen Blick, doch er wich ihr aus.

«Weißt du, ich liebe Clara, ...», fuhr sie fort, «aber ...» Sie zögerte. Sollte sie es wirklich aussprechen? «... es ist nicht leicht, mit jemandem wie ihr aufzuwachsen und ständig verglichen zu werden. Clara ist wunderschön, klug, liebenswert. Sie hat nie irgendwelchen Blödsinn gemacht, hatte in der Schule immer super Noten. Sogar in Sport, Kunst und Musik war sie gut.» Das Brennen in ihrer Kehle verstärkte sich, und sie senkte den Blick. «Ich wollte nur ein einziges Mal auch etwas Besonderes sein.»

Eine Hand legte sich auf ihre, und sie zuckte zusammen. «Für mich bist du es.»

Hatte Josh das wirklich gerade gesagt? Ja! Seine dunklen Augen waren auf sie gerichtet, und er sah sie mit einem Blick an, der so intensiv war, dass ihr ganz schwindelig wurde. Sechzehn Jahre war er es her, dass er sie das letzte Mal so angeschaut hatte! Hatte Lizzy vielleicht doch recht gehabt mit dem, was sie ihr vor dem Einschlafen erzählt hatte? Konnte es wirklich sein, dass Josh etwas für sie empfand? In diesem Moment war sie bereit, es zu glauben. Instinktiv hielt Emilia den Atem an, öffnete ihre Lippen ... Und wie sechzehn Jahre zuvor näherte sich Joshs Gesicht ihrem. Langsam, fragend ... Aber sie hatte lange genug gewartet.

Entschlossen schlang Emilia die Arme um seinen Nacken, sie presste ihren Oberkörper an seinen, und als seine Lippen endlich die ihren berührten, seine Zunge ihre Lippen teilte, stieß sie ein Seufzen aus. Er schmeckte so gut! Emilia drängte sich gegen Josh, ließ ihre Hände über seinen muskulösen Rücken gleiten, unter sein Shirt, und als ihre Fingerspitzen seine warme Haut berührten, stöhnte er leise auf. Oder war sie es gewesen, die diesen Laut gemacht hatte? Sie konnte es nicht sagen, denn jetzt drückte Josh sie sanft auf das Bett. Dieses Mal würde er keinen Rückzieher machen, da war sie sich sicher. Emilia küsste Josh noch heftiger. Und wenn sie es irgendwie verhindern konnte, würde es dieses Mal auch nicht bei einem Kuss bleiben.

28. Kapitel

Für Emilia duftete Geborgenheit wie frische Bettwäsche, ein perfekter Morgen wie Toast, Kaffee und ganz viele Möglichkeiten – und Liebe wie Josh. Und haargenau diese Mischung hatte sie in der Nase, als sie die Augen aufschlug.

Josh lag neben ihr auf dem Bauch, das rechte Bein angewinkelt, und schlief noch. Seine gebräunte Haut hob sich deutlich vom Weiß der Bettlaken ab. Emilia stützte ihr Gesicht in die Hand und schaute auf sein entspanntes Gesicht hinunter, beobachtete, wie sein Brustkorb sich ruhig hob und senkte, verlor sich in dem regelmäßigen Geräusch seiner Atemzüge. Nur noch ein paar Minuten, sagte sie sich. Dann würde sie aufstehen.

Glücklich kuschelte Emilia sich an ihn und atmete seinen köstlichen, unverwechselbaren Duft ein. In den Stunden auf der Ecole de Givaudan, als sie im Labor frei experimentieren durften, hatte sie versucht, diesen Duft zu rekonstruieren. Aber es hatte nicht geklappt. So lange war es her, dass sie ihn das erste Mal wahrgenommen hatte, an jenem schwülen Tag im Juni. Flüchtig wie ein Traum war er gewesen, den man nach dem Aufwachen nicht festhalten kann, egal wie sehr man es versucht, und der trotzdem noch lange nachwirkt.

Vielleicht sollte sie es jetzt noch einmal versuchen, dachte Emilia versonnen. Jetzt, wo sie dank Patel wusste, dass man bei der Parfümherstellung nicht nur mit Rohstoffen arbeiten konnte, sondern auch mit allen anderen Materialien. Der verrückte Kerl hatte wirklich Hochglanzzeitschriften eingelegt!

Emilia spürte, wie ein Lächeln über ihr Gesicht huschte. Aus welchen Stoffen man wohl den typischen Sommerwindduft herstellen konnte, nach dem Josh selbst im Winter roch? Sie vergrub ihre Nase in seiner Halsbeuge. Sie hatte es mit leichter Vanille, frischer Zitrone und warmem Amber versucht. Vielleicht sollte sie mit Moschus und Moos noch eine herbere Note hineinbringen? Und mit Bergamotte auch ein bisschen mehr Würze. Außerdem konnte sie ein Stück Lakritz einlegen. Weil diese salzige Süßigkeit die gleiche Farbe hatte wie seine Augen. Und weil Josh sie so gerne aß.

Er bewegte sich leicht neben ihr. «Sag mal, schnüffelst du an mir?», murmelte er verschlafen.

Verlegen senkte sie die Lider. «Tut mir leid, dass ich dich geweckt habe. Schlaf weiter!»

Josh drehte sich auf den Rücken. «Das geht nicht. Jetzt bin ich schon wach.» Er zog sie so an sich, dass sie mit dem Kopf auf seiner Schulter zum Liegen kam. «Ich weiß nämlich nicht, ob mir das bei jemandem gefällt, der eine so gute Nase hat wie du. Vielleicht rieche ich nach Schweiß.»

«Ein bisschen, aber das finde ich sehr verführerisch.»

Emilia ließ ihre Hand von seinem Brustkorb nach unten gleiten, über seinen Bauchnabel, und ließ sie dem schmalen Pfad seines dunklen Haarflaums folgen. «Schade, dass ich jetzt vernünftig sein muss», sagte sie und zog ihre Hand wieder zurück. «Ich gehe jetzt besser rüber. Nicht, dass Lizzy sich fragt, wo ich bleibe.»

Josh nahm ihre Hand und verschränkte seine Finger mit ihren. «Die Möglichkeiten sind äußerst begrenzt, würde ich sagen.» Sie hörte das Lächeln in seiner Stimme.

«Ich weiß, und genau deshalb muss ich zusehen, dass ich wieder im Zimmer bin, bevor sie aufwacht. Zum Glück ist das Kind so eine Langschläferin.» Emilia befreite ihre Hand aus der von Josh, küsste ihn noch einmal lange und schwang sich dann voller Bedauern aus dem Bett.

Lizzy schlief nicht mehr. Sie war sogar schon im Bad.

«Oh! Du bist schon wach!», entfuhr es Emilia wenig geistreich. «Wie lange denn schon?»

«Lange genug, um zwei Folgen *Lucifer* auf dem Handy zu schauen.» Lizzy fasste ihre langen blonden Haare am Oberkopf zu einem schlampigen Dutt zusammen. «Und um zu merken, dass du nicht neben mir liegst.» Lizzy grinste verschmitzt.

«Tut mir leid, ich hätte dir Bescheid sagen sollen. Hast du dir Sorgen gemacht?»

«Nein, ich wusste ja, wo ich dich finde.» Ihr Grinsen verstärkte sich.

Emilia schaffte es nicht, dem Blick ihrer Nichte standzuhalten. Ihr Kopf fühlte sich ganz heiß an vor Verlegenheit. «Äh... ach so...», stotterte sie.

«Du musst nichts sagen.» Lizzy fing an, sich vor dem Spiegel die Wimpern zu tuschen. «Ich habe alle Folgen von *Sex Education* gesehen. Wahrscheinlich bin ich besser aufgeklärt als du.»

Emilia lachte laut auf. War sie mit dreizehn auch schon so abgebrüht gewesen? Sie konnte es sich nicht vorstellen.

«Gut, dann wäre das geklärt.» Jetzt grinste auch sie. «Aber was die *Sex Education* angeht: Besser aufgeklärt bist du nicht. Ich habe die Serie nämlich auch angeschaut.»

Sie lächelten sich im Spiegel an.

«Danke, dass du mich mitgenommen hast, um die Rose zu suchen», sagte Lizzy auf einmal. «Ich habe immer noch Angst um Mama, aber so muss ich wenigstens nicht die ganze Zeit rumsitzen und darauf zu warten, dass sie aufwacht.»

Emilia nickte nachdenklich. Gestern Nacht hatten Josh und sie eigentlich beschlossen, dass sie allein nach St. Margaret's at Cliffe fahren würde, um mit Turner zu sprechen. Jetzt aber brachte sie es plötzlich nicht mehr übers Herz, Lizzy nicht mit einzubeziehen.

«Apropos Rose», sagte Emilia deshalb. «Ich habe eine neue Spur.» Sie erzählte Lizzy von dem Gespräch mit Patel. Da ihre Nichte immer noch dachte, dass Claras Englandreise ein paar Jahre vor ihrer Geburt stattgefunden hatte, würde sie hoffentlich keinen Verdacht schöpfen, was Edward anging. Emilia hatte nicht das Recht, mit Lizzy über ihren Vater zu sprechen. Das musste Clara selbst tun.

Lizzy runzelte die Stirn. «Mama hat sich in einen Priester verliebt?»

«In einen angehenden. Damals war er ja noch keiner.»

Lizzy drehte die Wimperntusche zu, und ein Lächeln huschte über ihr Gesicht. «Irgendwie passt das zu ihr, findest du nicht?»

Emilia nickte. «Ja, ein volltätowierter Barkeeper hätte mich mehr überrascht.»

«Oder ein Fitnesstrainer.» Lizzy kicherte. Dann drehte sie sich unvermittelt um und schlang die Arme um Emilia. Inzwischen war sie nicht mehr viel kleiner als sie. «Ich bin froh, dass du aus Paris nach Hause gekommen bist», wisperte Lizzy in ihre Halsbeuge.

«Ich auch», sagte Emilia, völlig überrumpelt angesichts dieser unerwarteten Zuneigungsbekundung. Sie drückte Lizzy kurz an sich und löste sich dann aus ihrer Umarmung. «Und jetzt verschwinde aus dem Bad! Sonst kommen wir heute nicht mehr nach St. Margaret's.» Sie drehte den Kopf weg, damit Lizzy nicht sah, dass sich eine Träne in ihren Wimpern verfangen hatte.

St. Margaret's lag oberhalb von schroff aufragenden Klippen, deren schneeweiße Farbe sich scharf vom satten Grün der umliegenden Wiesen und dem Blau des Himmels und des Meeres abzeichnete.

«Das muss es sein.» Josh lenkte den Mietwagen vor ein charmantes kleines Natursteinhaus, das in der Mitte des Ortes gleich neben einer Kirche lag. Es hatte eine leuchtend blau lackierte Tür und Fenster mit weißen Kunststoffrahmen.

Obwohl Lizzy auf dem Weg hierher darauf bestanden hatte, dass sie einen Schlachtplan entwarfen und genau besprachen, was sie zu Edward Turner sagen sollten, war Emilias Kopf auf einmal leer. Aber irgendetwas würde ihr schon einfallen, wenn sie erst einmal vor ihm stand! Wenn er überhaupt zu Hause war... Hoffentlich! Bei der Pechsträhne, die sie in den letzten Tagen gehabt hatte, schien es ihr nicht ausgeschlossen, dass Edward sich gerade auf einer mehrmonatigen Mission in Afrika befand. Emilia stieg aus dem Auto.

Draußen empfing sie ein lauer Wind. Und sie hörte leise Orgelmusik.

«Lasst uns erst mal in die Kirche schauen», sagte sie zu Josh und Lizzy, die vor ihr gingen. «Wenn gerade Gottesdienst ist, wird er sich wohl kaum im Pfarrhaus aufhalten.» Außerdem hatte sie nichts dagegen, sich erst einmal aus der Ferne ein Bild von Edward Turner zu machen.

Über einen schmalen Weg aus rissigen Bodenplatten und unter dem Blätterdach von alten Kastanien hindurch lief Emilia auf die Kirche zu. Sie legte die Hand auf die kühle Eisenklinke der Pforte und zog sie auf. Der Geruch nach Weihrauch und altem Holz stieg ihr in die Nase, und nun erkannte Emilia auch das Lied, das der Organist spielte. Es war *Morning Has Broken* von Cat Stevens. Die deutsche Version des Kirchenlieds hieß *Morgenlicht leuchtet*. Der Zinnowitzer Chor sang es manchmal beim Morgengottesdienst.

Obwohl es ein ganz normaler Wochentag war, saßen überraschend viele Menschen in der Kirche. Es waren überwiegend Frauen, erkannte Emilia, als sie den schweren, bordeauxroten Samtvorhang zur Seite schob. Sie zählte ganze siebenundzwanzig Personen, plus den Priester, der vor dem Altar stand und mit satter Baritonstimme mitsang.

«Ist er das?», flüsterte Lizzy Emilia zu.

«Ja.» Edward Turner war nicht auf Mission in Afrika und auch nicht im Urlaub, sondern hier. Kaum dreißig Meter stand er von ihr entfernt. Ihr Herz fing an zu flattern wie ein aufgeregter Vogel.

«Sollen wir draußen auf ihn warten?», fragte Josh leise.

Emilia schüttelte den Kopf. «Geht ihr ruhig raus. Ich warte hier.» Sie wollte eine Weile hier sitzen und ihn einfach nur ansehen.

So leise wie möglich schlich sie zur letzten Bank. Noch jemand saß darin, eine Frau von vielleicht sechzig Jahren. Ihre knallrot gefärbten Haare offenbarten einen breiten grauen Ansatz. Über der Stirn hatte sie sie zu einer hohen Tolle gekämmt, und sie trug Kleider, die so bunt und verrückt waren wie die von Elton John. Inmitten der ansonsten eher konservativ gekleideten Menschen wirkte sie so exotisch wie ein Clownfisch in einem Schwarm von Forellen. Sie hätte eher auf den Camden Market in London gepasst als in diesen Gottesdienst. Und trotzdem schien er genau das zu sein, was sie gerade brauchte. Die Augen mit dem grünen Lidschatten hielt sie geschlossen, und sie sang inbrünstig mit. Ihr Hände waren gefaltet.

Einen Moment verspürte Emilia einen Anflug von Neid. Obwohl ihr Vater sich redlich bemüht hatte, ihren Glauben an Gott durch Gottesdienstbesuche und Gebete am Tisch und vor dem Schlafengehen zu stärken, hatte sie durch ihr DDR-Erbe nie so recht Zugang zur Religion gefunden. Jetzt wünschte sie sich, es wäre anders. Es musste schön sein zu glauben und in dem sicheren Wissen zu leben, dass im Himmel jemand war, an den man sich mit seinen Nöten und Ängsten wenden konnte, und der seine Hand schützend über einen hielt.

Ihr Blick wanderte nach vorne in den Altarraum. Das war er also: Dieser Mann war Claras große unerfüllte Liebe und der Vater von Lizzy. Sie musste zugeben, dass ihre Schwester einen guten Geschmack hatte. Auf dem Foto in Gittis Album hatte Edward Turner ausgesehen wie ein griechischer Gott. Jetzt, ein paar Jahre später und mit ein paar mehr Falten im Gesicht, gefiel er ihr sogar noch besser. Hätte er kein beigefarbenes Gewand mit einer prächtig bestickten Brustborte getragen, sondern Jeans und T-Shirt, hätte man ihn für ein Model oder einen Filmschauspieler halten können. Kein Wunder, dass der Gottesdienst so gut besucht war! Dieser Mann hatte sicherlich nicht nur bei Clara unzüchtige Gefühle ausgelöst. Emilia gluckste leise und bekam dafür von der Paradiesvogelfrau einen mahnenden Blick zugeworfen.

Den Rest des Gottesdienstes – er dauerte nur noch wenige Minuten – hielt sie die Lippen fest zusammengepresst und die Hände gefaltet, und nachdem Edward seinen Schäfchen den Schlusssegen gegeben hatte, bekreuzigte sie sich schnell und huschte vor allen anderen nach draußen.

Josh und Lizzy warteten dort. Gemeinsam beobachteten sie, wie Edward die Kirche verließ und an der Pforte stehen blieb, um sich von allen Gemeindemitgliedern einzeln zu verabschieden und ein paar Worte mit ihnen zu wechseln.

«Jetzt!», zischte Lizzy, als sich der letzte Gottesdienstbesucher von ihm verabschiedet hatte.

Okay! Emilia holte tief Luft und ging auf den Mann zu.

Sie waren nur noch ein paar Meter von ihm entfernt, als doch noch jemand aus der Kirche kam. Es war Emilias exotische Banknachbarin, an die sie gar nicht mehr gedacht hatte.

«Megan!», begrüßte Edward sie und nahm ihre Hand in seine beiden Hände. «Schön, dass du uns mal wieder besuchen kommst.»

«Ich wollte mal wieder am Grab meiner Mutter nach dem Rechten sehen», sagte sie. «Und bei der Gelegenheit wollte ich etwas mit dir besprechen. Meine Tochter will im nächsten Jahr heiraten, und sie möchte, dass du sie traust.»

Emilia stieß einen leisen, äußerst unchristlichen Fluch aus. Dieses Gespräch war sicher nicht in drei Sätzen abgehakt. Tatsächlich verließen die beiden nicht nur gemeinsam das Kirchengelände, sie verschwanden auch noch gemeinsam im Pfarrhaus.

«Haben die es bald?», murrte Lizzy nach einer Weile, nachdem sie schon eine ganze Weile ungeduldig von einem Fuß auf den anderen getreten war. «Die Tante ist doch jetzt bestimmt schon eine halbe Stunde bei ihm drin.»

«Zehn Minuten!», korrigierte Josh. «Ich habe auf die Uhr geschaut.»

«Ich habe trotzdem keine Lust mehr, länger hier herumzustehen und zu warten. Ich klingele jetzt.»

«Nein, lass das. Es dauert sicher nicht mehr lang», versuchte Emilia ihre Nichte zurückzuhalten, doch Lizzy hörte nicht auf sie und ging schon auf das Pfarrhaus zu.

Emilia blieb nichts anderes übrig, als ihr in den wildromantischen Garten, der das Pfarrhaus umgab, zu folgen. Rittersporn blühte darin, Margeriten, Kornblumen, Dahlien ... und Rosen. Eine üppige, pinkfarbene Kletterrose mit großen, spitzen Stacheln rankte sich an der Fassade bis zum Dach. Sie türmte sich über einer anderen Rose auf, die direkt neben der leuchtend blauen Eingangstür wuchs. Diese Rose war viel zarter als die Kletterrose. Ihre cremefarbenen Blüten hatten die perfekte Rosettenform. Und einen apricotfarbenen Rand. Sie roch würzig, etwas herb, aber gleichzeitig auch süßlich. Ein bisschen wie Myrrhe. Emilia nahm aber auch einen Hauch von Honig wahr und etwas Fruchtiges. Heidelbeere? Was auch immer es war: Diese Rose duftete köstlich.

«Da ist sie», stieß sie mit tonloser Stimme hervor, und ohne darüber nachzudenken, dass Lizzy es sehen konnte, griff sie nach Joshs Hand.

29. Kapitel

«Bist du dir sicher?», fragte Lizzy skeptisch.

Emilia nickte.

«Cool! Wir haben sie wirklich gefunden.» Auf Lizzys Gesicht erschien ein Lächeln, so glücklich, dass sich Emilias Herz zusammenzog. Ja, sie hatten sie gefunden! Aber was würde Lizzy dazu sagen, wenn sie erfuhr, dass der Züchter der Rose ihr Vater war? Es belastete sie, ihrer Nichte gegenüber nicht mit offenen Karten spielen zu dürfen.

Die Tür ging auf, und obwohl Emilia sehnlichst auf diesen Moment gewartet hatte, war sie doch so überrascht, dass sie zurückwich.

«Da schau her. Es warten schon die Nächsten auf dich», sagte die rothaarige Frau zu Edward. «Ich melde mich, wenn ich wegen des Termins mit Sophia gesprochen habe.» Sie nickte ihnen kühl zu und stöckelte den Pfad entlang zur Gartentür.

Der Priester hielt einen schokoladenfarbenen Jagdhund am Halsband, dessen Beine viel zu lang und dessen Pfoten und Kopf viel zu groß für seinen Körper wirkten und der unbedingt nach draußen wollte. Er wedelte wie wild mit seinem dünnen Schwanz.

«Habt ihr Angst vor Hunden?», fragte Edward, und als sie den Kopf schüttelten, ließ er ihn los.

Der Hund rannte auf sie zu, dabei zog er die Lefzen hoch und zeigte seine kleinen weißen Zähne. Es sah aus, als ob er lachte.

«Jack liebt Besuch», erklärte Edward. «Vor allem unsere Postfrau. Er ist davon überzeugt, dass sie jeden Morgen nur deshalb pünktlich um halb zehn kommt, um ihm einen Hundeknochen zu bringen.»

Auch aus der Nähe sah er unglaublich gut aus, fand Emilia. Auch wenn ihr erst jetzt der leicht melancholische Ausdruck in seinen hellen Augen auffiel. Es waren Augen, die schon viel gesehen hatten – wahrscheinlich zu viel.

«Was kann ich für euch tun?», fragte Edward und sah sie aufmerksam an. Dabei fiel sein Blick auch auf Lizzy, die sich gerade noch zu dem Jagdhund herabgebeugt hatte, um ihn zu begrüßen, und er schnappte sichtlich nach Luft. Er öffnete den Mund, als wolle er etwas sagen, und sein gebräunter Teint sah auf einmal ganz blass aus. Er wirkte, als hätte er einen Geist gesehen. Oder eine jüngere Ausgabe der Frau, mit der er vor Jahren in den Gärten von Sissinghurst zusammengearbeitet und mit der er eine folgenschwere Nacht verbracht hatte.

Emilia schloss kurz die Augen. Sie hätte Lizzy nicht mitnehmen sollen! Aber hatte sie damit rechnen können, dass das Mädchen eine solche Wirkung auf ihn hatte?

Lizzy sah ihn mit zusammengezogenen Augenbrauen an. *Was geht denn mit dem ab?*, sagte ihre Miene.

«Können wir einen Moment allein miteinander sprechen?», fragte Emilia Edward. Sie wandte sich an Josh und

Lizzy. «Vielleicht könnt ihr solange mit dem Hund spielen.»

«Ihr könnt auf die Wiese nebenan gehen», sagte Edward. «Jack läuft nicht weg.»

Lizzy sah aus, als ob sie protestieren wollte, aber die Aussicht, mit dem Hund herumzutollen, war wohl doch verlockend. Inzwischen hatte Jack einen Ball angeschleppt, der an einem dicken Seil hing.

Emilia wartete, bis Josh und Lizzy mit dem Hund die Wiese erreicht hatten, dann sagte sie rundheraus: «Du hast meine Schwester gekannt. Clara Jung.»

Edward erstarrte. Dann wanderte sein Blick zu Lizzy. «Ist das Mädchen Claras Tochter?»

«Ja.»

Er nickte, als hätte er keine andere Antwort erwartet. «Wie geht es Clara?

Emilia musste sich zwingen, ihn bei ihrer Antwort anzuschauen. «Sie liegt nach einem Autounfall im künstlichen Koma. Aber die Ärzte sind zuversichtlich, dass sie wieder gesund wird», setzte sie schnell hinzu, als sie sah, wie Edward die Lippen zusammenpresste und noch blasser wurde. «Wenn sie den Unfall nicht gehabt hätte, wäre sie jetzt hier. Sie hatte eine Reise nach Kent gebucht, und bei ihren Sachen habe ich diesen Umschlag gefunden.»

Emilia öffnete mit zittrigen Fingern ihre Tasche. Sie zog das Foto von der Rose heraus und zeigte es Edward.

Edward betrachtete es lange. «Sie hat es die ganze Zeit aufgehoben.» Seine Stimme klang auf einmal erstickt, und seine Augen sahen feucht aus.

«Ist sie das?» Emilia deutete auf die Rose neben der Haustür und ergriff eine der zarten cremefarbenen Blüten.

Edward nickte. «Ich habe sie gezüchtet.»

«Das habe ich mir schon gedacht.» Emilia lächelte ihn an. «*Claire* heißt auf Deutsch *Clara*. Du hast sie nach ihr benannt.»

Wieder nickte er.

«Sie ist wunderschön. Die schönste Rose, die ich jemals gesehen habe. Und ihr Duft ist genauso wie du es auf die Rückseite des Fotos geschrieben hast: berauschend.»

«Ja, das stimmt. Leider blüht sie nur einmal im Jahr. Aber dann mehrere Wochen.» Mit einem zärtlichen Gesichtsausdruck ließ er den Blick über die üppigen Blüten der *Claire* gleiten.

«Und immer, wenn ich ihren Duft rieche, steigen so viele Erinnerungen in mir auf.» Seine Stimme war so sehnsuchtsvoll, dass Emilias Herz sich zusammenzog.

«Das kann ich gut verstehen», sagte sie. «Düfte sind etwas Wunderbares. Der Geruch von warmem Sommerregen auf dem Asphalt, der von frischgesägtem Holz oder frischgemähtem Gras. Meeresluft. Selbst Schnee riecht einfach wunderbar, finde ich.» Sie zögerte kurz, bevor sie nachschob: «Wir haben die Hoffnung, dass Clara vielleicht schneller wieder aufwacht, wenn sie den Duft der *Claire* wahrnimmt. Sie muss ihr viel bedeutet haben. *Du* musst ihr viel bedeutet haben.»

«Sie hat mir auch viel bedeutet.» Er blinzelte. «Entschuldige, ich bin normalerweise nicht so sentimental.»

Edward schaute zu Lizzy hinüber. Der tollpatschige, ungestüme Jagdhund wurde es nicht müde, immer und immer wieder dem Ball hinterherzurennen, den Josh und Lizzy für ihn warfen. «Aber ... Sie sieht genauso aus wie ihre Mutter.

«Ja, das stimmt», gab Emilia zu. «Aber der äußere Schein trügt: Ich kann dir versichern, sie hat es faustdick hinter den Ohren.» Sie versuchte sich an einem Grinsen, doch es gelang ihr nicht. «Ich hoffe, du nimmst mir diese private Frage nicht übel», sagte sie dann ernst. «Aber die Antwort interessiert mich wirklich: Sehnst du dich nicht manchmal nach einer Familie?»

«Die Frage ist tatsächlich privat, aber ich beantworte Sie gerne: Ich habe eine Familie. Meine Mutter lebt bei mir.» Edward hielt Emilias Blick stand, aber das Spiel seiner Kiefermuskeln verriet ihr, dass er nicht so gelassen war, wie er gerne wirken wollte.

«Genügt dir das?», hakte sie nach.

Jetzt senkte Edward den Blick. Er atmete lange ein und mindestens doppelt so lange wieder aus. «Es ist nicht so, dass ich niemals zweifle», sagte er leise. «Ich habe gezweifelt, als ich deine Schwester kennengelernt habe, nach dem Tod meines Bruders, und als ich in Rom einen Katholiken getroffen habe, der bei der Vorstellung, dass Frauen Priester werden könnten, laut gelacht hat. Ich zweifle, wenn ich Menschen treffe, die sich für das allerkleinste Detail der Liturgie interessieren, aber überhaupt nicht für das Leben. Und jedes Mal, wenn ich ein Kind beerdigen muss.» Seine Stimme wurde wieder fester. «Aber das ist nicht schlimm, denn Zweifel gehören zum Glauben dazu. Es ist sogar wichtig, ihn immer wieder zu hinterfragen. Genau wie die Liebe. Nur so kann beides stärker werden.

Und zuletzt beantworte ich dir auch noch eine Frage, von der ich weiß, dass sie dir auf der Zunge brennt – genau wie den meisten Menschen.» Ein belustigtes Lächeln hatte sich auf sein Gesicht geschlichen. «Ja, die Sexualität ist eine bedeutende Kraft, die einem sehr zusetzen kann. Aber als ich vor vielen Jahren zum Priester geweiht wurde, ist eine große Ruhe in mein Leben eingekehrt. Ich habe auf den großen Preis verzichtet, indem ich das Rennen um gute Jobs, schöne Autos und große Häuser erst gar nicht angetreten habe. Es gibt Menschen, die deswegen meinen, ich sei weltfremd. Aber ich denke, dass ich mehr im Leben stehe als viele von ihnen, denn ich sehe es jeden Tag, mit allem, was dazugehört: Tod und Trauer, aber auch Glaube und Hoffnung.»

Ein paar Augenblicke schwieg Emilia, dann sagte sie: «Das hört sich nach einem ziemlich guten Leben an. Auch wenn es für mich nicht das Richtige wäre.» Sie grinste, und er lächelte zurück. Die leise Traurigkeit, die in diesem Lächeln lag, konnte er aber nicht verbergen. Denn er hatte sich nicht nur gegen den Wettbewerb um gute Jobs, gegen schöne Autos und ein großes Haus entschieden, sondern auch gegen seine Liebe zu Clara – und dieser Preis war höher als alle anderen.

«Wollt ihr vielleicht noch einen Moment ins Pfarrhaus kommen und eine Tasse Tee trinken?», fragte Edward. «Wir Engländer sind der Ansicht, dass es nichts gibt, was eine gute Tasse Tee nicht wieder geradebiegen kann.» Er machte eine einladende Handbewegung. «Außerdem hat meine Mutter heute Morgen einen Früchtekuchen gebacken. Und dann müsst ihr mir von Clara erzählen.»

«Gerne.» Emilia rief nach Lizzy und Josh. Gemeinsam betraten sie das Pfarrhaus.

Das Esszimmer, in das Edward sie führte, schloss sich an eine offene Küche an. Wie alles in diesem Haus war es etwas altmodisch eingerichtet, mit schweren Vorhängen und dunklen Möbeln. Lustig fand Emilia eine Wackelkopffigur des Papstes, die auf einer Kommode stand. Sie gab Franziskus einen Stups, und er nickte ihr winkend zu. Es gefiel ihr, dass Edward seinen Glauben auch mit Humor betrachten konnte.

Josh und Emilia nahmen an dem runden Esszimmertisch Platz, Lizzy kniete sich zu dem Jagdhund auf den Boden. Obwohl Emilia überhaupt keinen Appetit hatte, wollte sie Edward nicht vor den Kopf stoßen und zwang sich, ein Stück Früchtekuchen zu essen. Sie erzählten Edward, was Clara in den letzten Jahren gemacht hatte, und er erzählte von seiner Arbeit in der Pfarrei. Dabei wanderte sein Blick immer wieder zu Lizzy, die auf dem Boden den Hund streichelte. Jack hatte seinen Kopf auf ihren Schoß gelegt und die Augen geschlossen. Hin und wieder seufzte er zufrieden.

Als Lizzy merkte, dass Edwards Blick auf ihr ruhte, sagte sie: «Jack ist süß. Mit ihm zusammen ist es bestimmt viel weniger einsam hier im Pfarrhaus.»

«Das stimmt. Mit ihm ist immer was los.» Edward lächelte sie an. «Aber ich war auch vorher nicht einsam. Schließlich wohnt meine Mutter noch bei mir, sie ist nur gerade bei ihrem Handarbeitskränzchen.» Er deutete mit einem Kopfnicken auf die Jesusfigur an der Wand. «Außerdem habe ich ja ihn.»

Emilia hörte die Wärme in seiner Stimme, und wieder einmal wünschte sie sich, auch sie könnte glauben. Es musste schön sein, darauf zu vertrauen, dass es im Himmel jemanden gab, an den man seine Worte richten konnte und von dem man sich beschützt und behütet fühlte.

«Und wer ist das?» Lizzy zeigte auf ein Foto, das auf der Kommode stand. Es zeigte einen Jungen, der nicht älter als achtzehn Jahre sein konnte. Vor dem Foto flackerte eine brennende Kerze.

«Das ist mein jüngerer Bruder. Er ist leider schon vor vielen Jahren gestorben.»

Lizzys Mund formte ein lautloses O. «Was ist passiert?», fragte sie erschrocken.

«Er hat sich umgebracht. Er ist von einer Steilklippe hinuntergesprungen.» Die Wärme war aus seiner Stimme verschwunden und hatte Schmerz Platz gemacht.

Jack schien die Anspannung im Zimmer zu spüren und hob den Kopf. Langsam stand er auf und streckte sich. Dann ging er zur Tür und schaute dabei zu Edward.

«Der Hund ist pünktlich wie ein Uhrwerk», erklärte Edward. «Um diese Zeit drehen wir immer unsere Mittagsrunde.»

«Dann wollen wir dich nicht länger stören.» Josh schob seinen Stuhl zurück.

«Ihr stört nicht», sagte Edward. «Begleitet Jack und mich doch ein Stück. Von dem Klippenpfad, den wir immer entlanggehen, hat man eine phantastische Aussicht.»

Das stimmte, er hatte nicht zu viel versprochen. Trotzdem war Emilia ganz schön mulmig zumute, denn der Pfad schlängelte sich nur wenige Meter vom Abgrund entfernt am Klippenrand entlang, und Lizzy wagte sich ziemlich weit vor.

«Bleib lieber bei uns!», ermahnte Emilia ihre Nichte.

«Ja», sagte Edward. «So weit vorne ist der Untergrund nicht sicher. Jedes Jahr passieren hier Unfälle, weil Touristen so leichtsinnig sind.»

«Du meinst, sie stürzen hinunter?» Lizzy blieb stehen, stellte sich aber auf die Zehenspitzen, um über den Rand zu schauen.

Er nickte. «Komm zurück. Ich lasse nicht einmal Jack so nah an den Klippenrand.»

Nur widerwillig gehorchte Lizzy.

An einer Bank, die hoch über den Klippen thronte, machten sie eine Pause. Josh und Edward, die in ein Gespräch über Joshs Arbeit bei der Polizei vertieft waren, setzen sich. Emilia legte sich neben Lizzy in die bunte Wildblumenwiese. Sie ließ den Blick über die sattgrünen Wiesen, die schneeweißen Klippen und das tiefblaue Meer schweifen. Die Sonne schien warm auf ihr Gesicht, der Wind spielte sanft mit ihren Haaren, und auf einmal war sie ganz erfüllt von Frieden. Emilia atmete tief den Geruch von Salz, Wiesenblumen, Gras und Algen ein und schloss die Augen. Dieses magische Gefühl der Verbundenheit mit der Welt hatte sie nicht oft. Sie spürte, wie ihre Atemzüge tiefer und schwerer wurden. Die leisen Stimmen der Männer, das Brummen der Insekten um sie herum und die gelegentlichen Schreie der Möwen hatten etwas Einschläferndes. Schließlich döste sie weg, und sie schreckte erst hoch, als Lizzy sich neben ihr aufrichtete und sie ansprach: «Glaubst du, dass Edwards Bruder sich von dieser Klippe gestürzt hat?»

«Nein. Gitti hat mir von ihm erzählt. Er hat sich von einer Klippe in der Nähe von Eastbourne gestürzt», antwortete Emilia benommen.

«Ah.» Lizzy nahm ihr Handy heraus, und Emilia dachte schon, dass das Gespräch damit beendet war. Doch nur ein paar Minuten später fragte ihre Nichte: «Ist Eastbourne weit weg?»

«Keine Ahnung, ich glaube aber, es ist schon ein Stück. Wir sind im Osten, Eastbourne liegt im Süden.»

«Schade!» Lizzy verzog das Gesicht.

«Wieso?», fragte Emilia.

«Ich wäre gerne mal zu den Klippen dort gefahren. Ich habe gerade gegoogelt. Mehrere Besucher haben auf den Klippen einen schwarz gekleideten Mönch gesehen. Angeblich verführt er die Leute dazu, von den Klippen zu springen. Und die, die gesprungen sind, spuken auch noch dort herum.» Sie stand auf und trat schon wieder viel zu nah an den Klippenrand.

«Ich wusste gar nicht, dass du so eine Schwäche für Gruselgeschichten hast. Und für Höhe! Hast du denn gar keine Angst, hinunterzufallen?»

Lizzy schüttelte den Kopf und wagte sich sogar noch ein Stück weiter vor. Sie schloss die Augen, und auf ihrem Gesicht lag ein entrückter Ausdruck. Sie stellte sich doch hoffentlich nicht gerade vor, wie es wäre, zu springen? Ein Bild stieg vor Emilias innerem Auge auf. Sie kannte die Verlockung der Höhe...

Nachdem sie durch die Prüfung gefallen war, hatte sie

in Paris eine Zeitlang eine Affäre mit einem Mann gehabt, der auf hohe Gebäude stieg und von dort oben Fotos machte. Einmal hatte er sie mitgenommen. Durch eine Luke im Treppenhaus hatten sie das Dach eines Hochhauses betreten. Emilia hatte nach unten geschaut, und die Fahrzeuge auf den Straßen sahen aus wie Spielzeugautos, die Menschen waren klein wie Ameisen. Alles lag so tief unter ihr, und auf einmal überkam sie der überwältigende Drang, über das überraschend niedrige Geländer zu steigen, das das Hochhausdach umgab, einen Schritt ins Nichts zu tun und alles hinter sich zu lassen.

«Komm jetzt da weg!», sagte sie rüde, und da Lizzy nicht sofort reagierte, sprang sie auf und zog sie zurück.

Sie war erleichtert, als auch Edward und Josh aufstanden, um den Rückweg anzutreten. Jack, der lange genug still vor Edwards Füßen hatte liegen müssen, sprang auf und rannte übermütig einem Schmetterling nach, der ihm aber immer wieder entwischte.

«Wie alt ist er eigentlich?», fragte Lizzy. «Er verhält sich wie ein kleines Kind.»

«Zwei», antwortete Edward. «In Menschenjahren gerechnet wäre er vierzehn.»

«Dann ist er ja sogar ein kleines bisschen älter als ich.» Lizzy lächelte.

«Du bist dreizehn?»

«Fast vierzehn.»

Edward blieb stehen. «Wann hast du Geburtstag?»

«In drei Wochen. Am siebenundzwanzigsten Juli.»

Edward wurde sichtlich blasser. Er wartete, bis Lizzy mit dem Hund ein Stück vorgerannt war, dann sagte er leise zu Josh und Emilia: «Im November vor fünfzehn Jahren ist mein Bruder gestorben, und Clara ist noch einmal zu mir nach England gekommen.»

30. Kapitel

ZINNOWITZ UND KENT,
NOVEMBER 2004

Außer mit Josh sprach Clara mit niemandem über Edward. Sie war nicht der Typ, der gerne über seine Gefühle redete, am liebsten machte sie alles mit sich selbst aus. Was sollte sie auch sagen? *Ich habe mich in einen angehenden Priester verliebt. Er hat auch Gefühle für mich, aber die für Gott sind stärker.* Das klang wie aus einem dieser Heftchenromane, die Joshs Mutter so gerne las. Clara konnte nicht fassen, dass ausgerechnet sie die Hauptrolle in einem solchen Melodram spielte, und sie schämte sich dafür. Deswegen erzählte sie nicht einmal Josh die ganze Wahrheit. Er wusste lediglich, dass sie sich in England in den wundervollsten Mann auf der ganzen Welt verliebt hatte, sie aber nicht zusammenkommen konnten. Weil es jemand anderen gab...

Trotzdem hielten Edward und sie in all den Monaten Kontakt, und wie versprochen schickte er ihr im nächsten Jahr ein Foto der *Beauty of Claire*. Nicht nur, weil sie noch viel schöner geworden war, schossen Clara die Tränen in die Augen, als sie das Foto betrachtete. Es war vor allem der Anblick von Edwards ordentlicher Handschrift, die sie noch nie zuvor gesehen hatte, da sie sich immer nur E-Mails geschrieben hatten.

Ihr Duft ist berauschend.

Wie gerne hätte sie an ihr gerochen! Und wie gerne hätte sie Edwards Duft noch einmal wahrgenommen. Wieso konnten ihre Gefühle für ihn nicht endlich weniger werden? Noch immer musste sie jeden Tag an ihn denken, an den Abend im Weißen Garten. Und immer noch vermisste sie ihn genauso sehr wie am Tag ihrer Abreise. Eine Träne fiel auf die Buchstaben und verwischte die Tinte.

In seinen Mails erzählte Edward ihr von seiner Ausbildung zum Priester, von den Menschen, die ihm begegneten, schönen, traurigen und kuriosen Erlebnissen. Clara erzählte ihm in ihren von ihrer Gärtnerlehre, dem Inselleben, ihrer Familie ... Fast jede Woche schrieben sie sich, und hatte Clara anfangs dabei noch seine Stimme im Ohr, stellte sie nach ein paar Monaten niedergeschlagen fest, dass sie anfing, sie zu vergessen. In all der Zeit hatten sie nie miteinander gesprochen.

Deshalb erschrak Clara, als an einem grauen Novembertag eine englische Nummer auf dem Display ihres Handys stand und nicht Gitti am anderen Ende der Leitung war, sondern Edward.

«Ist etwas passiert?», fragte sie, weil sie sich nicht vorstellen konnte, welchen Grund es sonst geben könnte, weshalb er sie anrief.

Als Antwort erhielt sie nur ein Schluchzen. Ihre Finger

schlossen sich fester um ihr Handy. Es war tatsächlich etwas passiert!

«Er ist tot!», stieß Edward hervor. «Er hat sich umgebracht.»

«Wer?» Claras ganzer Körper wurde stocksteif.

«Mein Bruder.» Edward schluchzte erneut.

Es dauerte lange, bis Clara ihm entlockt hatte, was sich zugetragen hatte. Luis war mit dem Zug nach Eastbourne gefahren, auf den Beachy Head gegangen – eine Landzunge, die nur ein paar Kilometer entfernt von dem Seebad lag – und hatte sich dort den Kreidefelsen hinuntergestürzt.

Claras Knie wurden weich, sie musste sich auf ihr Bett sinken lassen. «Vielleicht war es ein Unfall», sagte sie mit brüchiger Stimme.

«Nein, er hat einen Brief geschrieben ... Wie soll ich das nur ertragen, Clara?» Sein verzweifeltes Weinen schmerzte sie in tiefster Seele, und Clara fasste einen Entschluss.

Ich fliege nach England. Zu Edward. Sein Bruder hat sich umgebracht, schrieb sie Josh, der gerade zu Hause war.

Ihren Eltern erzählte sie, dass sie zu einer Fortbildung aufs Festland musste.

Als sie am Bahnhof ankam, stand Josh dort. «Bist du extra gekommen, um dich von mir zu verabschieden? Ich bin doch in drei Tagen schon wieder zurück», fragte sie ihn erstaunt.

Er schüttelte den Kopf und zog ein Flugticket aus der Innentasche seiner dicken Winterjacke. «Du kannst Edward nicht allein lassen und ich dich nicht.»

Ein paar Augenblicke wusste Clara gar nicht, was sie darauf erwidern sollte. Dann griff sie nach seiner Hand und drückte sie. «Danke!» Sie war so froh, Josh zum Freund zu haben.

«Hey, fang jetzt nicht an zu weinen.» Josh gab ihr einen Stups. «Es ist total egoistisch, dass ich mitkomme, ich wollte schon immer mal nach England. Vor allem zu dieser Jahreszeit...» Er zog eine Grimasse.

Da weder Josh noch sie über besondere Reichtümer verfügten, teilten sie sich das Zimmer in dem Cottage, das Clara im Reisebüro noch schnell zusammen mit dem Flug gebucht hatte. Während ihrer Zeit in Kent war Clara unter der Woche jeden Tag daran vorbeigefahren, denn es lag nicht weit von Sissinghurst Castle entfernt. Miss Featherstone, die Besitzerin des Orchard Cottage, eine neugierig aussehende Frau mit einer randlosen Brille auf der spitzen Nase, war etwas überrascht, als Clara nicht allein erschien. Aber da sie Clara sowieso in einem Doppelzimmer einquartiert hatte, war es kein Problem, Josh darin auch noch Unterkunft zu gewähren.

Das Zimmer war überwiegend in Weiß- und Rosatönen gehalten, und alle Stoffe, sogar der Kopfkissenbezug und die Hängelampe, waren mit Spitzen verziert.

«In diesem Zimmer werde ich mich wie eine echte Prinzessin fühlen.» Josh ließ sich feixend mit dem Rücken aufs Bett fallen, bevor seine Miene wieder ernst wurde: «Du willst sofort zu ihm, oder?»

Clara nickte.

«Soll ich dich hinfahren?» Sie hatten sich in London

Heathrow einen Mietwagen genommen, und Josh hatte seine Links-fahr-Premiere überraschend gut gemeistert.

«Nein, Edward hat mir gerade geschrieben, dass er mich abholt. In fünf Minuten ist er da. Schau dir doch so lange den Sissinghurst Garden an. Du kannst zu Fuß hinüberlaufen, so nah liegt er.»

Clara hatte ein schlechtes Gewissen, ihn so kurz nach ihrer Ankunft schon wieder allein zu lassen, und das merkte Josh und zerstreute ihre Bedenken. «Mach dir um mich keine Gedanken», sagte er. «Ich bin ganz froh, mal ein bisschen allein zu sein.» Mit vier Geschwistern war bei Josh immer was los. Wenn er zu Hause war, musste er sich sein Zimmer mit seinem Bruder teilen, und auch auf der Polizeischule schlief er nicht allein, sondern mit einem anderen Azubi in einem Raum.

Kurz darauf klingelte schon Edward an der Tür des Orchard Cottage, und die Sensationslust stand Miss Featherstone ins Gesicht geschrieben, als sie Clara nachschaute, wie sie mit Edward in dessen kleinen Fiat stieg und davonfuhr.

Unter Miss Featherstones neugierigen Blicken hatte Clara es gar nicht gewagt, sich Edward genauer anzuschauen, und als sie dies jetzt im Wagen nachholte, erschrak sie: Er sah furchtbar aus. Zwei Tage war es her, seit er ihr die Nachricht vom Selbstmord seines Bruders mitgeteilt hatte, und er konnte in dieser Zeit nicht mehr als ein paar Stunden geschlafen haben. Seine Augen wirkten blutunterlaufen, und Ringe, dunkel wie Tinte, lagen darunter. Seine Wangen wirkten eingefallen, der Blick leer. Erst als er an einer Ampel anhielt, ihr den Kopf zuwandte und seine Hand auf ihre legte, meinte sie, ein schwaches Glimmen in seinen Augen zu erkennen.

«Ich bin so froh, dass du da bist», sagte Edward mit einer Stimme, die so brüchig war wie altes Papier.

«Das ist doch selbstverständlich.» Clara verschränkte ihre Finger mit seinen.

«Dass du meinetwegen nach England geflogen bist? Wohl kaum.» Er wandte sich wieder der Straße zu, und an der Bewegung seines Kehlkopfs sah Clara, dass er mehrmals schluckte.

«Wo fahren wir hin?», fragte sie.

«Wenn du nichts dagegen hast, würde ich gerne zum *Beachy Head* fahren.»

Zum *Beachy Head*! Nun musste auch Clara schlucken. Trotzdem sagte sie: «Natürlich habe ich nichts dagegen.» Und sie packte Edwards Hand noch ein wenig fester.

Auch auf dem Weg zum Kreidefelsen hielten sie sich an den Händen. Sie waren in Nebel gehüllt, und bereits als sie auf dem Parkplatz ausstiegen, konnte Clara das wütende Rauschen der Brandung hören, die fast zweihundert Meter tiefer gegen die Klippen schlug. Hier oben wehte ein kräftiger Wind, und sie musste sich ihre Haare zu einem Zopf flechten, damit sie ihr nicht permanent ins Gesicht geweht wurden. Noch mulmiger wurde ihr zumute, als sie sah, dass an einer roten Telefonzelle ein Schild mit der Nummer der *Samaritans* hing, an die sich verzweifelte Menschen rund um die Uhr wenden konnten. Laut Internet patrouillierte auch ein Seelsorgeteam regelmäßig über den Klippenpfad, denn der Beachy Head galt nach der Golden Gate Bridge und dem japanischen Wald Aokigahara als der Ort auf der Welt mit der höchsten Selbstmordrate. Allein in diesem Jahr hatten bereits siebenunddreißig Menschen hier oben den Tod gesucht. Einer von ihnen war Luis gewesen.

Es wunderte Clara, dass die englischen Behörden bei dieser hohen Zahl den Zugang zum Klippenrand nicht mit einer Absperrung versahen. Völlig ungehindert konnte man sich bis zum Rand vorwagen, was einige Touristen ohne jede Angst taten. Dabei würde eine einzige heftige Windböe ausreichen, um sie hinunterwehen.

«Weißt du, wo es passiert ist?», fragte Clara beklommen.

«Oberhalb des Leuchtturms. Dort unten hat man seine Leiche gefunden.» Edward hatte seine Mütze so tief in die Stirn gezogen und sein Kinn so tief im Kragen seiner Jacke verborgen, dass sie den Ausdruck seiner Augen nicht erkennen konnte.

Auch der Leuchtturm wurde vom Nebel verschluckt und war nur noch als schwacher weiß-rot geringelter Schemen in den grauen Schwaden zu erkennen, als Edward und Clara an diesem Teil des Küstenpfads ankamen. Auch Edward wagte sich viel näher an den Rand der Klippen, als es Clara lieb war. Sie bemühte sich, den Blick nicht nach unten zu richten, sondern konzentrierte sich lieber auf Edward. Mit versteinerter Miene starrte er auf die schäumende Gischt. Die Arme hatte er fest um seinen Oberkörper geschlungen, so als würde er befürchten, dass er zerspringen könnte, wenn er seinen Griff auch nur ein klein wenig lockerte. Minutenlang stand er so da. Still und reglos wie eine Statue.

«Wieso tust du dir das an?», fragte Clara irgendwann leise.

Sie sah, wie sich Edwards Brustkorb unter seiner Jacke hob und senkte. «Weil ich mir hier oben Antworten erhofft habe», sagte er.

«Hast du sie bekommen?»

«Nein.» Edwards Augen füllten sich mit Tränen. «Niemand spricht mit mir. Luis nicht. Und Gott auch nicht.» Er schloss für einen Moment die Augen. «Wie konnte Luis das nur tun? Und wie konnte Gott ihn nur gewähren lassen? Wie konnte ich ihn gewähren lassen? Ich wusste, dass er Drogen nahm», brach es aus ihm heraus. «Aber ich konnte ihn nicht retten. Wie kann ich mir anmaßen, andere Menschen retten zu wollen, wenn es mir nicht einmal bei meinem eigenen Bruder gelingt?» Tränen strömten ihm über das Gesicht.

«Ich bin mir sicher, dass du alles getan hast, was in deiner Macht stand.» Die Verzweiflung und die Hoffnungslosigkeit in seiner Stimme stachen wie Dolchspitzen in Claras Herz.

«Nein. Das habe ich nicht.» Eigensinnig schüttelte Edward den Kopf. «Ich wusste, wie labil er ist.»

«Aber was hättest du denn machen sollen? Ihn keine Sekunde allein lassen? Ihn einsperren? Du kannst niemanden retten, der nicht gerettet werden will.»

Edward wandte ihr das Gesicht zu und schaute sie an. Dann riss er sie mit einer Heftigkeit in seine Arme, die sie überraschte. «Lass mich nicht allein!», flüsterte er in ihr Haar, bevor seine Lippen ihre suchten und schließlich auch fanden.

Ich bleibe heute Nacht bei Edward, schrieb Clara später im Auto an Josh.

Weißt du, was du tust?, schrieb er zurück.

Nein, lautete ihre Antwort. *Aber ich tue es trotzdem!* Nur dieses eine Mal wollte sie unvernünftig sein, schwor Clara sich. Nur diese eine Nacht wollte sie Edward halten, küssen und spüren, wie ihre Körper eins wurden. Das musste für den Rest ihres Lebens reichen.

31. Kapitel

«Ja, Lizzy ist deine Tochter», sagte Emilia zu Edward. Alles andere hätte keinen Sinn gehabt.

Josh, der schnell gemerkt hatte, dass hier ein klärendes Gespräch nötig war, war mit Lizzy und dem Hund vorgelaufen. Die drei spielten Fangen, und Lizzy hatte augenscheinlich genauso viel Spaß wie Jack, als sie sich von dem Hund jagen ließ, um ihn dann wieder zu fangen.

«Warum?», fragte Edward leise. «Warum hat sie mir nichts davon gesagt?»

«Ich glaube nicht, dass Clara sich die Entscheidung leicht gemacht hat», sagte Emilia.

«Das glaube ich auch nicht.» Edwards Schritte wirkten auf einmal schwerfälliger, und seine Schultern waren nach vorne gesackt. «Jetzt weiß ich, wieso sie damals den Kontakt von einem Tag auf den anderen komplett abgebrochen hat. Aber es war nicht fair von ihr, mir Lizzy vorzuenthalten. Ich hätte Verantwortung übernommen. Ich hätte mich um sie gekümmert!»

«Darüber war sie sich bestimmt im Klaren», bestätigte sie. «Aber darum ging es nicht. Ich denke, sie wollte dich nicht in einen Gewissenskonflikt bringen. Und sie wollte auch nicht, dass du dich nur aus diesem Pflichtgefühl heraus gegen deine Profession und für sie entscheidest. Und wenn ich dich richtig einschätze, dann hättest du genau das getan.» Sie berührte Edward, der mit gebeugtem Kopf neben ihr herging, am Arm.

«Ja, das hätte ich», antwortete er, und nach einer kleinen Weile setzte er hinzu: «Du hast gesagt, dass Clara vorhatte, nach Kent zu fliegen. Glaubst du, dass sie zu mir wollte?» Es lag etwas Flehendes in seiner Stimme, und zu gern hätte sie ihm eine andere Antwort gegeben, aber die Zeit der Lügen sollte endlich vorbei sein.

«Ich weiß es nicht», sagte sie deshalb wahrheitsgemäß.

Lizzy war genervt, weil sie ohne einen einzigen Rosenzweig von St. Margaret's abfuhren. Am liebsten hätte sie den ganzen Busch ausgebuddelt. Doch Emilia hatte es nicht über sich gebracht, Edward jetzt darum zu bitten. Sie hatte ihm vorgeschlagen, erst einmal alles sacken zu lassen.

«Wir werden morgen noch einmal hinfahren und Edward bitten, uns ein paar Rosenblüten abzuschneiden», sagte sie zu ihrer Nichte. «Dann wissen wir auch, wann wir einen Rückflug bekommen.»

Ihr Telefon klingelte. Eine fremde Nummer stand auf dem Display. Stirnrunzelnd nahm Emilia den Anruf an. «Ja?»

«Hey», hörte sie eine bekannte Stimme. «Hier ist Matt. Meine Mutter hat mir deine Nummer gegeben, ich hoffe, das war in Ordnung.»

«Klar», entgegnete Emilia verblüfft. Mit seinem Anruf hatte sie wirklich nicht gerechnet.

«Ich wollte dich fragen, ob du Lust hast, heute Abend mit mir nach Hastings zu fahren und dort ein bisschen um die Häuser zu ziehen. In einem der Pubs an der Promenade spielt eine echt gute Band.» Er nannte einen Namen, den Emilia nicht kannte.

«Das ist nett von dir, aber ... heute Abend passt es leider nicht.»

«Morgen dann vielleicht? Wie lange seid ihr noch da?»

«Ich weiß es nicht, aber ... ich melde mich, wenn ich weiß, wann wir wieder zurückfliegen. Ich wollte sowieso noch bei deiner Mutter vorbeischauen, um mich zu verabschieden.» Sie warf Josh einen Seitenblick zu. Zwar saß er am Steuer und schaute auf die Straße vor sich, aber an seiner Haltung konnte sie gut erkennen, dass er zuhörte.

«War das dieser Matt?», fragte er auch prompt, nachdem Emilia aufgelegt hatte.

«Ja.» Wieso hatte er gerade jetzt anrufen müssen?

«Was wollte er?»

«Mit mir ausgehen.»

«Ach!» Josh verzog belustigt den Mund. «Der lässt wohl nichts anbrennen. Clara hat er auch immer angebaggert. Sie konnte ihn nicht ausstehen.» Der letzte Satz sollte wohl beiläufig klingen, aber es gelang Josh nicht.

«Kann sein. Aber ich glaube, er hat sich verändert. Gitti hat mir erzählt, dass er nicht so richtig über seine Scheidung hinwegkommt. Seine Ex-Frau ist mit ihrer gemeinsamen Tochter wieder in den Norden gezogen.»

«Wenn du so viel Mitleid mit ihm hast, dann hättest du ihm aber keinen Korb geben dürfen.» Josh grinste spöttisch.

«Doch, das musste ich», sagte Emilia. Sie drehte sich kurz nach hinten, um nachzusehen, ob Lizzy noch immer ihre Kopfhörer auf den Ohren hatte, dann fuhr sie leise fort: «Ich habe heute Abend nämlich leider schon was anderes vor ...» Sie beugte sich zu ihm hinüber und drückte ihm einen Kuss auf die Wange.

Zurück in Goudhurst trafen sie auf Miss Featherstone, die die zahlreichen Blumentöpfe vor ihrem Cottage mit einer grasgrünen Gießkanne wässerte. Sie schien Lust auf ein Schwätzchen zu haben, denn als sie sie bemerkte, stellte sie die Kanne ab und kam auf sie zu.

«Haben Sie einen Ausflug gemacht?», fragte sie.

«Ja», antwortete Emilia schicksalsergeben. Sie gab Lizzy, von der sie annahm, dass sie definitiv keine Lust auf Smalltalk hatte, den Zimmerschlüssel. Das Mädchen nahm ihn dankbar an und verschwand im Haus.

«Wir waren in der Nähe von Dover», erklärte Josh. «In St. Margaret's at Cliffe.»

«Oh! Ein entzückendes Örtchen! Dort gibt es ein Restaurant direkt am Meer, das *Coastguard*. Dort kann man hervorragenden Fisch essen. Er wird dort jeden Tag fangfrisch zubereitet. Außerdem hat Sir Peter Ustinov dort gelebt.» Ihre Stimme klang ehrfurchtsvoll. Offenbar war sie ein genauso großer Hercule-Poirot-Fan wie Patel. «Ich weiß jetzt übrigens, wieso Sie mir so bekannt vorkommen.» Ihre blassblauen Augen richteten sich auf Josh. «Sie waren schon einmal bei mir zu Gast. Heute Morgen konnte ich mich auf einmal daran erinnern. Es muss schon eine ganze Weile her sein, zehn Jahre mindestens, und Sie waren zusammen mit einem hübschen blonden Mädchen da. Was für ein entzückendes Paar!, dachte ich noch.» Sie lächelte, sichtlich zufrieden, dass ihr Gedächtnis sie nicht im Stich gelassen hatte. «Warum haben Sie denn nichts gesagt?»

«Ich ... äh.» Josh war das Ganze sichtlich unangenehm. «Ich habe selbst nicht mehr daran gedacht. Aber jetzt, wo Sie es sagen: Stimmt!»

«Schade! Meine Pension hat also keinen besonderen Eindruck bei Ihnen hinterlassen», sagte sie spitz.

«Ein entzückendes Paar», wiederholte Emilia stirnrunzelnd, nachdem Miss Featherstone ihre Gießkanne abgestellt und ins Haus gegangen war. «Warum hat sie denn gedacht, dass Clara und du ein Paar wart?»

Josh wich ihrem Blick aus. «Wahrscheinlich, weil wir uns ein Zimmer geteilt haben.»

«Ihr habt zusammen in einem Zimmer geschlafen? Warum? War kein anderes mehr frei?» Emilia spürte, wie Hitze ihren Nacken hinaufkroch.

«Das weiß ich nicht mehr. Wir wollten Geld sparen.»

«Aha! Habt ihr euch vielleicht auch ein Bett geteilt? War ja bestimmt auch billiger als zwei.»

«Nein, das haben wir nicht. Wir hatten zwei Einzelbetten.» Er sah sie irritiert an. «Was hast du denn auf einmal?»

Emilia wusste es auch nicht. Sie wusste nur, dass sie die Vorstellung, dass Josh und Clara sich damals ein Zimmer geteilt hatten, unheimlich wütend machte. «Hattet ihr was miteinander?»

«Nein! Du weißt doch, wieso Clara hierhergefahren ist. Nicht, um sich mit mir ein paar schöne Tage zu machen, sondern wegen Edward. Mit *ihm* hatte sie was, nicht mit mir. Und *er* ist Lizzys Vater, nicht ich.»

«Das schließt aber nicht aus, dass sie hinterher auch etwas mit *dir* hatte. Sie kam von ihm zurück, war am Boden zerstört, weil sie nicht mit ihm zusammen sein konnte. Und du hast sie getröstet...» Emilia redete sich langsam in Rage. «Auf so eine Gelegenheit hattest du doch sicher schon lange gewartet!»

«Emilia, bitte!» Josh hob die Hände. «Ich habe nicht mit Clara geschlafen... als wir hier waren.»

Als wir hier waren... Josh hatte einen Moment gezögert, bevor er diesen Satz angehängt hatte.

«Aber du hast mit ihr geschlafen?», hakte sie nach.

Ein paar quälende Sekunden vergingen, bevor Josh antwortete. «Ja.»

Emilia schluckte. Ach Mann! Sie hatte es geahnt. «Wann?», fragte sie.

Vom oberen Stockwerk ertönte ein Quietschen. Eines der Fenster war geschlossen worden. Sicher hatte Miss Featherstone genug von ihrer Unterhaltung mitbekommen. «Müssen wir das unbedingt hier besprechen?», fragte Josh. «Mitten auf der Straße!»

«Wo sollen wir denn sonst darüber sprechen? Wieder auf dem Friedhof?» Emilia reckte das Kinn. «In dein Zimmer gehe ich sicher nicht mit dir.»

«Okay, dann reden wir halt hier!» Josh setzte sich auf Miss Featherstones Bank, aber Emilia tat ihm nicht den Gefallen, es ihm gleichzutun, sondern blieb stehen. Sie fühlte sich nur noch leer.

«Wann?», fragte sie noch einmal. Sie verschränkte die

Arme vor der Brust, als optischer, aber auch emotionaler Schutzwall. Josh stand wieder auf. «Es ist schon ein paar Jahre her.»

Emilias Kehle brannte. Am liebsten wäre sie heulend davongerannt, aber sie wollte endlich Antworten. Alle Antworten! «Wie viele Jahre?»

«Sechs Jahre.»

Dass diese Antwort so prompt erfolgte, tat weh. Wahrscheinlich hatte er sich sogar das genaue Datum gemerkt.

Das hatte er wohl tatsächlich, denn Josh fuhr fort: «Es war nach den Vineta-Festspielen. Clara hatte gerade erfahren, dass Klaus die Affäre hatte, und Sophia hatte mit mir Schluss gemacht. Wir waren beide total deprimiert, und da ist es eben passiert. Es war nicht geplant. Keiner von uns hatte es vorhergesehen. Und wir haben es auch niemals wiederholt. Das musst du mir glauben!»

Emilia glaubte ihm. Aber das änderte nichts. Sie drehte sich um.

«Wo willst du hin?», fragte Josh.

Emilia gab ihm keine Antwort. Sie hätte auch gar keine gewusst. Das Einzige, was sie wusste, war, dass sie es keine Sekunde länger ertrug, Josh gegenüberzustehen. Es tat zu sehr weh.

Josh versuchte nicht, sie zurückzuhalten, und damit hatte sie auch nicht gerechnet, auch wenn sie es insgeheim gehofft hatte. Schließlich war sie sowieso immer nur die zweite Wahl für ihn gewesen.

Er und Clara ... Das Bild von den beiden, wie sie zusammen in Joshs Bett lagen (Oder waren sie in ein Hotel gegangen?), begleitete sie auf ihrem einsamen Weg durch Goudhurst, egal wie sehr sie sich dagegen wehrte. Die Sonne, die während der vergangenen Stunden so freundlich geschienen hatte, war nun hinter Wolken verschwunden, und – passend zu Emilias Stimmung – Nebel war aufgestiegen und hatte sich über Dächer und Bäume gelegt wie Zuckerguss auf eine Torte. Heute Mittag war ihr in ihrer Strickjacke zu warm gewesen, nun fröstelte sie darin, aber das lag sicher nicht nur an den gefallenen Temperaturen.

Sie wusste, dass sie besser umdrehen sollte, das Dorf hatte sie längst hinter sich gelassen, und sie marschierte nun über einen Feldweg mitten ins Nirgendwo hinein, aber die Vorstellung, im Orchard Cottage mit Lizzy oder – schlimmer noch – mit Josh sprechen zu müssen, war ihr zuwider. *Clara und Josh, Clara und Josh, Clara und Josh...* Tränen brannten hinter ihren Augenlidern, bereit, in einem schwachen Augenblick sofort hervorzuquellen.

Als das Handy läutete, dachte sie, dass Josh es wäre, dass er sich erkundigen wollte, wo sie den bliebe. Aber er war es nicht.

32. Kapitel

«Bist du gerade joggen?», fragte Becky. «Du klingst so gehetzt.»

«Nein, ich ... Ich gehe spazieren», presste Emilia hervor, ohne ihr Tempo zu drosseln. «Wieso rufst du an?»

«Ich wollte mich nur erkundigen, ob ihr Claras Lover gefunden habt.» Ihre beste Freundin klang verwundert, und Emilia konnte es ihr nicht verdenken. «Du hast mir doch heute Morgen geschrieben, dass ihr zu ihm fahrt.»

«Wir haben ihn gefunden. Und die Rose auch.»

«Aber das ist ja super!»

«Ja, total.» Emilia seufzte.

«Emilia Jung! Was ist mit dir los?», fragte Becky streng. «Du solltest jetzt total happy sein, aber du hörst dich an, als wäre etwas Schreckliches passiert. Ist dieser Edward ein Ekel? Weigert er sich, dir eine Rose mitzugeben?»

«Nein, er ist kein Ekel, und nach der Rose habe ich ihn nicht gefragt. Das wollte ich morgen tun. Wir ...» Was redete sie denn da? Es gab überhaupt kein Wir mehr! «Ich ...» Sie fing an zu weinen. «Josh liebt Clara. Die beiden haben sogar einmal miteinander geschlafen. Dabei hatte ich so sehr gehofft ...» Emilia hatte schon mehrere Male geweint, seit sie die Nachricht von Claras Unfall gehabt hatte. Aber meist waren nur ein paar Tränen geflossen, die kaum gereicht hatten, um ihre Wangen nass zu machen. Für die sie nicht einmal ein Taschentuch gebraucht hatte. Doch dieses Weinen war anders. Es kam aus dem hintersten Winkel ihres Herzens, es war laut, schmerzhaft und verzweifelt. Dieses Mal weinte sie nicht nur um Clara. Sie weinte auch um Lizzy, die mit ihren dreizehn Jahren schon eine solche Last mit sich herumtragen musste. Um Felix, der Angst davor hatte, bei seinem Vater wohnen zu müssen, wenn seine Mutter nicht mehr gesund würde. Um ihre Eltern, die sich einst so geliebt hatten und deren Liebe irgendwann in den letzten Jahren vom Alltag verschüttet worden war. Und sie weinte auch wegen diesem verdammten Josh. Wie oft sollte sie sich noch von ihm das Herz brechen lassen? In ihrem Weinen entlud sich alles, was sich in den letzten Wochen – ach was, Jahren – angestaut hatte.

Anfangs versuchte Becky noch, etwas zu sagen. «Ach Millie! Nicht weinen! Bitte! Erzähl mir alles in Ruhe!» Doch sie gab es bald auf, und dann wartete sie geduldig und schweigend, bis Emilias Schluchzen leiser wurde und schließlich verebbte.

«Es tut so weh», sagte sie zu Becky. «Als wir miteinander geschlafen haben ... Er war so lieb zu mir ... Ich hatte wirklich das Gefühl, dass er mich mag. Aber jetzt ...» Sie erzählte Becky alles.

«Glaubst du ihm denn nicht, dass es ihm nichts bedeutet hat?», fragte ihre Freundin vorsichtig, nachdem sie geendet hatte.

«Du hättest ihn erleben müssen, als er bei ihr im Krankenhaus war! Wie er sie angeschaut hat, wie zärtlich er mit ihr geredet hat... Das war keine Show. Er wusste schließlich nicht, dass ich ihn durch den Türspalt beobachtet habe.»

Becky lachte leise auf. «Tut mir leid!», entschuldigte sie sich sofort. «Aber glaubst du nicht, dass du da zu viel reininterpretierst? Deine Schwester hatte einen schlimmen Unfall! Sie lag im künstlichen Koma. Hätte er ihr auf die Schulter klopfen und sagen sollen: Wird schon wieder, altes Mädchen? Natürlich war er zärtlich und liebevoll zu ihr.»

Da hatte Becky natürlich recht. Aber es änderte nichts daran, dass Josh seit vielen Jahren Clara liebte. Und noch etwas anderes war Emilia in den Sinn gekommen.

«Ich frage mich, ob es sein kann, dass Josh vielleicht sogar Lizzys Vater ist. Josh ist damals mit Clara nach England geflogen. Sie war total deprimiert, weil ihr klarwurde, dass aus ihr und Edward niemals etwas werden konnte. Und Josh war da, um sie zu trösten... Sie haben sich sogar ein Zimmer geteilt!»

«Ich hoffe, du weißt, dass du gerade totalen Unsinn redest», sagte Becky. «Wieso sollte Clara denn dann so ein Geheimnis darum machen, wer der Vater ist. Was für einen Grund gäbe es, dass sie das vor dem Rest der Welt verheimlichen will?»

«Was weiß ich. Auf jeden Fall hat Lizzy die gleichen dunkelbraunen Augen wie er. Clara und Edward haben aber blaue Augen!»

Becky am anderen Ende der Leitung stöhnte. «Man

merkt, dass du in Bio nie aufgepasst hast: Blau ist rezessiv. Wenn Edward und Clara beide ein Gen für die Augenfarbe Braun in ihrer Erbmasse tragen, kann es sehr wohl sein, dass es sich durchgesetzt hat. Emilia, du weißt, dass ich dich über alles liebe und mir keine bessere Freundin wünschen könnte: Aber gerade verrennst du dich in etwas. Josh und Clara sind Freunde. Und ja, sie haben anscheinend auch schon einmal miteinander geschlafen. Vielleicht auch zwei- oder dreimal», schob sie nach, weil Emilia Anstalten gemacht hatte, zu widersprechen. «Aber Josh ist auf gar keinen Fall der Vater von Lizzy, das ergibt überhaupt keinen Sinn! Und im Gegensatz zu dir glaube ich auch nicht, dass er Clara liebt. Auf mich haben sie immer wie beste Freunde gewirkt. Hör also auf, planlos in der Gegend herumzurennen, geh zu Josh zurück und sprich dich mit ihm aus. Sag ihm, dass du ihn liebst. Zeit wird es nach ... Wie viele Jahre sind es inzwischen?»

«Zu viele», entgegnete Emilia knapp. Beckys Standpauke kränkte sie. Was für eine tolle Freundin! «Aber ich werde sicher nicht zu ihm gehen, ihm mein Herz vor die Füße werfen und dabei zuschauen, wie er darauf herumtrampelt.» Sie wusste, dass sie zu theatralisch war und sich wie ein bockiges Kind verhielt. Trotzdem war jedes Wort ernst gemeint. Und sie hatte verdammt noch mal alles Recht der Welt, theatralisch zu sein und sich kindisch zu verhalten, wenn man bedachte, welche Scheiße gerade in ihrem Leben passierte! Erneut kamen ihr die Tränen, aber sie schluckte sie energisch herunter und zog die Nase hoch. Jetzt war Schluss! Auf gar keinen Fall würde sie zu Josh zurückgehen.

Aber sie würde zu jemand anderem gehen. Zu jemandem, bei dem sie zumindest kurzzeitig Vergessen finden konnte. Genau wie Josh und Clara vor sechs Jahren in der Nacht des Vineta-Festivals. Sie würde zu Matt gehen.

Matt war noch zu Hause und ausgesprochen erfreut darüber, sie zu sehen.
«Wie kommt es, dass du es dir anders überlegt hast?», wollte er wissen.
«Mein Termin heute Abend ist geplatzt.»
«Was für ein Glück für mich!» Sein Lächeln war wirklich äußerst charmant. Hätte sie ihn in Paris kennengelernt, wäre sie ihm wohl sofort verfallen, aber in dieser Situation schaffte er es nicht ansatzweise, damit bis zu ihr durchzudringen. *Josh und Clara, Josh und Clara, Josh und Clara...* Auch als sie kurz mit Gitti plauderte und ihr erzählte, dass sie die *Claire*-Rose gefunden hatte, wurde sie die Bilder in ihrem Kopf nicht los. Sie sah vor ihrem inneren Auge, wie Josh und Clara sich küssten, wie sie zusammen im Bett lagen, sich gegenseitig auszogen, so wie Josh und sie es vor nicht einmal vierundzwanzig Stunden getan hatten, wie er sich auf sie legte... Dass sie bei dieser Vorstellung wohl einen Laut von sich gegeben hatte, fiel ihr erst auf, als Gitti sich besorgt erkundigte: «Geht es dir gut?»
«Ich habe Kopfschmerzen.» Das stimmte sogar. Emilia rieb sich die Schläfen, aber vor allem, um die schrecklichen Bilder zu vertreiben. Gitti gab ihr eine Tablette gegen die Schmerzen, aber die Bilder blieben. Genau wie der Druck auf ihrer Brust. Sooft sie sich auch geschworen hat-

te, sich nie wieder das Herz brechen zu lassen: Josh hatte es schon wieder geschafft! Er war ihr nicht nach England nachgeflogen, weil er sich Sorgen um sie machte, weil er Angst hatte, Edward könnte ein Psychopath und Massenmörder sein. Es war einzig und allein Lizzy gewesen, um die er sich Sorgen machte! Die Tochter der Frau, die er liebte.

Matt gab sich redliche Mühe, Emilia einen schönen Abend zu machen. Er lud sie in ein Restaurant ein, das direkt am Meer lag, und auch die Livemusik, eine Prise Punk gemischt mit irischem Folk, hätte ihr normalerweise gefallen. Aber da sie kaum etwas herunterbrachte und wenig gesprächig war, schien er erleichtert, als er sie weit nach Mitternacht wieder vor dem Orchard Cottage absetzen konnte.

«Es tut mir leid, dass ich heute so eine schlechte Begleitung war», sagte sie niedergeschlagen. «Im Moment bin ich einfach nicht so gut drauf.»

«Du musst dich nicht entschuldigen», sagte Matt. «Dass es dir nicht gut geht, ist mehr als verständlich. Es war unter diesen Umständen eine dämliche Idee von mir, dich überhaupt zu fragen, ob du etwas mit mir unternehmen willst. Aber ich musste es zumindest versuchen.» Er hob den Mundwinkel. «Du bist nämlich eine tolle Frau!»

Emilia lachte auf. Süß war er ja schon irgendwie. Einen Moment lang war sie versucht, ihn zu küssen. Eine Nacht mit ihm würde für ein paar Stunden Vergessen bringen, aber letztendlich hatte sie keine Lust auf das schale Gefühl am nächsten Morgen. «Danke», sagte sie deshalb nur, als sie den Anschnallgurt öffnete. «Und vielleicht bis bald irgendwann.»

«Ja. Halt uns auf dem Laufenden, was Clara angeht!»

«Das werde ich.» Emilia umarmte ihn kurz und stieg aus. Nachdem sie Matt noch einmal zugewinkt hatte, schloss sie die Tür zum Cottage auf.

Als sie in den Eingangsbereich trat, zuckte sie erschrocken zusammen. Denn auf dem geblümten Ohrensessel, der gleich neben der Rezeption stand, saß Josh.

«Da bist du ja endlich!», herrschte er sie an. Seine Augen funkelten zornig. Noch nie hatte Emilia Josh so wütend gesehen. «Ich habe mir Sorgen gemacht! Hättest du nicht wenigstens auf eine meiner Nachrichten reagieren können?»

Hatte er ihr geschrieben? Die letzten Stunden hatte sie jeden Blick auf ihr Handy vermieden. Nicht einmal Lizzy hatte sie in ihrem aufgewühlten Zustand Bescheid gesagt, wohin sie ging, dachte sie mit einem Anflug von schlechtem Gewissen. Sie war wirklich die allerletzte Person, der man ein Kind anvertrauen sollte ...

«Ich muss mit dir sprechen», sagte Josh eindringlich.

«Wieso? Es ist alles gesagt.»

«Nein! Ist es nicht!»

«Doch», entgegnete sie kühl. «Du hast mit Clara geschlafen. Mehr muss ich nicht wissen. Dass du sie liebst, wusste ich sowieso schon.»

«Was redest du denn für einen Blödsinn?» Josh sah sie verständnislos an. «Ich bin nicht in Clara verliebt. Und ich war es auch nie!»

«Ach, Josh! Mir musst du nichts mehr vormachen.» Emilia bemühte sich um einen kühlen, sachlichen Tonfall. Er sollte nicht wissen, wie sehr er sie einmal mehr verletzt hatte! «Selbst ein Blinder hätte gesehen, dass du ihr vom ersten Augenblick an verfallen warst. Und jetzt lass mich vorbei! Ich bin müde.»

Josh wich keinen Zentimeter zur Seite. «Nein, ich will, dass du mir erst zuhörst.»

«Ich will dir aber nicht zuhören!»

«Das wirst du aber müssen.» Er starrte sie eindringlich an, und seine Augen wirkten noch dunkler als sonst. «Clara ist meine beste Freundin, mehr nicht.»

«Klar. Erzähl das jemand anderem.» Emilia versuchte, sich an ihm vorbei die Treppe hinaufzudrängen, doch er packte sie rüde am Arm.

«Verdammt, Emilia! Ich will nicht Clara. Sondern dich.» So abrupt, wie er sie festgehalten hatte, ließ er sie nun wieder los, und deutlich leiser fügte er hinzu: «Alles, was ich immer wollte, bist du.»

Was hatte er gerade gesagt? Emilia starrte ihn an, und seine braunen Augen hielten ihrem Blick stand. So gerne würde sie ihm glauben!

Dass aus ihrer Handtasche ein melodisches Geräusch drang, merkte sie erst, als Joshs Blick sich von ihr löste und suchend umherschweifte. «Ist das dein Handy?»

Unsanft wurde sie aus ihrer Erstarrung gerissen. Verdammt! Ein Anruf um diese Zeit konnte nichts Gutes bedeuten! Emilias Hände zitterten so sehr, dass sie es kaum schaffte, den Reißverschluss ihrer Tasche zu öffnen, und es herauszuholen.

Sie warf einen Blick auf das Display, und ihre schlimmsten Befürchtungen wurden wahr.

33. Kapitel

«Ist was mit Clara?», krächzte sie, ohne sich mit einer Begrüßung aufzuhalten, als sie den Namen ihrer Mutter auf dem Display sah.

«Ja. Das Krankenhaus hat uns gerade angerufen.»

Emilia wurde kalt. Sie versuchte, sich so gut es ging zu wappnen für das Unvorstellbare, das jetzt vielleicht kommen würde.

«Sie ist aufgewacht», stieß Delia hervor.

Emilias Hand, in der sie das Handy hielt, sank kraftlos hinab. Gott sei Dank!

«Was ist?», fragte Josh, der immer noch am Fuß der Treppe stand, mit versteinertem Gesicht.

«Sie ist aufgewacht», sagte Emilia mit tonloser Stimme, bevor sie tief durchatmete und das Handy wieder an ihr Ohr hielt. «Warte einen Moment, Mama! Ich suche mir einen Platz, wo ich in Ruhe telefonieren kann, und dann musst du mir unbedingt alles erzählen.»

Sie lief nach draußen, und Josh folgte ihr. Vor der Tür des Orchard Cottage stellte sie ihr Handy auf laut, und gemeinsam hörten sie Delia zu. Es habe schon zuvor eine Verbesserung gegeben. Clara habe auf einmal damit angefangen, immer mal wieder einen oder mehrere Finger zu bewegen, erzählte sie, und als Thees ihr gestern Abend über die Wange strich, habe sie den Mund verzogen.

«Wieso habt ihr denn nicht sofort angerufen und es uns erzählt?», fragte Emilia aufgeregt.

«Der Oberarzt sagte, es sei ein gutes Zeichen, dass sie anfing, auf ihre Umwelt zu reagieren, aber wir wollten euch nicht vorschnell Hoffnung machen.»

«Wie geht es ihr? Kann man schon mit ihr sprechen?»

«Sie ist verwirrt, und einer von uns soll so schnell wie möglich vorbeikommen, hat die Oberschwester am Telefon gesagt. Ich wollte euch nur schnell Bescheid sagen.» Emilia hörte die Erleichterung in der Stimme ihrer Mutter. Die Situation der letzten Wochen hatte sie alle über ihre Belastungsgrenze geführt. «Ich rufe dich sofort an, wenn ich bei ihr war», fuhr Delia fort. «Warte! Felix ist bei mir. Er will dir etwas sagen.»

«Hey, Kumpel!», begrüßte Emilia ihren Neffen. «Was willst du mir sagen?»

«Mama ist aufgewacht», krähte er, und sie musste keine Hellseherin sein, um das glückliche Lächeln auf seinem Gesicht deutlich vor Augen zu haben.

«Ja, das hat Oma mir auch gerade erzählt.» Auch sie spürte, wie sich ein Lächeln auf ihrem Gesicht ausbreitete.

«Ich muss es sofort Lizzy erzählen», sagte sie zu Josh, nachdem sie sich von Felix und ihrer Mutter verabschiedet hatte. Clara war aufgewacht! Jetzt würde alles – vielleicht nicht alles, aber doch sehr vieles – wieder gut werden.

Es fiel ihr schwer, die knarzende Holztreppe des Orchard Cottage leise hinaufzugehen, am liebsten hätte sie zwei Stufen auf einmal genommen, um Lizzy so schnell wie möglich die gute Nachricht zu überbringen.

Um das schlafende Mädchen nicht zu erschrecken, machte sie das Deckenlicht nicht an, sondern nur das schwache Licht der Nachttischlampe. Aber das reichte aus, um zu sehen, dass die Bettseite neben ihrer leer war.

«Vielleicht ist sie im Bad», sagte sie zu Josh, der ihr gefolgt war.

Doch auch dort war Lizzy nicht. Und auch ihre Zahnbürste und das Sammelsurium von Toiletten- und Schminksachen stand nicht mehr auf der Waschbeckenablage.

Emilia rannte ins Zimmer zurück. Lizzys Rucksack mit all ihren Kleidern, der die letzten Tage unausgepackt vor ihrem Nachtschränkchen gestanden hatte, war ebenfalls fort. Emilia wurde ganz flau im Magen.

«Wann hast du sie das letzte Mal gesehen?», fragte sie Josh mit tonloser Stimme.

«Als ich kurz bei ihr im Zimmer war. So um sieben. Ich habe sie gefragt, ob sie mit mir zum Abendessen gehen will. Aber sie meinte, sie hätte keinen Hunger.»

«Und da bist du nicht misstrauisch geworden? Das Kind hat die letzten Tage gefuttert wie ein Scheunendrescher.» Emilia atmete gegen den Druck in ihrem Brustkorb an. «Ich verstehe das nicht. Wo ist sie denn hin? Und warum ist sie überhaupt weg? Sie war doch noch im Auto ganz euphorisch, dass wir Edward und die Rose gefunden haben! Ist dir etwas an ihr aufgefallen, als du bei ihr warst? War sie irgendwie anders als sonst?»

Josh zuckte mit den Schultern. «Sie hat nicht viel mit mir geredet. Ich dachte, sie wäre nur müde. Wir sind heute schließlich eine ganz schöne Strecke gefahren und auch viel gelaufen.»

Emilia ging zum Fenster und schaute nach draußen auf die nur spärlich beleuchtete Straße. Aber Lizzy tat ihr nicht den Gefallen, dort unter der Straßenlaterne zu stehen. Außer einer roten Katze mit weißen Pfoten, die im Gebüsch verschwand, war niemand zu sehen. Emilia versuchte, das Gefühl von Panik zu unterdrücken, das sie überkam, als sie sich Lizzy mit ihrem Rucksack allein irgendwo dort draußen vorstellte.

«Glaubst du, sie hat uns vorhin belauscht? Als wir darüber gesprochen haben, dass Edward ihr Vater ist?», fragte Josh.

«Unmöglich ist es nicht», antwortete Emilia unglücklich. «Wir waren nicht gerade leise.» Sie meinte, sich daran zu erinnern, dass im ersten Stock ein Fenster geschlossen worden war. Sie hatte gedacht, es wäre Miss Featherstone gewesen ... «Aber das ist doch kein Grund, einfach abzuhauen. Sie hätte mit uns darüber reden können! ... Mit dir», korrigierte sie sich, weil ihr einfiel, dass sie ja direkt nach dem Gespräch trotzig wie ein Kind davongerauscht war. Ohne Lizzy auch nur ein Wort zu sagen oder ihr wenigstens eine Nachricht zu schreiben ... Emilia war den Tränen nahe. Sie hatte ihren Eltern vor ihrer Abreise versprochen, auf Lizzy aufzupassen. Schon wieder hatte sie versagt!

Sie zerrte ihr Handy aus der Handtasche und wählte Lizzys Nummer. Ihr Telefon war eingeschaltet. Wenigstens das. Emilia atmete auf, als das Freizeichen erklang. Doch Lizzy hob nicht ab.

«Sie geht nicht ran.» Emilia ließ ihr Handy wieder sinken. «Ich verstehe das nicht. Wo kann sie denn nur sein? Es ist dunkel.» Und es war nicht davon auszugehen, dass Lizzy sich von ihrem knappen Taschengeld einfach in einer anderen Pension einquartiert hatte.

«Ich versuche es auch mal», sagte Josh, aber auch er hatte keinen Erfolg.

Emilia rief wieder und wieder Lizzys Nummer auf, aber entweder hörte Lizzy den Anruf nicht, oder sie wollte ihn nicht hören.

«Ich frage Miss Featherstone, ob sie sie gesehen hat», sagte Emilia.

«Jetzt? Es ist fast zwei.»

«Wann denn sonst?», fuhr sie Josh an. Sie hatte das Gefühl, kurz vor einem Nervenzusammenbruch zu stehen. Ihr Herz schlug so schnell und fest gegen ihre Rippen, dass sie es bis in ihrem Kopf spüren konnte, und sie war zu keinem klaren Gedanken mehr in der Lage.

Die Privaträume von Miss Featherstone lagen gleich neben dem Frühstückszimmer. Neben der weiß lackierten Tür befand sich ein Klingelknopf. Es dauerte ein wenig, bis ihre Vermieterin die Tür öffnete, im Morgenmantel, den sie nur notdürftig mit einer Hand über dem altmodischen Nachthemd zusammenhielt. Die arme Frau war offensichtlich durch das Klingeln aus dem Schlaf gerissen worden.

«Entschuldigen Sie bitte, dass wir Sie so spät noch stören, aber meine Nichte ...» Emilia schaffte es nicht, den Kloß in ihrer Kehle hinunterzuschlucken.

Glücklicherweise übernahm Josh das Gespräch für sie. «Sie ist nicht auf ihrem Zimmer, und all ihre Sachen sind verschwunden. Haben Sie sie im Laufe des Abends gesehen? Sie hat einen Rucksack bei sich.»

«Nein.» Miss Featherstones erschrockene Miene wurde gleich noch ein bisschen verstörter. «Soll ich die Polizei anrufen?»

«Ich glaube nicht, dass das nötig ist», beruhigte Josh sie. «Und sie würde auch gar nicht kommen. Ich bin selbst Polizist. Wenn Kinder erst ein paar Stunden verschwunden sind, rücken wir gar nicht aus, denn die meisten tauchen kurze Zeit später wohlbehalten wieder auf. Das wird Lizzy sicher auch tun.»

Miss Featherstone schien beruhigt. Emilia wünschte sich, sie könnte es auch sein. Aber Lizzy war nicht in Zinnowitz oder aus dem Internat ausgerissen, sondern in England. Sie kannte sich hier überhaupt nicht aus! Und es war mitten in der Nacht. Wo konnte sie in dieser Situation nur hingegangen sein?

«Glaubst du, sie ist zu Edward gefahren?», fragte Josh, nachdem Miss Featherstone sich wieder zurückgezogen hatte.

«Was sollte sie denn da? Sie kennt ihn doch gar nicht.»

«Immerhin hat sie vielleicht gerade erfahren, dass er ihr Vater ist...»

Emilia konnte es sich trotzdem nicht vorstellen. «Wie sollte sie denn dorthin kommen? St. Margaret's liegt über eine Stunde mit dem Auto von hier entfernt.»

«Wie bist du denn früher von A nach B gekommen, als du noch keinen Führerschein hattest, wenn deine Eltern dich nicht gefahren haben?»

Emilia schluckte, während sie versuchte, Schlagzeilen von ermordeten Tramperinnen aus ihrem Kopf zu verdrängen. Außerdem stieg noch eine weitere Horrorvision in ihr auf. Sie sah weiße, steil abfallende Felsen und ein blaues Meer, das mit einem genauso blauen Himmel wetteiferte. Und sie sah Lizzy, die mit geschlossenen Augen und entrückter Miene viel zu nah am Abgrund stand.

Emilia hatte im Internet nach Edwards Nummer gesucht, aber nur die des Pfarrbüros gefunden, und dort ging um diese Zeit natürlich niemand mehr ran.

«Ich werde es mir nie verzeihen, wenn ihr etwas passiert», stieß sie hervor, nachdem Josh ihr klargemacht hatte, dass es überhaupt keinen Zweck hatte, die Polizei von Dover zu informieren und zu bitten, auf dem Klippenpfad zu patrouillieren, für den Fall, dass Lizzy dort auftauchte. Wenn es nicht schon zu spät war...

«Mach dich nicht verrückt!», sagte Josh. «So etwas macht Lizzy nicht! Wieso sollte sie?»

«Wieso wohl?», fuhr Emilia ihn an. «Weil sie verzweifelt ist! Clara liegt im künstlichen Koma. Lizzy gibt sich die Schuld an ihrem Unfall. Und jetzt glaubt sie womöglich, dass ich sie nur mit nach England genommen habe, um ihren Vater zu finden, weil ich keine Lust habe, mich um sie zu kümmern!»

«Das ist aber doch kein Grund, sich irgendwo hinunterzustürzen», wiegelte Josh ab.

«Woher willst du das wissen? Hast du, als du jünger warst, nie den Wunsch verspürt, dem ganzen Mist ein Ende zu setzen?»

«Doch», gab Josh nach einem Moment des Schweigens zu. «Aber ich habe es nicht getan.»

«Es gibt aber genug Teenager, die tun es! Edwards Bruder zum Beispiel.» Emilias Augen brannten, genau wie ihre Kehle, und sie bekam kaum noch Luft. «Los! Lass uns fahren!»

Das Pfarrhaus lag im Dunkeln, als sie St. Margaret's at Cliffe nach einer endlosen Stunde Autofahrt erreichten. Emilia schluckte ihre Enttäuschung hinunter. Auch wenn sie geahnt hatte, dass dies eine naive Wunschvorstellung gewesen war, hatte sie so sehr gehofft, durch ein erleuchtetes Fenster zu sehen, wie Lizzy zusammen mit Edward und dem Hund vor dem Kamin saß und ihrem Vater ihr Herz ausschüttete.

Da sie Edward um diese nachtschlafende Zeit kaum aus dem Bett klingeln konnten, lenkte Josh den Wagen direkt zu dem Parkplatz, hinter dem der Klippenpfad begann. Am Tag war Emilia gar nicht bewusst gewesen, dass das Geräusch der Wellen, die so viele hundert Meter weiter unten gegen die Felswände schlugen, selbst hier oben noch zu hören war. Obwohl die Felskante mehrere Meter von ihnen entfernt lag, hielt sie sich, soweit es der Pfad erlaubte, links, während sie Josh folgte. Der Schein seiner Handytaschenlampe war nur ein schmaler, viel zu schwacher Lichtschein in dieser dunklen Nacht. Am Himmel waren keine Sterne zu sehen, sie lagen alle hinter einer undurchdringlichen Wolkendecke. Außerdem wehte ein unangenehm kalter Wind, der unter ihre Kleider kroch und der mit jeder Minute stärker zu werden schien. Emilia hielt ihre Arme fest um den Oberkörper geschlungen, doch die erhoffte Wärme brachte ihr diese verkrampfte Haltung nicht.

Es kam ihr wie eine kleine Ewigkeit vor, bis Josh und sie den Platz mit der Holzbank erreichten. Eine Möwe schrie irgendwo über ihren Köpfen, und es klang, als würde sie sie verhöhnen. Natürlich war Lizzy nicht hier. Emilia umschlang ihren Oberkörper fester, als sie sich dem Abgrund näherte, an dem Lizzy heute Mittag viel zu nah gestanden hatte.

«Mach keinen Blödsinn und komm da weg! Nicht, dass der Wind dich noch über die Klippen weht.» Josh zog sie zurück. «Lizzy ist hier nicht. Und Lizzy ist auch nicht so doof, sich hier hinunterzustürzen.»

Emilia glaubte es ja selbst nicht. Aber wo verdammt war Lizzy dann? Wenn sie sich doch nur melden würde! Noch immer zeigte weder Joshs noch ihr Handy eine Nachricht von ihr an.

«Sollen wir nicht doch bei Edward klingeln?», fragte Emilia verzweifelt.

«Um ihn auch noch verrückt zu machen? Er hätte sie doch nicht einfach bei sich aufgenommen, ohne uns Bescheid zu sagen. Als so verantwortungslos schätze ich ihn wirklich nicht ein.»

«Und was sollen wir dann machen? Im Orchard Cottage sitzen und Däumchen drehen, bis Lizzy endlich bereit ist, wiederaufzutauchen? Clara wird nach ihr fragen!» Wut stieg in Emilia auf. «Was ist denn das für eine bescheuerte Laune des Schicksals, dass Lizzy ausgerechnet in der Nacht verschwindet, in der ihre Mutter aufwacht? Und was soll noch alles passieren?»

Sie gingen zurück zum Auto und setzten sich hinein. Inzwischen war Emilia vollkommen durchgefroren.

«Und jetzt?», fragte sie mit klappernden Zähnen.

«Ich habe keine Ahnung», antwortete Josh ratlos.

Schweigend saßen sie nebeneinander, als Josh auf einmal ihre Hand ergriff und sie drückte. Erst wollte Emilia sie wegziehen, aber dann ließ sie die Berührung zu. Sie schloss die Augen, versuchte, sich auf die Wärme zu konzentrieren, die von Joshs Haut ausging, und langsam beruhigten sich ihre Atmung und ihr Herzschlag. Sie verschränkten die Finger ineinander.

«Josh», sagte Emilia nach einer Weile. «Das, was du zu mir gesagt hast, bevor der Anruf kam ...»

«Jedes Wort war ernst gemeint.»

«Aber wieso bist du mir dann immer aus dem Weg gegangen?» Sie traute sich nicht, ihn bei dieser Frage anzusehen. «Nach unserem Kuss hast du mich gemieden, als hätte ich eine ansteckende Krankheit.»

Emilia hörte, wie er ein- und ausatmete. «Ich wollte dich nicht verlieren. Dich nicht, Clara nicht und deine Eltern auch nicht.»

Sie drehte sich zu ihm um. «Du wolltest uns nicht verlieren?», wiederholte sie ungläubig. «Aber wieso hätte das passieren sollen?»

Josh hielt den Blick nach vorne gerichtet. «Du kennst mich nicht, Emilia.»

«Natürlich kenne ich dich. Ja, klar, vielleicht nicht so gut, wie Clara dich kennt. Dazu hast du mir ja überhaupt keine Gelegenheit gegeben. Aber zumindest kenne ich dich doch so gut, wie man jemanden kennt, den man jahrelang jeden Tag gesehen hat.»

Er schwieg eine Weile. Dann sagte er: «Aber du kennst meine dunkle Seite nicht.»

Emilia ließ ihre Hand sinken. Von welcher dunklen Seite sprach er? Josh war doch der anständigste Mensch der Welt! Wahrscheinlich hatte er früher nicht einmal die Schule geschwänzt.

Sie sah, wie er sich abwandte, seine Hand aus ihrer löste und zu seinem Gesicht hob, Daumen und Zeigefinger in seine Augenwinkel presst, und auf einmal – sie hatte keine Ahnung, warum – verstand sie doch. Zumindest glaubte sie zu verstehen.

Ungeachtet der Handbremse zwischen ihnen, die sich schmerzhaft in ihren Oberschenkel bohrte, rutschte Emilia zu ihm hinüber und schmiegte sich an ihn. «Ich hab dir meine Wahrheit erzählt, Josh. Jetzt bist du an der Reihe, mir deine zu erzählen», sagte sie in die Stille hinein. Sie legte ihre Finger auf seine Leiste, an die Stelle, wo sie den Schriftzug *Memento mori* vermutete. «Erzähl mir die Wahrheit – und was es mit deinem Tattoo auf sich hat!»

34. Kapitel

Emilia spürte, wie Josh jäh einatmete und sich anspannte. Dann atmete er langsam aus, und seine Muskulatur entspannte sich unter ihren Händen wieder. Auch seine Schultern sackten herab. «Es soll mich immer daran erinnern, was ich getan habe.»

«Und was ist das? Bitte, Josh! Sag es mir! Ich habe mich auch viel zu lange gequält, indem ich so lange geschwiegen habe. Ich hätte meiner Familie schon längst gestehen sollen, dass ich durch die Abschlussprüfung gefallen bin, und jetzt – wo ich es dir erzählt habe – frage ich mich: Wieso habe ich es ihnen immer noch nicht gesagt?»

«Bei mir ist es etwas anderes», sagte Josh dumpf. «Ich bin nicht nur durch eine Prüfung gefallen.»

«Und was hast du dann getan, dass es dir so schwerfällt, darüber zu sprechen?»

Josh tastete nach ihrer Hand, und als er sie fand, verschlangen sich ihre Finger ineinander. «Ich habe meinen Vater umgebracht», sagte er.

Zum zweiten Mal an diesem Abend schnappte Emilia nach Luft, und für eine ganze Zeit lang schwiegen sie, während der Wind um das Auto brauste und Emilias Gedanken in ihrem Kopf nicht weniger heftig tobten.

«Jetzt weißt du, wieso wir aus Berlin weggegangen und nach Zinnowitz gezogen sind», sprach er irgendwann weiter. Seine Stimme klang erschreckend emotionslos.

«Was ist passiert?», fragte Emilia erstickt.

Josh stöhnte auf. «Ich habe das nicht gewollt ... ich war ja noch ein Kind! Aber ich hatte Angst, dass er meine Mutter totschlägt ...» Er verstummte.

Oh Gott! Emilia umklammerte Joshs Hand noch fester.

Irgendwann sprach er weiter. Er erzählte, dass sein Vater nicht immer ein Schläger gewesen war. Sie waren sogar jahrelang eine recht glückliche Familie gewesen: seine Mutter Simone, seine Geschwister Mats und Julia, sein Vater und er. Obwohl ihr Haus alt war und in einem Stadtteil lag, der wirklich nicht zu den besten in Berlin gehörte, und sie keine großen Sprünge machen konnten. Aber dann war, kaum einen Monat nach Caras Geburt, die Fabrik geschlossen worden, in der Joshs Vater gearbeitet hatte, und andere Jobs waren zu dieser Zeit in Berlin rar gewesen.

Als er nach zwei Jahren immer noch nichts Besseres gefunden hatte, als nachts als Reinigungskraft auf dem Flughafen zu arbeiten, war Leon auf die Welt gekommen.

«Die ersten Wochen war er ein furchtbarer Schreihals», erzählte Josh, «er plärrte manchmal stundenlang, egal was wir taten. Wir haben alles versucht, sogar seinen Schnuller in Zuckerwasser getaucht, damit er wenigstens kurz einmal still war. Unsere Nerven lagen blank – meine Mutter sah zu dieser Zeit aus wie eine lebende Leiche. Mein Vater kam am wenigsten mit der Situation klar und ging immer öfter abends in die Kneipe. Irgendwann kam er erst dann nach Hause, wenn er total betrunken war. Und je mehr er trank, desto mehr verlor er die Kontrolle über sich. Erst waren es nur Knüffe, eine zu fest gedrückte Hand oder ein gequetschter Arm. Aber irgendwann ist mir mal beim Ausräumen der Spülmaschine ein Teller aus der Hand gerutscht und zerbrochen. Damit habe ich ihn geweckt! Er ist aus dem Schlafzimmer gestürmt und hat mich angeschrien, und im nächsten Moment hat er mich so fest geschlagen, dass ich erst mit der Nase gegen den Küchenschrank geprallt und dann mit dem Gesicht in den Scherben gelandet bin.»

Emilia sog scharf die Luft ein. Daher hatte er also die Narbe an der Oberlippe!

«Meiner Mutter habe ich später erzählt, es sei beim Kicken passiert», fuhr Josh fort. «Leon war zu dieser Zeit schon in der Krippe, und sie hat wieder Vollzeit gearbeitet, damit wenigstens ein bisschen Geld reinkommt. Das Geld, das er fürs Putzen bekommen hat, hat er ja immer sofort versoffen.» Josh lachte auf, aber es war alles andere als ein fröhliches Lachen. «Von da an hatte er sich immer weniger unter Kontrolle. Bald sind wir alle nur noch auf Zehenspitzen durch die Wohnung geschlichen, wenn er geschlafen hat, und sobald Leon nur einen Mucks von sich gegeben hat, sind wir fluchtartig mit ihm rausgerannt. Eine Zeitlang sind wir mit dieser Taktik gut gefahren. Aber dann ist meine Mutter einmal nicht rechtzeitig rausgekommen, weil Essen auf dem Herd stand und sie es vorher noch schnell runternehmen wollte.» Josh machte eine Pause, und Emilia spürte deutlich, wie schwer es ihm fiel weiterzusprechen. «Ich bin gerade von der Schule nach Hause gekommen, als mein Vater aus dem Schlafzimmer getorkelt kam. ‹Schaut, dass ihr dem Balg das Maul stopft, sonst mach ich es!›, hat er gebrüllt. Der Kinderwagen, in dem Leon lag, stand schon im Flur. Als er den Kleinen herauszerren wollte, ist meine Mutter dazwischengegangen. Sie hat ihm gesagt, dass er sich unterstehen soll, Leon auch nur ein Haar zu krümmen, und ihm eine Ohrfeige gegeben. Noch nie hatte sich jemand von uns getraut, sich zu wehren. Mein Vater war fast zwei Meter groß und über hundert Kilo schwer. Keiner von uns hätte eine Chance gegen ihn gehabt. Aber vor lauter Sorge um Leon hat sie in diesem Moment ihre Angst überwunden, und da ist er endgültig ausgeflippt. ‹Du schlägst mich nicht!›, hat er geschrien und sich auf sie gestürzt. Mit der Faust hat er auf sie eingeprügelt, immer und immer wieder. Ich habe versucht, ihn von ihr wegzuziehen, da war so viel Blut, aber ich habe es nicht geschafft.» Josh schluckte. «Im Flur stand ein Regenschirm. Damit habe ich so fest zugeschlagen, dass er kaputtging. Verletzt habe ich meinen Vater damit nicht, aber es hat ihn immerhin dazu gebracht, von meiner Mutter abzulassen. Er hat mir eine geschmiert, so fest, dass ich dachte, mir platzt der Kopf. Dann hat er sich wieder meiner Mutter zugewandt. Da habe ich ihm von hinten einen Stoß versetzt, und er ist die Treppe hinuntergestürzt. Noch heute höre ich den Aufprall.» Er kniff die Augen zusammen, als könnte er dadurch die Bilder und Geräusche aus seinem Kopf vertreiben. «Ich wünschte so sehr, ich hätte eine andere Möglichkeit gefunden, ihn zum Aufhören zu bewegen.»

Emilia legte ihre Hände auf seine Wangen und sah ihn fest an. «Ich glaube nicht, dass es die gegeben hätte.»

Josh erzählte ihr, wie seine Mutter den Notarzt gerufen hatte. Und dass sie die Schuld auf sich genommen hatte. Er hatte unter Schock gestanden und ihr nicht widersprochen. Weil es in der Nachbarschaft kein Geheimnis war, dass sein Vater ein Trunkenbold war, dem öfter mal die Hand ausrutschte, wurde der Vorfall als Notwehr deklariert und kam schnell zu den Akten. Doch die Narben, die Josh und Simone davongetragen hatten – nicht nur körperlich –, blieben. Auch als sie das Haus in Berlin und alle schlimmen Erinnerungen, die damit verbunden waren, hinter sich gelassen hatten und nach Usedom gezogen waren.

«Meine Geschwister haben seinen Tod gut verkraftet. Julia, Mats und Cara waren ja nicht dabei, als es passiert ist, und Simone wollte nicht, dass wir ihnen erzählen, was wirklich geschehen war. Cara war ja noch sehr klein, und Leon war zum Glück noch ein Baby. Aber meine Mutter kam mit der ganzen Sache überhaupt nicht klar. Sie ist depressiv geworden und kaum noch aufgestanden.»

«Habe ich sie deshalb früher kaum zu Gesicht bekommen?» Wenn Emilia sich recht erinnerte, war die offizielle Version damals gewesen, dass Simone das Pfeiffersche Drüsenfieber hatte und einfach nicht wieder auf die Beine kam.

«Ja.» Josh zog sie erneut an sich. «Ich habe ja versucht, mich um sie und meine Geschwister zu kümmern, aber egal, wie sehr ich mich angestrengt habe, es war nie genug.» Seine Stimme hörte sich belegt an. «Ich war so froh, dass wir zumindest euch hatten. Ich weiß nicht, wie oft wir bei euch gegessen haben. Wie oft deine Mutter auf Leon aufgepasst hat, und dein Vater hat Julia, Cara und Mats mit in die Gärtnerei genommen. Ich glaube, wir alle hätten diese Zeit ohne euch nicht überstanden. Kannst du jetzt verstehen, wieso niemand wissen durfte, dass ich total in dich verliebt war? Ich wollte, dass alles so bleibt, wie es ist, wollte das alles nicht aufs Spiel setzen. Denn wenn ich euch damals nicht gehabt hätte, wäre ich verrückt geworden. Bei euch war es immer so schön. Und wenn ich bei euch war, konnte ich zumindest eine Zeitlang vergessen, dass meine Mutter ständig nur weinend im Bett lag, sich das schmutzige Geschirr stapelte, nichts zu essen im Haus war und die Großen keine Hausaufgaben machten, wenn ich nicht hinterher war. Deshalb war mir gar nicht wohl dabei, als ich auf die Polizeischule ging und nicht mehr zu Hause wohnen konnte. Ich hatte keine Ahnung, ob Simone allein klarkommt.»

Emilia streichelte seine Hand. Was der Arme alles mitgemacht haben musste! Die ganze Familie ...

«Hat sie inzwischen einigermaßen verkraftet, was passiert ist?» Simone war ihr nie depressiv vorgekommen. Aber was sagte das schon darüber, wie es in ihrem Inneren aussah?

«Sie geht immer noch einmal im Monat zu einer Gesprächstherapie, und sie nimmt immer noch morgens und abends Tabletten.»

«Und du? Hast du dir auch Hilfe geholt?»

Josh schüttelte den Kopf. «Ich hatte meine eigene Art von Therapie.»

«Das Tattoo?»

«Das auch. Es soll mich immer daran erinnern, dass das Leben etwas Kostbares ist, das von einer Sekunde auf die andere vorbei sein kann. Und dass ich nie wieder daran schuld sein will, wenn eins zu Ende geht.»

«Und welche Spezialtherapie hattest du noch?»

«Meinen Job. Klar, ich sehe eine Menge schlimme Dinge durch ihn. Aber das gibt mir auch das Gefühl, zumindest ein bisschen was wiedergutmachen zu können, wenn ich anderen helfe.»

«Ich bin mir sicher, das tust du. Auch wenn es nichts gutzumachen gibt. Du warst fast noch ein Kind, als das alles passiert ist, und du hattest Angst um deine Mutter.»

«Ich weiß. Na ja, zumindest mein Verstand weiß es. Aber mein Herz, das tut sich auch nach all den Jahren noch ziemlich schwer damit.» Josh lehnte seine Stirn gegen ihre.

Lange saßen sie so da, in dem unbequemen Mietwagen, und hielten sich im Arm, bis Emilia die Zähne zu klappern begannen.

Josh löste sich von ihr. «Wir sollten zurückfahren. Es nutzt niemandem, wenn wir die ganze Nacht hier sitzen bleiben und uns eine Lungenentzündung holen. Außerdem ist Lizzy vielleicht schon längst wieder da.»

Das konnte Emilia sich zwar nicht vorstellen, aber sie hatte auch keine andere Idee. Zum bestimmt hundertsten Mal an diesem Tag überprüfte sie ihr Handy und wählte dann Lizzys Nummer. Das Freizeichen erklang, aber auch diesmal hob niemand ab. Auch eine Antwort auf ihre Nachrichten hatte sie nicht bekommen. «Wieso meldet sich Lizzy denn nicht?», fluchte sie. «Irgendwann muss sie das Spielchen doch leid sein, und sie kann sich doch vorstellen, dass wir uns unglaubliche Sorgen um sie machen!»

Joshs Blick war nachdenklich geworden. Mit zusammengezogenen Augenbrauen starrte er auf das Handy in ihrer Hand.

35. Kapitel

«Clara hat mir mal erzählt, dass sie eine App auf Lizzys Handy installiert hat, mit der sie Lizzys Handyzeit kontrollieren kann und weiß, auf welche Seiten sie geht. Ich glaube, dass dabei auch der Standort angezeigt wird.»

«Und das sagst du mir erst jetzt?», fuhr Emilia Josh an.

«Es ist mir erst gerade wieder eingefallen.»

Inzwischen war es fast fünf. Zu Hause war es eine Stunde später, und um diese Zeit standen ihre Eltern auf.

Heute hätten sie anscheinend gerne länger geschlafen, denn ihr Vater hörte sich noch ganz verschlafen an, als er abhob. Verschlafen und beunruhigt.

«Es ist alles in Ordnung», log Emilia. «Wir wollen nur versuchen, so früh wie möglich einen Rückflug zu buchen, und als wir unsere Sachen gepackt haben, ist Lizzy aufgefallen, dass ihr Handy weg ist. Aus dem Krankenhaus haben sie euch doch Claras Handy mitgegeben. Clara hat eine App darauf installiert, mit der sie Lizzys Handy orten kann. Kannst du nachschauen?»

«Aber ich kenne doch Claras Code gar nicht.»

«Probier einfach unsere Geburtstage durch! Ich kann

mir nicht vorstellen, dass sie sich irgendetwas Komplizierteres ausgedacht hat.»

Josh und sie hatten schon die M20 verlassen und waren auf dem Weg nach Goudhurst, als Thees sich endlich wieder meldete. «Ich habe es geschafft», verkündete er stolz. «Es war Claras Geburtstag. Seid ihr schon am Flughafen?»

«Nein, wieso?»

«Weil dort Lizzys Handy ist. Dann hat es wohl jemand geklaut.»

«Welcher Flughafen?»

«Gatwick.»

Das war der Flughafen, an dem sie gelandet waren. Emilias Herz fing heftig an zu klopfen.

«Sie will nach Hause fliegen», sagte sie zu Josh, nachdem sie sich von ihrem Vater verabschiedet hatte.

Seine Augenbrauen schossen in die Höhe. «Von welchem Geld denn?»

«Soviel ich weiß, hat Clara eine Kreditkarte für sie beantragt, als Lizzy aufs Internat kam. Damit sie sie nicht immer anrufen muss, wenn sie sich etwas kaufen will oder für die Schule besorgen muss. Darauf überweist sie ihr jeden Monat Geld.»

«Sie würde doch niemals ein Ticket am Schalter bekommen? Schließlich ist sie noch nicht achtzehn», wandte Josh ein.

«Das weißt du, und das weiß ich. Aber Lizzy weiß es offenbar nicht.»

«Inzwischen sollte sie es aber gemerkt haben», sagte Josh.

Es waren knapp anderthalb Stunden Fahrt, stellte Emilia mit einem Blick auf Google Maps fest. «Ich ruf sie noch mal an», erklärte sie. «Und wenn sie wieder nicht drangeht, schreibe ich ihr eine Nachricht und sage ihr, dass wir wissen, wo sie ist. Und dass sie es nicht wagen soll, sich vom Fleck zu bewegen.»

Aber auch dieses Mal tat Lizzy ihnen nicht den Gefallen, ihre bockige Haltung aufzugeben. Ganz im Gegenteil! Nachdem zwei Mal das Freizeichen ertönt war, brach die Verbindung ab. Na toll! Jetzt hatte sie auch noch ihr Handy ausgeschaltet!

Unter Missachtung sämtlicher Geschwindigkeitsbegrenzungen schaffte es Josh in einer Stunde und zehn Minuten nach Gatwick. Für Emilia war aber auch diese Zeitspanne die reinste Folter.

Bitte sei noch da, Lizzy!, sendete sie in einem fort stumme Stoßgebete ins Nichts. Das Handy hatte ihre Nichte nicht wieder angeschaltet. Auch Thees, den Emilia noch einmal anrief, konnte keine Verbindung zu dem Gerät herstellen.

Es war halb sieben, als sie am Flughafen ankamen, und es war noch nicht allzu viel los. Nur wenige Reisende rollten ihre Koffer zu den Schaltern oder saßen auf einer der vielen Bänke im Wartebereich.

Der erste Flug nach Berlin ging um Viertel vor zehn. Josh und Emilia hatten keine Ahnung, wo sie anfangen sollten zu suchen, und gingen zunächst zum Ticketschalter. Die junge Frau mit den langen Glitzerfingernägeln unterbrach nur sichtlich ungern ihr Schwätzchen mit einer

Stewardess, um auf das Handyfoto zu schauen, das Emilia ihr unter die Nase hielt.

«War dieses Mädchen heute bei Ihnen, um ein Ticket zu kaufen?», fragte sie.

Die Frau warf einen gelangweilten Blick auf das Display und nickte. «Ja. Sie wollte ein Ticket für die Zehn-Uhr-Maschine nach Berlin. Aber ich darf Minderjährigen keine Tickets verkaufen.»

«Wann war das?»

«Vor ungefähr einer halben Stunde.» Sie schob ihren Kaugummi von rechts nach links, und dabei blitzte ein Zungenpiercing auf. «Wir machen erst um sechs auf.»

Verdammt! So knapp hatten sie Lizzy verpasst! Wenn Josh doch nur früher an die App gedacht hätte!

«Haben Sie gesehen, wo das Mädchen hingegangen ist? Oder hat sie irgendetwas zu Ihnen gesagt?», wollte er wissen.

Die Frau schüttelte den Kopf. «Tut mir leid, ich kann Ihnen nicht helfen.»

Natürlich nicht. Emilia kniff die Lippen zusammen. Es wäre ja auch zu schön gewesen.

«Sind Sie ihr Vater?», fragte die junge Frau Josh und blinkerte ihn mit ihren künstlichen Wimpern an. Erst jetzt schien ihr wohl aufgefallen zu sein, dass er gar kein schlechter Fang war.

«Ihr Onkel», antwortete Josh knapp, der sich bereits abgewandt hatte. «Hast du eine Idee, wo wir jetzt suchen können?», fragte er Emilia.

Sie schüttelte den Kopf. «Ich an ihrer Stelle würde schauen, dass ich irgendwie wieder nach Goudhurst zurückkomme. Schließlich weiß sie jetzt, dass sie von hier nicht wegkommt.» Ihr war zum Weinen zumute. Schon wieder musste sie Angst haben, dass Lizzy einem wahnsinnigen Autobahnripper in die Fänge geraten würde. Wenn sie doch nur ihr verfluchtes Handy wieder anschalten würde!

Obwohl sie wenig Hoffnung hatten, dass Lizzy sich noch am Flughafen aufhielt, liefen sie noch eine ganze Weile durch das Flughafengebäude. Zuvor hatten sie noch bei Miss Featherstone angerufen und sie darum gebeten, sich sofort bei ihnen zu melden, wenn Lizzy im Orchard Cottage auftauchen sollte.

Nach einer halben Stunde zielloser Suche, in der Emilia auch in jede einzelne Kabine der Damentoiletten schaute, gaben sie auf und beschlossen, sich auf die Rückfahrt zu machen.

«Was soll ich denn nur Clara sagen, wenn sie anruft und mit Lizzy sprechen will?», jammerte sie auf dem Weg zum Auto.

Ihre Mutter hatte ihr geschrieben, dass es ihrer Schwester den Umständen entsprechend gut gehe und dass sie auch ansprechbar sei. Normalerweise hätte Emilia diese Nachricht ganz euphorisch gestimmt, jetzt aber überwog ihre Sorge um Lizzy.

«Dann gibst du sie ihr», sagte Josh.

«Sehr witzig», fauchte Emilia. «Ich verstelle einfach meine Stimme und tue so, als ob ich Lizzy wäre.» Doch dann sah sie ihn an und erkannte, dass er auf eine der Bushaltestellen vor dem Terminal starrte, und folgte seinem Blick. Auf einer der Bänke saß ein Mädchen. Die langen blonden Haare hatte es zu einem unordentlichen Dutt am Oberkopf zusammengefasst. Es hatte die Ellbogen auf den Knien aufgestützt und das Gesicht in den Händen vergraben.

Emilia rannte los, ohne nach links und rechts zu blicken. Ein Autofahrer musste eine Vollbremsung einlegen, um sie nicht über den Haufen zu fahren. Er hupte und gestikulierte wütend, aber das war ihr egal. Sie musste so schnell wie möglich zu Lizzy, bevor das Mädchen sich durch bisher nicht bekannte Zauberkräfte entmaterialisieren oder als Fata Morgana erweisen konnte. Doch zum Glück geschah weder das eine noch das andere, und Lizzy blieb weiterhin unbewegt auf der Bank sitzen. Na, der würde sie was erzählen. So eine Show abzuziehen!

«Lizzy, verdammt!», stieß Emilia hervor, als sie atemlos von dem Hundert-Meter-Sprint vor ihrer Nichte stand. Lizzy hob den Kopf und schaute sie aus verheulten, mascaraverschmierten Augen an.

Emilia ließ sich neben ihr auf die Bank sinken. «Ich bin so froh, dass wir dich gefunden haben!» Sie schloss Lizzy fest in die Arme, und das Mädchen klammerte sich weinend an sie, als wäre sie ein Rettungsring.

Es dauerte ein wenig, bis Lizzy in der Lage war, zu erzählen, was passiert war. Auch als sie sich einigermaßen gefangen hatte, schluchzte sie noch so sehr, dass man sie kaum verstehen konnte. Es hatte sich wohl ähnlich zugetragen, wie Emilia und Josh es vermutet hatten, aber immerhin war Lizzy vernünftig genug gewesen, nicht zu trampen. Mit ihrem Smartphone hatte sie herausgefunden, dass es einen Bus gab, der vom Kriegerdenkmal in

Goudhurst zur nächsten größeren Stadt fuhr. Von dort hatte sie einen Zug genommen, der sie zur London Bridge brachte, und dort war sie umgestiegen in Richtung Flughafen. In Gatwick hatte sie die Nacht auf einer Bank im Wartebereich verbracht. Kurz nachdem sie erfahren hatte, dass sie kein Ticket kaufen konnte, war der Akku ihres Handys leer gewesen.

«Ich hab eine Frau gefragt, ob ich von ihrem Handy aus zu Hause anrufen darf, aber sie hat mich nicht gelassen», schluchzte Lizzy. «Und dann wusste ich nicht, was ich machen sollte.»

Emilia strich ihr die feuchten Haarsträhnen aus der Stirn. «Wieso wolltest du überhaupt ohne uns nach Hause fliegen?»

Lizzy presste die Lippen zusammen, und einen Moment befürchtete Emilia, dass sie ihr keine Antwort geben würde, doch dann stieß sie hervor: «Ich habe euch belauscht. Ihr habt gesagt, dass Edward mein Vater ist.»

Josh und Emilia wechselten einen schnellen Blick. Es war also, wie sie es vermutet hatten. «Und das ist so furchtbar für dich?», fragte Emilia vorsichtig.

«Nein, Edward ist okay. Aber jetzt weiß ich, wieso du unbedingt nach England fliegen wolltest! Du wolltest gar nicht die Rose für Mama finden. Du wolltest mich loswerden!» Erneut fing Lizzy an zu weinen. «Dabei habe ich gehört, wie du Felix versprochen hast, dich um uns zu kümmern, wenn Mama nicht mehr aufwacht. Aber das hat nicht gestimmt. Nur um ihn wolltest du dich kümmern. Mich willst du nicht.» Sie schluchzte auf. «Und ich kann dich sogar verstehen. Wo ich doch schuld daran bin, dass Mama den Unfall hatte!» Sie wandte sich ab, und ihr Weinen wurde noch lauter und verzweifelter.

«Aber das stimmt doch gar nicht!» Emilia musste sich zusammenreißen, nicht mitzuweinen. Sie löste Lizzys Hände von ihrem Gesicht und zwang sie so, ihr in die Augen zu schauen. «Ich bin nach England geflogen, um die Rose zu finden. Und ich habe dich genauso lieb wie Felix, natürlich hätte ich mich auch um dich gekümmert. Aber das muss ich jetzt gar nicht mehr. Wenn du nicht abgehauen wärst, dann wüsstest du, dass deine Mama aufgewacht ist.»

«Wirklich? Du lügst mich nicht an?» Zweifel lagen in Lizzys Blick, aber auch so viel Hoffnung, dass nun auch Emilia Tränen in die Augen stiegen.

«Nein, das ist die Wahrheit. Sie ist aufgewacht, und es geht ihr gut.» Jetzt konnte auch Emilia ihre Tränen nicht mehr zurückhalten. Sie spürte eine Hand auf ihrer Schulter. Es war die von Josh. Sie war warm und tröstlich, und etwas, das viel zu lange wie ein kalter und harter Knoten in ihrer Brust gelegen hatte, schien sich zu lösen. Einen kurzen Moment schmiegte sie ihre Wange gegen seinen Handrücken, dann wischte sie Lizzy mit den Daumen die Tränen aus dem Gesicht. Sie zog die Nase hoch – natürlich hatte sie wieder mal kein Taschentuch dabei – und stand auf. Sie schaute erst Lizzy an und dann Josh. «Lasst uns unsere Koffer holen und nach Hause fliegen!»

Epilog

«Hast du diese Erdbeertorte gebacken?»

«Sieht sie so aus?» Emilia sah Becky mit hochgezogenen Augenbrauen an. «Lass das lieber nicht Simone hören, sonst ist sie beleidigt!» Joshs Mutter hatte die Torte gebacken, als sie gehört hatte, dass Clara heute aus dem Krankenhaus entlassen wurde. Sie wusste, wie sehr Clara Erdbeeren liebte.

Emilia stellte die Torte auf den Gartentisch, gleich neben den Krug mit den bunten Wiesenblumen, die Felix für seine Mutter gepflückt hatte.

Sie schaute auf die Uhr. Ihre Eltern mussten jeden Moment mit Clara und den Kindern hier auftauchen. Zwei Wochen hatte ihre Schwester nach dem Aufwachen noch im Krankenhaus bleiben müssen, und nächsten Montag schon würde sie ihre Reha antreten. Aber das Wochenende konnte sie zu Hause verbringen, und Emilia freute sich unglaublich auf diese paar Tage mit ihrer Schwester.

Es ging Clara gut, doch manchmal fielen ihr Worte nicht ein, sie war noch wackelig auf den Beinen, und sie schlief mehr, als dass sie wach war. Es würde noch eine ganze Zeit lang dauern, bis sie wieder ganz die Alte war. Wenn sie das überhaupt jemals wieder werden würde.

Aber auch Emilia hatte sich verändert. Und was sie selbst betraf, war sie guter Dinge, dass sie *nicht* wieder genau die Alte werden würde. Zum Glück! Die Rastlosigkeit, die sie die letzten Jahre begleitet hatte, das ständige Gefühl, mehr zu wollen als das, was das Leben ihr bot, war verschwunden und hatte Platz für eine ganz und gar ungewohnte Zufriedenheit gemacht.

Sie schaute zu Josh, der ein paar Meter entfernt von ihr auf dem Boden kniete und aufpasste, dass Welpe Wolke nicht von Monster Sissi aufgefressen wurde. Der Hund sah in der Katze eine Spielgefährtin, mit der er sich unbedingt anfreunden wollte. Sissi dagegen sah in ihm einen Eindringling, der so schnell wie möglich in seine Schranken gewiesen und am besten gleich vom Grundstück vertrieben werden musste.

Josh bemerkte wohl, dass Emilia ihn beobachtete, denn er schaute hoch, und als ihre Blicke sich trafen, lächelte er sie an – mit diesem breiten, glücklichen Lächeln, das er seit ihrer Rückkehr aus England immer öfter zeigte.

Wer den Weg der Wahrheit geht, stolpert nicht, hatte der weise Mahatma Gandhi gesagt. Josh und sie hatten zuerst den anderen Weg gewählt. Genau wie Clara, Lizzy, ihre Eltern, Simone ... Und sie alle waren gestolpert. Aber sie alle waren auch wieder aufgestanden. Und letztendlich kam es nur darauf an: dass man wieder aufstand. Denn für die Wahrheit musste man bereit sein. Man muss bereit sein, sie auszusprechen, aber auch, sie anzunehmen. Josh hatte mit seiner Mutter gesprochen und ihr gesagt, dass sie die Wahrheit über den Tod seines Vaters nicht länger vor Leon, Cara, Mats und Julia verschweigen dürften, und sie hatten ihnen alles erzählt. Keins der vier Geschwister hatte es ihnen übelgenommen. Danach waren sie alle zusammen nach Berlin zum Grab des Vaters gefahren und hatten dort eine Kerze angezündet. Am nächsten Tag war Simone in eine Boutique gegangen und hatte sich ein Kleid gekauft, das nicht schwarz war. Es war mitternachtsblau. Josh meinte trotzdem, dass es ein Schritt in die richtige Richtung sei.

«Ich freue mich so für euch», sagte Becky.

«Was?» Emilia schrak aus ihren Gedanken.

«Na, für Josh und dich. Ihr seid so süß zusammen. Und es ist so niedlich, wie ihr euch anschmachtet, wenn ihr glaubt, dass niemand es merkt.» Becky zwinkerte ihr zu. «Ich muss jetzt los. Ich habe mich zu einem Windsurfkurs angemeldet.»

«Nicht dein Ernst!» Emilia prustete los. Becky hasste jegliche Form von Sport.

«Doch. Es gibt da so einen netten neuen Surflehrer, der die Anfängerkurse übernimmt, und ich glaube, ich brauche auch mal wieder ein bisschen *Amore* in meinem Leben.»

Becky hatte sich kaum auf ihr Rad gesetzt und war in Richtung Dorf gefahren, als auch schon der Wagen von Emilias Eltern vorfuhr. Ihr Herz fing heftig zu klopfen an, als sie sah, wie Clara ausstieg und, gestützt von Lizzy, langsam auf sie zukam.

Ihre Schwester war nie besonders kräftig gewesen, aber jetzt war sie schon fast erschreckend knochig. Emilia nahm sie in den Arm und drückte sie vorsichtig an sich. «Es ist so schön, dass du wieder da bist», sagte sie.

Nach dem Kaffeetrinken bestanden Delia und Thees darauf, gemeinsam mit Lizzy den Tisch abzudecken, während Felix Josh begleitete, der Wolke wieder zu seiner Mutter hinüberbrachte. Lizzy maulte, aber vielleicht tat sie das auch nur aus Gewohnheit, denn sie wirkte eigentlich ganz zufrieden mit sich und der Welt, als sie die Erdbeertorte zurück ins Haus trug. Auf ihrem Gesicht lag ein Lächeln, genau wie auf dem von Felix. Und auch Thees und Delia sahen glücklich aus! Einträchtig räumten sie zusammen die benutzten Teller und Tassen auf ein Tablett. Als sie glaubten, dass niemand hinschaute, hatten sie sich vorhin sogar einen Kuss gegeben.

«Die beiden wirken ungewohnt harmonisch zusammen», sagte Clara mit einem Blick auf ihre Eltern. «Darüber bin ich wirklich froh. In der letzten Zeit haben sie nur noch gestritten.» Man sah Clara an, wie erschöpft sie war, und dass sie eigentlich ins Bett gehörte. Doch sie hatte darauf bestanden, mit Emilia ein Stück durch den Garten zu schlendern. Weil sie sehen wollte, wie es den Rosen ging.

«Von dieser hier hatte ich mir mehr erhofft.» Clara blieb bei einer rosaroten Strauchrose stehen, deren kleine Blüten zur Freude unzähliger Bienen weit geöffnet waren. «Sie soll besonders resistent gegen Pilze sein, aber das kann ich leider nicht bestätigen.» Sie deutete auf ein paar braune Flecke auf dem glänzenden dunkelgrünen Laub. «Ich werde ihr trotzdem noch eine Chance geben. Die Bienen mögen sie. Sie heißt auch *Bee lovely*.»

Sie gingen weiter zum Schwimmteich und setzten sich auf die sonnenwarmen Planken. Prinz, der Frosch, hielt wieder einmal auf einem der Seerosenblätter ein Mittagsschläfchen.

Clara nahm den dicken Kerl und setzte ihn sich auf die Hand. «Kannst du dich noch an den Sommer erinnern, in dem wir Frösche gefangen und sie geküsst haben, weil wir testen wollten, ob sie sich in einen Prinzen verwandeln?» Sie streichelte Prinz über den kleinen Kopf. «Du hast deinen Prinzen gefunden.» Sie lächelte Emilia an. «Ich freue mich darüber, dass Josh und du jetzt ein Paar seid. Ich fand schon immer, dass ihr gut zusammenpasst.»

«Du meinst, weil Gegensätze sich anziehen?»

«Ja, ihr seid wie Yin und Yang. Ich glaube, ihr tut euch gut.» Claras Lächeln vertiefte sich. «Habt ihr schon darüber gesprochen, was ihr macht, wenn du wieder in Paris bist? Wirst du dann öfter heimkommen?»

Emilia blickte betreten zu Boden. Die Ärzte hatten ihnen gesagt, dass sie Clara möglichst schonend behandeln sollten. Sie wollten sie daher erst einmal nicht mit irgendwelchen aufregenden Neuigkeiten überfordern. Clara kannte bisher nur eine äußerst gefilterte Version der Ereignisse der letzten Wochen. Sie wusste nichts von Klaus' Wunsch, Felix zu sich zu nehmen, während sie im Koma lag. Sie wusste nichts von der Paartherapie ihrer Eltern. Sie wusste nichts von der Englandreise. Und auch, dass ihr Traum von der großen Parfümeurkarriere geplatzt war, hatte Emilia ihrer Schwester noch nicht erzählt, auch wenn sie es ihren Eltern inzwischen gestanden hatte. Doch nun war es Zeit dafür.

Emilia suchte Claras Blick. «Ich werde nicht nach Paris zurückgehen. Ich bin durch die Abschlussprüfung gefallen.» Sie bemühte sich um einen leichten Tonfall, aber sie hörte selbst, dass es ihr nicht gelang.

Claras Lippen formten sich zu einem lautlosen O. «Aber du kannst sie doch wiederholen.»

«Nein, denn ich bin nicht nur einmal, sondern gleich zweimal durchgefallen. Mein Duftgedächtnis ist nicht gut genug. Aber mittlerweile habe ich es ganz gut weggesteckt. Das Studium war sowieso nicht das Richtige für mich.»

«Wieso nicht? Das war es doch, was du immer wolltest: nach Paris gehen, auf der *Ecole de Givaudan* studieren und ein eigenes Parfüm auf den Markt bringen.» Clara wirkte regelrecht geschockt, und Emilia fragte sich beunruhigt, ob es eine gute Idee gewesen war, ihr davon zu erzählen.

«Das möchte ich immer noch. Und irgendwann werde ich auch meinen eigenen Duft komponieren. Ich habe den Besitzer einer Parfümerie kennengelernt. Er hat nie studiert, legt aber die verrücktesten Dinge in Alkohol und Schweinefett ein – alte Zeitungen zum Beispiel – um für seine Kunden ganz spezielle Düfte zu kreieren und dadurch Erinnerungen zu konservieren. Nächstes Jahr darf ich bei ihm ein Praktikum machen.»

Emilia freute sich schon unglaublich darauf, in Patels «Stinkehöhle» von ihm lernen zu dürfen. «Aber vorher möchte ich eine Ausbildung zur Aromatherapeutin machen. Durch Schwester Anne, die nette Schwester auf der Intensivstation, die sich so toll um dich gekümmert hat, ist mir so richtig klargeworden, wie viel Düfte eigentlich bewirken können. Ich möchte unbedingt mehr darüber erfahren. Mit Düften anderen Menschen zu helfen, würde mir nämlich viel mehr Spaß machen, als irgendwann einmal Waschmittel oder Putzmittel zu beduften – und darauf läuft es bei den meisten Parfümeuren hinaus.»

«Das hört sich nach einem wundervollen Plan an.» Clara drückte ihre Hand.

Emilia nickte, und sie spürte, wie sich ein warmes Gefühl in ihrem ganzen Körper ausbreitete.

«Ich habe auch Pläne», sagte Clara. Sie setzte Prinz wieder zurück auf sein Seerosenblatt und blickte einem Libellenpärchen nach, das in perfekter Harmonie über den Teich schwirrte. «Mit dem Rosenhof. Ich möchte ihn künftig biologisch bewirtschaften. Wenn der Unfall nicht passiert wäre, wäre ich zu Mamas Freundin Gitti nach England geflogen und hätte mir von ihr Tipps dazu geholt. Sie hat eine kleine Hobbyrosenzucht und baut ihre Rosen ausschließlich biologisch-dynamisch an. Außerdem möchte ich mehr auf die alten Englischen Rosen setzen und nicht mehr so stark auf Neuzüchtungen.»

Das wusste Emilia schon alles. Ob es Zeit für ein weiteres Geständnis war? Nein! Denn dann müsste sie zwangsläufig Edward erwähnen, und dafür war es noch viel zu früh.

«Das hört sich auch nach einem super Plan an», sagte sie. «Auch wenn ich glaube, dass du in dieser Hinsicht bei Papa ein ziemlich hartes Stück Überzeugungsarbeit leisten musst.»

«Erinnere mich nicht dran!» Clara verdrehte die Augen. «Ich hoffe aber, dass er durch meinen Unfall etwas milder gestimmt ist. Am besten warte ich nicht so lange, bis ich es ihm gestehe. Im Moment kann er mir nämlich nichts abschlagen.» Sie grinste spitzbübisch. «Wenn man vom Teufel spricht ...», setzte sie nach, denn Thees kam mit einem langen schmalen Paket in der Hand über die Wiese auf sie zu.

«Schau mal, was gerade per Kurier kam, mein Schatz!» Er strich Clara wie einem kleinen Kind über den Kopf und gab ihr das Paket.

Emilia feixte. Im Moment würde er seiner älteren Tochter wirklich nichts abschlagen können. Doch das Lächeln verging ihr, als sie einen Blick auf den Poststempel warf: Das Paket kam aus England!

Mit Edward hatte sie in den letzten Wochen hin und wieder Kontakt gehabt und ihn über Claras Gesundheitszustand auf dem Laufenden gehalten. Er hatte gar nicht erwähnt, dass er etwas schicken wollte ...

«Wie nett! Bestimmt hat Gitti es mir geschickt. Sie hat mir auch eine ganz liebe E-Mail geschrieben.»

Nervös beobachtete Emilia, wie ihre Schwester mit dem Fingernagel am Rand des Paketbands kratzte, um es abzulösen, und wie sie das Paket schließlich öffnete.

Ein winziges Rosenstöckchen befand sich darin. Die einzelne weiße Knospe daran war noch geschlossen.

«Wieso schickt dir Gitti denn Rosen?», fragte Thees.

Emilia räusperte sich. «Kannst du uns einen Moment allein lassen, Papa? Ich erkläre es dir nachher.»

Thees schaute verwundert, gehorchte aber. Auch Claras Miene war erstaunt. «Wieso schickst du ihn denn weg?», fragte sie.

«Weil ich dir etwas erklären muss. Josh, Lizzy und ich waren ein paar Tage in England, während du im Krankenhaus warst.»

«Ihr wart in England! Aber warum?»

«Weil wir nach dieser Rose gesucht haben.»

Clara starrte sie fassungslos an, aber auf einmal schien sie zu begreifen, denn ihre großen blauen Augen füllten sich mit Tränen.

«Ihr wart bei ihm?», fragte sie leise, und ihre zitternden Finger strichen über die Blütenblätter der *Claire*.

Emilia nickte. «Ich habe zufällig das Foto in deinem Zimmer gefunden, und Lizzy hatte die Hoffnung, dass der Duft dieser besonderen Rose vielleicht dafür sorgt, dass du schneller wieder aus dem Koma aufwachst. Und ich auch. Schwester Anne hatte gesagt, das sei möglich.»

Clara schloss die Augen. «Ich habe ihn so sehr geliebt», sagte sie, als sie sie wieder öffnete.

«Das kann ich verstehen», sagte Emilia. «Er ist ein wunderbarer Mann, und auch wenn er inzwischen sicher ein paar Falten mehr hat, sieht er immer noch sehr gut aus.» Sie lächelte zaghaft und war froh, als Clara genauso zaghaft zurücklächelte.

«Du musst mir alles von ihm erzählen.»

«Das werde ich. Aber vorher musst du mir noch etwas erzählen: War Edward auch ein Grund, warum du nach England fliegen wolltest? Oder hattest du wirklich nur vor, Gitti zu besuchen?»

«Nein. Ich wollte auch zu ihm. Ich wollte endlich mit ihm abschließen. Damit ich mich irgendwann auch wieder neu verlieben kann. Sechzehn Jahre einem Mann hinterherzutrauern, ist wirklich genug, findest du nicht?» Sie lächelte traurig.

«Absolut. Und da du ja offenbar eine Schwäche für Engländer hast, habe ich auch schon einen geeigneten Kandidaten für dich. Erinnerst du dich noch an Gittis Stiefsohn Matt? Er ist frisch geschieden. Vermutlich vermögend. Und auch wenn er optisch zugegebenermaßen nicht ganz an deinen Edward herankommt, spielt er meiner Meinung nach trotzdem in der A-Liga. Außerdem weiß ich, dass er dich in ganz besonders guter Erinnerung behalten hat.»

«Du bist unmöglich!», sagte Clara kopfschüttelnd, aber diesmal war ihr Lächeln schon etwas fröhlicher.

Vorsichtig schnupperte sie an der Knospe des Rosenstöckchens. «Wie gut sie schon jetzt riecht», sagte sie.

Emilia nickte. Auch sie nahm den zarten Duft wahr. Genau wie den typisch blumigen Clara-Geruch, der auch dann von ihrer Schwester ausging, wenn sie gar kein Parfüm trug. Den Duft der süßen, reifen Erdbeeren auf dem Feld nebenan. Und den von Salz und Meer, der auf Usedom überall in der Luft zu liegen schien. Wenn sie in einem Jahr bei Patel war, würde sie ihn fragen, wie sie all das zusammenmischen könnte. Und wenn es ihr gelang, würde sie den Duft in einen Flakon füllen, der einer Rose nachempfunden war. Und sie würde ihn *The Beauty of Claire* nennen.

Danksagung

Das Paradies war bekanntlich ein Garten. Niemand kann mit Bestimmtheit sagen, wann und wie es verlorenging. Doch die Sehnsucht danach ist geblieben. Sie spiegelt sich in gepflanzten Bäumen und Sträuchern, gezüchteten Blumen und angelegten Teichen wider.

Seit ich das erste Mal in der Rosengärtnerei Weißhaupt in Moosburg an der Isar war, um dort zwei Rosenbäumchen zu kaufen, habe ich davon geträumt, ein Buch zu schreiben, das an einem solch verwunschenen Ort spielt.

Fast vier Jahre sollte es dauern, bis ich mir mit diesem Buch diesen Traum erfüllt habe. Mit Geschichten ist es bei mir nämlich wie mit Wein: Sie brauchen ganz schön lange, um zu reifen. Dass es darin um zwei vollkommen unterschiedliche Schwestern und ihre Familie gehen sollte, wusste ich schon früh. Und auch, dass eine von ihnen einen schweren Unfall haben würde, und dass sich die andere um ihre Kinder kümmern sollte – obwohl sie doch selbst in ihrem Herzen noch ein Kind war.

Was ich jedoch überhaupt nicht wusste, war, wie sehr die Geschichte von Emilia und Clara mich beeinflussen würde. Zwar mochte ich Gärten und Blumen, aber ich hatte nie den Wunsch verspürt, selbst zu gärtnern. Jetzt träume ich von einem Rosengarten voller altenglischer Sorten, und ich bin fest entschlossen, mir auch diesen Traum zu erfüllen.

Ich hatte mir auch nie groß Gedanken über Düfte gemacht. Inzwischen habe ich selbst einen kleinen Koffer voller Aromaöle, und ich habe festgestellt, wie unglaublich gut es mir tut, sie in meinen Alltag zu integrieren und mich den ganzen Tag mit ihnen zu umgeben. Außerdem habe auch ich mich ein bisschen in die Aromatherapie eingelesen, und ich nutze die Öle nicht mehr nur für mein psychisches Wohlbefinden, sondern auch ganz gezielt, um die Heilung von Krankheiten zu unterstützen.

Ich bin mir ganz sicher, dass es Schicksal war, dass die Zeit, «Wie Träume im Sommerwind» zu schreiben, gerade 2020, in diesem schwierigen Jahr, gekommen war. Mich an den Schreibtisch zu setzen und in Emilias und Claras Geschichte zu versinken, war für mich sowohl Flucht als auch Therapie.

Dass es Schicksal war, dafür sprechen auf jeden Fall mehrere Aspekte, die Menschen, die rationaler sind als ich, als Zufall abtun würden:

Den Rosenhof gibt es wirklich auf Usedom. Doch davon wusste ich nichts, als ich mir die Sonneninsel an der Ostsee als Schauplatz für meinen nächsten Roman aussuchte. Inzwischen wird er zwar nicht mehr bewirtschaftet, da sein Besitzer leider verstorben ist, aber dank seiner Schwiegertochter Delia (nach ihr habe ich Emilias und Claras Mutter benannt) durfte ich mich auf dem Gelände umsehen, und trotz aller Vernachlässigung ist die Magie dieses Ortes erhalten geblieben. Auch die meisten Rosen haben überlebt. Es sind wirklich ganz besonders widerstandsfähige Pflanzen.

Dass ein englischer Schauplatz Canterbury sein musste, war mir auch schon im Vorfeld klar – umso größer war meine Überraschung, als ich erfuhr, dass ausgerechnet in dem mittelalterlichen Städtchen Dufttouren angeboten werden, die es Touristen ermöglichen, den Ort riechend zu entdecken.

Und wem das bis hierhin noch nicht genug Schicksal ist: Während ich sehr lange gebraucht habe, um mich auf den Namen Emilia festzulegen (ich hatte schon sicher ein Fünftel des Romans geschrieben, da hieß sie immer noch Franzi), stand der Name Clara von Anfang an für mich fest. Durch meine Autorenkollegin Bettina Sprenzel erfuhr ich, dass David Austin der bekannteste englische Rosenzüchter ist. Ich ging auf seine Website und entdeckte dort, dass er eine seiner berühmtesten Rosen nach seiner Tochter benannt hat. Der Name seiner Tochter ist Claire.

Ebenso fest überzeugt bin ich, dass ich die Begegnungen mit den Menschen, die mir beim Schreiben dieses Romans geholfen haben, dem Schicksal verdanke.

Allen voran Claudia Pautz von *Inselverliebt*, auf die ich durch ihren Usedom-Podcast stieß und ohne die ich niemals das Leben eines Inselkindes so detailliert und authentisch hätte schildern können. Ich danke dir von Herzen, dass du dir so viel Zeit genommen hast, mit mir über deine Kindheit und Jugend auf dieser wunderschönen Insel zu sprechen. «Inselkinder kommen immer wieder zurück!», hast du zu mir gesagt. Ich kann es so gut verstehen!

Ein riesiger Dank geht auch an meinen besten und ältesten Freund Marco, der mit mir durch Kent gereist ist – eine Reise, die in meinem Leben genau zum richtigen Zeitpunkt stattgefunden hat. Niemals werde ich vergessen, wie wir beide an einem perfekten Spätsommertag *Rocket Man* vor der unglaublichen Kulisse des Parks des Wasserschlösschens Leeds Castle angeschaut haben, in Canterbury Pimm's getrunken oder stundenlang auf einer Bank auf den Kreidefelsen von St. Margaret's gesessen, aufs Meer hinausgeschaut und geredet haben.

Unglaublich dankbar bin ich Delia, weil sie mir – einer Fremden, die ohne Ankündigung an ihrer Tür klingelte und erzählte, dass sie ein Buch schreiben würde, das auf dem Rosenhof spielen würde – erlaubt hat, mich auf der wunderschönen Anlage umzusehen.

Ich danke meiner Agentin Petra Hermanns, die ich darum bat, die ersten fünfzig Seiten zu lesen und die so begeistert davon war, dass meine Finger bei den restlichen dreihundert Seiten nur so über die Tasten flogen, meiner strengen Lektorin Sünje Redies und meiner sogar noch strengeren zweiten Lektorin Anne Fröhlich, die an dieser Geschichte im Gegensatz zu den meisten meiner anderen fast nichts auszusetzen hatten.

Danke an all meine wunderbaren Leserinnen und Leser! Ich hoffe sehr, dass euch Emilias und Claras Geschichte gefallen hat und ihr euch durch sie nach Usedom und Kent träumen konntet. Auf Instagram und Pinterest und auf meiner Homepage www.katharina-herzog.com findet ihr Fotos von den Schauplätzen und viele weitere Informationen rund um diesen Roman. Ich freue mich, wenn ihr mich dort besucht – und wenn ihr mir eine Nachricht schreibt. Ich antworte bestimmt!

Alles Liebe
eure Katharina Herzog
(die in Gedanken bereits ihre nächste Buchreise angetreten hat)